【关中枭雄系列】

卧牛岗

贺绪林◎著

陕西出版传媒集团
太白文艺出版社

图书在版编目（CIP）数据

卧牛岗 / 贺绪林著. — 西安 ：太白文艺出版社，2015.1
（关中枭雄系列）
ISBN 978-7-5513-0773-4

Ⅰ. ①卧… Ⅱ. ①贺… Ⅲ. ①长篇小说—中国—当代
Ⅳ. ①I247.5

中国版本图书馆CIP数据核字（2014）第280400号

卧牛岗

作　　者　贺绪林
责任编辑　王大伟　荆红娟　李　丹
封面设计　朵　云
版式设计　前　程
出版发行　陕西出版传媒集团
　　　　　太白文艺出版社
　　　　　（西安北大街147号 710003）
　　　　　太白文艺出版社发行：029-87277748
　　　　　tbwytougao@163.com
经　　销　新华书店
印　　刷　陕西博文印务有限责任公司
开　　本　880mm×1230mm　1/32
字　　数　250千字
印　　张　10.125
版　　次　2015年6月第1版 第1次印刷
书　　号　ISBN 978-7-5513-0773-4
定　　价　29.00元

序

“关中枭雄”系列长篇小说迄今我写了五部，依次是——《兔儿岭》《马家寨》《卧牛岗》《最后的女匪》《野滩镇》。

第一部是1994年动笔写的，1995年8月份完稿，交给了一个书商，没想到被他弄丢了。沮丧的个中滋味只有自己知道，幸亏我的承受力还可以，没有崩溃，重整旗鼓，花了三四个月时间重新写出。2002年人民文学出版社出版了这部作品，书名《昨夜风雨》。等待出版期间被西安华人影视公司改编为三十集电视连续剧《关中匪事》（又名《关中往事》），在全国热播，广获反响。片头曲“他大舅他二舅都是他舅，高桌子低板凳都是木头……”唱红了大江南北。这是我始料不及的，也给了我极大的鞭策和鼓励。

随后一鼓作气写了《马家寨》和《卧牛岗》。2005年年初，太白文艺出版社把这两部作品连同《昨夜风雨》（更名为《兔儿岭》）一并隆重推出，产生了一定的影响。

2006年完成了《最后的女匪》，由北京文化艺术出版社推出。

2008年完成了《野滩镇》，此作被列入陕西省重大文化精品项目——“西风烈·陕西百名作家集体出征”，2010年由太白文艺出版社出版。

“关中枭雄”系列小说讲述的都是关中匪事。陕西关中闹匪是20世纪50年代以前的事了，我出生于20世纪50年代之后，从没见过土匪，书中的故事都是听来的。土匪的首领几乎都是世之枭雄，不乏智勇杰出的人物，譬如书中的刘十三、马天寿、秦双喜、郭鹞子、彭大锤……他们称得上真正的关中汉子，之所以为匪，并非他们所愿，是有其社会根源的。

我的故乡在陕西关中杨陵。杨陵，曾是农神后稷教民稼穑之地，现在发展成为国家唯一的农业高新技术产业示范区，便改“陵”为“凌”，意在高翔。根据这五部书之一《兔儿岭》改编的电视剧《关中匪事》在全国各地电视台热播后，常有人问我，这块圣地怎么会出土匪呢？甚至有人怀疑我在瞎编。这些朋友对杨凌的历史只知其一，不知其二。杨凌位于关中西部，南濒渭水，北依莽原，西带长川，东控平原，原本是富饶之地。民国十八年(1929年)，关中地区遭了前所未有的大年馑，旱灾、蝗虫加瘟疫，死人过大半，十室九空，富饶之乡变成了荒僻之壤，土地也变得荒芜贫瘠，很难养人。有道是：“饭饱生余事，饥寒生盗贼。”此话不谬。贫瘠的土地长不出好庄稼，却盛产土匪，当然，书中涉及的地域不仅仅局限在今杨凌，而是包括整个关中西府的黄土地。

还有人以为我是土匪的后代。在这里我郑重声明：我家祖祖辈辈都是纯朴忠厚的良民，以农为本，种田为生，从没有人干过杀人放火抢劫的勾当；而且我家曾数次遭土匪抢劫，我的父亲和伯父都是血性硬汉，舍命跟土匪拼争过。那一年父亲和伯父因家务事吵了架，分开另过，土匪趁机而入，经过父亲住的门房时，土匪头子对几个匪卒说：“这家伙是个冷娃，把他看紧点！”随后直奔伯父住的后院，响动声惊醒了伯父，一家人赶紧下了窨子，伯父手执谷杈守在门口，撂倒了一个匪卒，随后跳下了窨子……至今许多老人跟我讲起往事，都对父亲兄弟俩赞不绝口，说他们兄弟俩是真汉子。

然而，我的家族中确实有人当过土匪，让乡亲们唾骂不已，这也让我心怀内疚感到难堪。有句俗话说："养女不笑嫁汉的，养儿不笑做贼的。"虽是俚语，却很有哲理。谁都希望自己的儿女成龙成凤，可谁又能保住自己的儿女不去做贼为匪，不去偷情养汉？家乡一带向来民风剽悍，几乎每个村寨都有为匪之人，都流传着关于土匪的传奇故事。追根溯源，这些为匪者或好吃懒做，或秉性使然，或贫困所迫，或逼上梁山……尽管他们出身不同，性情各异，可在人们的眼里他们都不是良善之辈。我无意为他们树碑立传，只是想再现一下历史，让后来者知道我们的历史中曾有过这么一页。

"关中枭雄"系列小说迄今写了五部，不管哪一部，您看过三页还觉得不能吸引眼球的话，就把书扔了吧，免得耽搁您的时间。

这不是广告词，是心里话。

好了，不啰唆了，您看书吧。

贺绪林

2014 年中秋

第一章

凡世间大喜大悲之事,事前几乎都有征兆。秦家少爷落难亦是如此。

一大清早起来,老掌柜秦盛昌的左眼皮就直跳。他使劲儿揉了揉眼睛,眼皮这才不跳了。他很忌讳这个,阴沉着脸,坐在椅子上想吸袋烟。屁股还没坐稳,窗外的树上传来了乌鸦的聒噪声,他的眉头不禁皱了起来,想喊下人把乌鸦赶走,嘴刚张开又钳住了。他放下水烟袋,起身来到屋外。

院中的水楸树有小桶般粗,他使劲在树干上蹬了几脚,脚都有点儿麻痛,可树枝上的乌鸦却毫不理睬,依然聒噪不停。他非常恼火,想找根竹竿打飞这不吉利的东西,不料一脚踩在乌鸦屎上,险乎儿滑倒。他更为恼怒,喝喊一声:“满顺!”

小伙计满顺急忙跑来:“老爷,有啥事?”

秦盛昌手指树梢,却因生气竟一时说不出话来。这时乌鸦又聒噪起来。满顺明白了,环目四顾,找不见应手的家伙,便扬起双臂咋咋呼呼喊叫起来。可那乌鸦见过世面,不惊不慌,依然聒噪不已。满顺见这毛虫这么小瞧他,使他在主人面前丢了脸,顿时来了气，甩掉鞋，抱着树干哧溜哧溜往上爬。等他爬上树，那毛虫聒噪几声，拉下一泡屎，展翅朝东飞去。

满顺下了树，见秦盛昌脸色不好看，嘴张了一下又闭住了。秦盛昌冲他摆摆手，转身回了屋。

大清早起来眼皮跳乌鸦叫，真是晦气！秦盛昌心里十分地不痛快，回到屋里低头吸闷烟。太太秦杨氏从里屋走出来，惶恐地说："昨晚我做了个怪梦。"

秦盛昌看了太太一眼，只管吸烟，没吭声。他知道，自己不问太太也会说的。

"我梦见一头犍牛钻到咱家来了，我咋赶也赶不走。后来，来了两只狗，一只黄狗一只黑狗，守在家门口一个劲儿地咬，咬着咬着说起话来。"

秦盛昌一怔，从嘴里拔出水烟袋嘴："狗说人话？"

"说人话。"

"说啥哩？"

"我一句也没听懂。你说这梦怪不怪？"

"怪，真个是怪。"

"这是吉兆还是凶兆？"

秦盛昌没吭声，又吸起烟来。他只觉得这梦奇怪，可也不知道这是凶兆还是吉兆。他幼读私塾，有一肚子墨水，年轻时根本不迷信。如今已过知天命之年，却越来越忌讳奇兆怪梦。他觉得人的一生是个难解之谜，冥冥之中有鬼神在捉弄人。他本想给太太说眼皮跳乌鸦叫的事，可知道太太更忌讳这个，怕吓着太太，便把到口边的话又咽进了肚里。

这时丫鬟菊香送来了洗脸水。夫妇俩不再说啥，接过毛巾净了手脸。洗罢脸，菊香端来早饭，俩人都没胃口，动了几下筷子就让菊香撤走了碗碟盘子。

夫妇俩默坐无语，一个闷头吸烟，一个低头啜茶。良久，秦杨氏忧心忡忡地说："信都去了半个多月，双喜咋还不见回来？会不会出了啥事？"

秦盛昌吹掉烟灰，安慰太太："他一个大小伙子能出啥事呢？也许正在路上走着哩。"其实这些天他也一直为儿子迟迟不归而心焦。刚才左眼皮跳就让他很是惶恐。秦杨氏生了六胎，头两胎都夭折在月子里。第三胎是男孩儿，生得虎头虎脑，伶俐可爱，取名大喜，却在十岁时染上了天花，不幸又夭折了。第四胎也是男孩儿，取名双喜，从小体弱多病，秦盛昌生怕再发生意外，让护院拳师吴富厚教他习武功，强身健体。如今双喜已二十出头，在省城西安读书。第五胎和第六胎都是女孩儿，一存一亡。存下来的起名叫喜梅，今年已经十六岁，颜如花蕾。

秦家在秦家埠可以说是首富，有十几家字号、铺面、作坊，良田十几顷，骡马成群，家资万贯。这么大的家业只有一个后世传人，实在是太少了啊。秦杨氏认为是她的不是，便让丈夫纳妾，再为秦家添丁进口。太太如此大度明理，令秦盛昌很是感动。他执意不肯纳妾，说道："好儿不在多，一个顶十个。双喜聪明伶俐，又装了一肚子墨水，比我还强几分，完全能领住这个家。"秦杨氏见丈夫如此意决，越发敬重丈夫。夫妻俩互爱互谅，相敬如宾，着实令人赞叹羡慕。

年前，省城西安出了大事，张学良和杨虎城扣押了委员长蒋介石，一时间人心惶惶。秦盛昌夫妇坐卧不宁，直为在西安读书的儿子揪心。后来事情和平解决了，双喜回了一趟家，没住几天又走了，来也匆匆，去也匆匆。前些日子秦盛昌听人说省城十分混乱，常有人不明不白地失踪。他惶恐得不行,生怕双喜在省城有个啥闪失。世事如此动荡混乱,书读不成也罢,只要全家平安就好。思来想去他与太太相商,给儿子写家书一封,佯称自己身患重疾,让儿子赶紧回家来。书信寄出已半个多月,儿子却迟迟不归,怎能不让他们心焦?

秦杨氏还是心神不安地说:“不怕一万,就怕万一……”

这也正是秦盛昌最担心的。

“让富厚去省城一趟,把双喜叫回来吧?”

秦盛昌沉吟了一下,点点头。秦杨氏当即就让菊香去唤吴富厚。片刻工夫,吴富厚就来了。

吴富厚在秦家的地位很特殊。他是秦家的护院拳师,与秦盛昌是主仆关系。双喜幼年时体弱多病,拜他为师习练武功,因此,他又是秦家少爷的师傅。他在秦家干了二十多年,除了护院、保镖之外,还兼管着秦家的事务,秦家里里外外的人都称他“吴总管”。他对秦家忠心耿耿,秦盛昌对他赏识有加,从不拿他当下人看,与他兄弟相称。他也是个明白人,主人高眼看他,他便以忠报德,更加忠心事主。

他刚来秦家时,一天晚上,土匪来秦家打劫。那时他二十出头,血气方刚,浑身是胆,顺手从门背后摸了把梭镖,就扑了出去。土匪有七八个人,手中还有枪,可他毫无惧色,一把梭镖使得呼呼生风,当下就捅倒两个。土匪大惊失色,开枪应战,他右臂上挨了一枪,可手中的梭镖依然紧握。土匪知道遇上了劲敌,不敢恋战,背着两个受伤的同伙慌忙撤了。至今,他右臂上还留着一个铜钱大的伤疤。

那年秦盛昌被土匪郭鹞子绑了票,他冒死送去赎金救出了秦盛昌。打那以后，他在秦家的地位更高了，秦盛昌夫妇之下，他说了就算。吴富厚知道掌柜的传唤他，肯定有紧要事，进门就问："老哥，有啥事？"

秦盛昌递给他一杯热茶："兄弟，喝了茶再说。"

吴富厚接过茶杯放在桌上："老哥，有啥事你就说。你知道，我是个急性人。"

秦盛昌笑道："你还是这个急脾气。兄弟，我想让你去省城一趟。"

吴富厚有点儿惊愕："去省城干啥？"

"你去把双喜给我叫回来！"

"有事？"

"听说省城乱得很，我真怕他有个啥闪失。一大早起来我的左眼皮就直跳，你嫂昨晚上也做了个怪梦。"

吴富厚笑着安慰道："你俩是想娃了。放心吧，不会出啥事的。"

秦盛昌道："不怕一万，就怕万一。我给他寄了封信，信上说我病了，让他赶紧回家一趟。可信都去了快二十天，还不见他的人影影儿。我和你嫂都急得很。那年他去西安念书，是你送的他。你路熟，就跑一趟吧。"

吴富厚明白了："几时去？"

"今儿个就去吧。"

吴富厚刚要走，又转过脸来："万一双喜不回来咋办？"他知道双喜的脾气，犟起来八头牛都拉不回来。

秦盛昌恨声道："你就跟他说，你爹躺在床上了，正断气哩。看他崽娃子回不回来！"

吴富厚怔住了，他没料到秦盛昌发这么大的火，有点惶然不知所措。秦杨氏急忙说："富厚兄弟，千万甭这么说，当心吓着了娃。你就说家里有点儿事叫他赶紧回家一趟。"

秦盛昌恼火地说："你就说我在断气哩！"

秦杨氏不高兴了："那还不把娃吓个半死。富厚兄弟，甭听你哥的，千万不能那么说。"

吴富厚醒过神来，笑道："你俩都甭心焦，我一定把双喜叫回来。"

公元一千九百三十七年的春天姗姗来迟。古诗云：草长莺飞二月天，拂堤杨柳醉春烟。时令已是阳春三月，可雍原的天还是灰蒙蒙的，太阳像个没烙熟的锅盔挂在空中，冒着几丝热气。通往雍原县城的官道上，一辆单套马拉轿车不疾不徐地驰着，车声辚辚，车后飞扬起一溜儿黄尘。道路两旁的树木秃着树丫，在料峭的春风中抖着，发出呼呼的声响。路上行人脚步匆匆，脸色跟老天的脸色几近相似，难见有舒展开心的笑颜。去冬以来，一直没有下雨雪，官道两边的麦田因得不到雨露的滋润，干巴巴地趴在地皮上，显得毫无生机。而那些干蒿草却有半人多高，密密麻麻布满了沟沟坎坎，透着一股凶蛮的强悍与霸气。

轿车忽然异常地颠簸起来。车把式喊了一声"吁——"勒住牲口的缰绳，从车辕码头跳了下来，绕着轿车仔细察看。

车帘一挑，秦双喜伸出头来："咋不走了？"

车把式把头伸到车下，察看半晌，把头缩了回来，拍了两下手，满脸的沮丧："走不了了，车轴断了。"

双喜叫了起来："那咋办呀？！"跃身跳下了车。

“西安事变”后，西安的学校全都停了课，学生们纷纷上街宣传张学良和杨虎城的“八项主张”，呼吁停止内战，团结抗日。双喜自然也在其中。后来事变和平解决，蒋介石答应抗日，学校复了课，可青年学生再也静不下心来坐在书桌前读书了。双喜周围的好多同学好友热血沸腾，决心投笔从戎，驱逐日寇。可究竟去哪里投军，却有分歧：有的要东出潼关投国民党的五十二军去抗日，因为该军军长关麟徵是陕西人；有的要北上陕北去参加共产党领导的红军，说是中国未来的希望在陕北。双喜决定去陕北。其实他对共产党和红军并没有多少了解，是因为他一直暗恋的女生林雨雁坚决要去陕北，并且主动来找他，要和他结伴而行。此前林雨雁对他一直不冷不热，而追林雨雁的男生足足有一个加强排，其中不乏高官要员之后和富商名人子弟。他自惭形秽，不敢向心仪之人吐露心语，唯有暗恋而已。此时林雨雁主动来找他，要和他结伴而行，他受宠若惊，想都没想就一口答应了。却在这时，他收到了家书，父亲卧病在床，要他火速回家一趟。为此他十分苦恼，食不知味，夜不能眠。他深知父母视他为掌上明珠，在他身上花费了不少心血。现在父亲病了想见见他，他若不回家，枉为人子。如果他真的去了陕北，不知何年何月才能重回故乡？思之再三，他乘火车到马嵬站，下车后雇了一辆轿车北上雍原，如果顺利，太阳偏西就能回到家。可怎么也没料到，走到半道上车轴断了。这可如何是好？他懊丧地连连跺脚。

车把式骂骂咧咧地说：“狗日的车轴咋说断就断了，这可咋整哩？”

“一步都走不了了？”

“空车还能走几步，坐人是万万不行了。”

双喜抬头看天,太阳早已西斜。他心焦起来:“你把我撂在半道上,让我咋办哩?”

车把式挠挠头,指着前边的村子说:“那个村子叫驮户村,家家户户都养着牲口。我的一个表哥就住在驮户村,咱们到我表哥家去,我找人修车,再让我表哥送你回家。这地方离雍原县城不到二十里地,到秦家埠也就四五十里地,赶天黑你也就到家了。”

也只好这样了。双喜跟着车把式到了他表哥家。车把式的表哥没有车,但养着好几头毛驴,车把式的表哥牵了一头健壮的毛驴让双喜乘骑。好在他行李不多,一个皮箱一卷铺盖搭在驴屁股上。临行时,双喜掏出两块大洋给车把式,车把式只收了一块,满怀歉意地说:“把你没送到,真是对不住。”

双喜说:“车出了问题,这也怨不得你。”把另一块大洋也塞给了车把式。

车把式感激地说:“你是好人哩。”又关照他表哥:“哥,一路上多照应点儿,当心毛驴惊了。”

车把式的表哥是个五十多岁的老汉,笑呵呵地说:“你放心,没麻达(没问题)。”

太阳斜过头顶,暖洋洋地照着高原。春天的脚步姗姗来迟,但毕竟来了,午后的风不再凛冽,柔和地抚着面颊,使人感到惬意和舒心。

双喜出身富家,出门几乎都是坐轿车。跟吴富厚习武时,也学会了骑马。骑毛驴他却是头一回,觉得很好玩儿,禁不住童心萌发,一会儿摸摸驴的耳朵,一会儿摸摸驴的脑袋,又拍拍驴的屁股。那驴似乎恼怒了,伸长脖子叫了起来,撒起了欢。双喜兴奋得大喊大叫,却把那拉驴的老汉吓得不轻,连声喊:“吁——吁——”

跑了一程，双喜勒住缰绳徐徐而行。他心情畅快了许多，扯着嗓子吼起了秦腔：

祖籍陕西韩城县，
杏花村中有家园……

牵驴老汉赞道："真是好嗓子。你要去唱戏，保准能唱红！"

双喜得意得满脸是笑，吼得更欢：

姐弟婚姻生了变，
堂上滴血蒙屈冤……

翻了三道梁，越过两道沟。

天边不知什么时候涌起了铅灰色的云层，渐渐吞没了斜阳，天色陡然暗淡下来。双喜失去了好兴致，问牵驴老汉："离县城还有多远？"

"不远了，翻过前边那道梁就到了。"牵驴老汉说着在驴屁股上砸了一拳，驴的四蹄欢势起来。

忽然，迎面来了几个背枪的汉子，从衣着上看，是县保安大队的团丁。为首的军官三十来岁，两腮无肉，蓄着八字胡，斜挎盒子枪，骑着一匹黑马，嘴里哼着酸曲。不知怎的，双喜顿生厌恶，目光盯着马背上的官儿，很是鄙视。那官儿钳住了口，也瞪眼看他，脸色泛青。显然，他对双喜的目光十分恼火。拉驴的老汉急忙把驴拉向路边，给对方把道让开。交臂而过之时，官儿的目光盯在了驴屁股的皮箱上，眉宇间溢满了凶蛮之气。他勒住了坐骑的缰绳，打了个手势，几个团丁转过来，呼啦一下围住了双喜。官儿使了个眼色，一个高个儿团丁伸手扯下了搭在驴屁股上的行李。

双喜惊问："你们要干啥？"

官儿喝问道："你是干啥的？"

"我是学生，回家探亲。你们是干啥的？"

官儿冷笑道："我们是干啥的用得着给你说么！把他的行李打开，仔细检查！"

几双手一齐上来，在行李上乱挖抓。皮箱的锁被扭断了，一摞银圆滚了出来。团丁们都面泛喜色，官儿少肉的脸上，更是笑纹堆叠，不见了眼睛。几双手伸过来抓抢银圆。

双喜跳下驴背，怒不可遏，大吼一声："住手！"伸手抓住一个团丁的衣领，猛地往前一搡，那个团丁摔了一个狗吃屎。其他团丁大吃一惊，其中一个猛地扑了过来，使了个老鹰扑小鸡的招数。双喜侧身躲过，迅疾一个扫堂腿过去，那个团丁也吃了一嘴土。团丁们都傻了眼，住了手，呆眼看着双喜，下意识地往后躲。他们都没料到这个白面书生有这么两手。马背上的官儿的脸色成了紫茄子，掣出了腰间的盒子枪。

拉驴老汉见状大惊："老总，他是个学生娃呀！"

官儿摆弄着手中的枪，冷笑道："他是学生么？"

"他真个是学生哩……"

"悄着，一边立着去！"两个团丁上来不容分说，把拉驴老汉搡到一边去。其中一个道："史排长，看这狗日的式子像是土匪。"

官儿连连冷笑道："我也看他是个土匪！"

双喜的怒火直往脑门上冲，涨红着脸喊："你们才是土匪哩！"

"你八成没见过土匪吧？"官儿脸色陡然一变，一挥手，恶狠狠地说,“让他见识见识啥叫土匪!”

两个团丁扑过来,两个黑洞洞的枪口对住了双喜的胸口,迫使双喜动弹不得。另外两个团丁转身过去又翻行李,搜出了两本《新青年》杂志和一些宣传抗日的材料。他们把这些东西交给官儿,官儿翻看了一下,狞笑道:“我就看这崽娃子不顺眼,果然通共。给我绑了!”

团丁们一拥而上,捆住了双喜。双喜义愤填膺,跺脚大骂:“土匪!强盗!……”

官儿命令道:“把嘴堵上!”高个儿团丁从衣兜掏出一团破布塞进双喜的嘴,双喜顿感胸腔憋闷,却也无可奈何,只恨得连连跺脚。

第二章

雍原县城北去四十里有一道土岭，状似卧牛，当地人呼作“卧牛岗”。卧牛岗有股杆子，头儿叫郭生荣，远近闻名。

郭生荣祖籍关中扶眉县，自幼爱耍刀弄棒，喜与人争强斗勇，且不安分守己，人送外号“郭鹞子”。一次，族里一位叔父与人发生口角，对方俩兄弟一齐上手打倒了叔父。郭鹞子见状勃然大怒，拔刀相助，不料误伤了人命，逃亡他乡。光绪三十二年(1906年)春，扶眉武举人张化龙因恶盐官横行霸道，怒而杀之，揭竿而起，反清抗捐。郭鹞子闻讯大喜，急归故里，加入义军，时年二十岁。他精通武艺，作战勇敢，悍不畏死，深得张化龙喜爱，被擢升为头目。

后来凤翔知府尹昌龄指使其弟打入义军内部，妖言惑众，挑拨离间，使义军头领互相猜疑，各生异心。尹昌龄趁机用兵，张化龙兵败遭擒，丧命于县城小北门外。清军四处追捕义军，郭生荣在扶眉县无法立足，率残部数十人入雍原，在县北的卧牛岗落了草。清军数次攻打卧牛岗，却因卧牛岗地势险峻，无功而归。随后爆发了辛亥革命，清亡民国兴，不料“半道上杀出了个程咬金”，袁世凯窃了龙椅。苍天有眼，不佑窃国之贼，袁世凯的屁股还没把龙椅暖热，就一命呜呼了。再后，黎元洪、冯国璋、徐世昌、曹琨、段祺瑞、张作霖轮番粉墨登场，城头变幻大王旗，却无人认真管理国家。郭生荣趁机休养生息，招兵买马。到了民国二十六年(1937 年)，郭生荣手下已有近二百名喽啰，七八十条枪，是这一带最大最强悍的杆子。县保安大队也惧怕他几分，从不轻易招惹他。富家大户提起“郭鹞子”，都谈虎色变。穷家小户倒不怎么怕他，因为他从不招惹小户人家。

这天中午，从官道走来两个穿学生制服的年轻人，径直踏上通往岗上的羊肠小道。两个年轻人对道路很熟，左转右拐，毫不迟疑。上岗的道路曲折陡峭，可两个年轻人脚步轻盈，一点儿也不显吃力。快上岗了，忽然不知从什么地方蹿出两条壮汉，喝喊一声：“站住！”

两个年轻人都没有止步，走在前头的高个儿年轻人狠狠瞪了两个壮汉一眼。两个壮汉恼怒了，刚要发火，走在后边的年轻人呵斥一声：“眼瞎了？！”

两个壮汉一怔，随即都认出了来人，慌忙脸上堆满了笑，躬身道：“是小姐回来了。”两个年轻人没理他们，快步上了岗。

但凡江湖中人啸聚山林，必定要选一个险要去处做窝巢，如西秦县刘十三的窝巢在兔儿岭，有郃县马天寿的窝巢在北莽山。郭生荣把窝巢选在了卧牛岗。这卧牛岗地处雍原县北，很是偏僻，是雍原县境内最高的一道原。民间流传着这样一个故事：说有三个人住店，可住店的客多，只剩一张铺位，另外两人要住就得睡草铺。三个客人都不愿意睡草铺，掌柜的就说：“你们都说本县一个地名，哪个地方最高哪个人就睡床。”三个客人都说这个法子妙。三个客人一个家在西秦县，一个家在有郃县，一个家在雍原县。西秦县的客人开口先说：“西秦有个无影塔，离天只有一拃八。”有郃县的客人随即说：“有郃有个上阁寺，把天磨得咯吱吱。”雍原县的客人最后开了口：“雍原有个卧牛岗,半截还在天里头。”卧牛岗之高由此可见一斑。

卧牛岗从下面看十分险峻,但岗顶却宽阔平坦,起伏不大,方圆有十几里地大小,散落着十几个小村寨。如果郭生荣的人愿意开荒种田,丰衣足食也办得到。岗上分前后岗,东有漆水断崖,西临乌龙沟,地势险要。郭生荣自光绪三十三年(1907 年)春占此岗为王,也有三十个年头了。经过苦心经营,山寨颇具规模。麻雀虽小,五脏俱全。山寨也具有一个“小朝廷”的格局,王有王宫,兵有兵营,客有客厅,议事有议事堂。

郭生荣不同于一般拉杆子的山大王,他是义军出身的将领,整治山寨自有一套办法。他把手下的喽啰编排得井然有序,十人为一班,三个班为一小队,三个小队为一中队,三个中队为一大队。他本想自封“大将军”,可觉得已是民国了,这个称号有点不伦不类。他也想过自称“司令”,可对“司令”这个称号觉得别扭,干脆啥也不封,啥也不称。岗上除他的压寨夫人秀女和二头目邱二之外,大小头目和喽啰都呼他“荣爷”。他对这个称呼很满意。前岗处在卧牛岗的“牛头”,扼守着上岗的关隘,一夫当关,万夫难开。一座山神庙坐北向南而建,砖木结构,飞檐翘角,雕梁画栋,颇具气势。山神庙不知修建于何年何月,已呈衰败之势,没有住庙的僧道之徒,只是偶尔有人来烧一炷香。庙檐的明柱上有一副楹联,虽然烫金被风雨剥蚀,但字迹依然清晰:

神目极明　能明天下不明之事

圣正极至　能正天下不正之人

楹联极有深意,可惜岗上匪卒几乎都是文盲,难明其义。岗上的二头目邱二虽能识文断字,却绝口不提这副楹联。

郭生荣占岗为王后,把山神庙修葺一新,改造成了议事堂。山神依然高坐在大殿上,但山神的供案却成了郭生荣办事的公案桌。山神若有灵,不知做何想法?

从山神庙后门而出,有一个偌大的后院,后院两侧各有一个偏殿:东偏殿是郭生荣的王宫,住着郭生荣夫妇和侍女小玲;西偏殿住着郭生荣的一班亲信卫士,一律的精壮小伙,人人手中都有一长一短的快枪。

两个年轻人进了山神庙,摘掉帽子,长发垂了下来,原来她们是女扮男装,身材高挑的是郭生荣的女儿郭玉凤,另一个是郭玉凤的侍女,叫小翠。

郭玉凤走进大殿大声喊叫起来:“爹,我回来啦!”

没人应声。

玉凤感到诧异,小翠说:“老爷出门去了吧。”

这时从后门走进一位中年汉子,生着一张鹰脸,皮肤黝黑,有着一种金属般的光泽。他是卧牛岗的二头目,郭生荣的拜把兄弟邱二。

玉凤迎上前问道:“二叔,我爹呢?”

邱二却岔开话题:“你在西安玩得开心吗?”

“开心。”玉凤左顾右盼,心中狐疑,“二叔,我爹呢?”

“唉,”邱二叹了口气,“我说了,你别上火。”

“出了啥事? 二叔快说,我不上火。”

“你爹让官府的人抓去了。”

玉凤大惊失色。她很小就没了妈,是爹把她拉扯大的,虽然她已经十八岁,可爹一直把她当娃娃看,她要天上的月亮,爹绝不给她摘星星。前些天她在岗上待烦了，想去西安城逛逛，跟爹一说，爹就让小翠陪她去，并给了五百块大洋，说把钱花光了再回来。她没想到，她回来了，爹却让官府的人抓去了。当下她就觉得天塌了似的，小嘴一咧就哭了。

邱二急忙安慰："玉凤，别哭别哭，你一哭，叔的心就乱了。"

半晌，玉凤才止住悲声，问道："二叔，到底是咋回事？"

"你去西安的第二天，你爹到县城的粮店去筹粮，失了手，被保安大队的人拿住了，关进了大牢。"

"那你咋不去营救？是不是那个女人不让救我爹？！"

玉凤的话音刚落，从后门走进一个俊俏的少妇，约莫二十七八岁，体态丰盈，面似满月，一双含情的乌眸藏着愁怨和凛凛的英武凶悍之气。少妇瞥了她一眼，言道："你把我想得也太瞎（坏）了。我要害你爹，用不着借官府的刀，给他碗里下点儿砒霜就行了。"她是郭生荣后娶的老婆，叫秀女。按习俗，玉凤要叫秀女"娘"，可玉凤从没叫过她一声"娘"，她看着秀女老觉着憋气不顺眼，常和她闹矛盾。

"你……"玉凤遭到秀女的抢白，气青了脸。

"玉凤，别耍娃娃脾气。"邱二急忙圆场，"你回来得正好，我正和你娘商量法子救你爹哩。走，咱到屋里说话去。"

玉凤虽然任性，却也明白此时不是耍脾气的时候，便跟着邱二和秀女穿过后门，来到东偏殿。

三人落座后，邱二说："玉凤，我适才跟你娘说了，我已经把情况摸清了。你爹关在县城的牢房里，那里有咱们的眼线。我想打个突然袭击，把你爹救出来。"

秀女说："这事宜早不宜迟，明儿个晚上咱就动手。"

邱二说:“我想法让眼线把咱们动手的时间带给大哥,好让大哥做好准备。”

玉凤说:“明儿个晚上我也要去。”

秀女说:“不,你留下看守山寨,我和你二叔带人去就行了。”

玉凤恼火了:“我为啥要听你的?!”

“你爹不在,我就是当家的,你就得听我的!”

“我偏不听你的,我就要去救我爹!”

俩人吵了起来。邱二猛一拍桌子:“都啥时候了,你俩还有闲心吵嘴!你俩谁也别去,我一个去就行了。”

秀女说:“不行,这回说啥我也要亲自去!”

玉凤吵着也要去。邱二又猛地拍桌子:“别吵了,再吵就把时间耽搁了。”

俩人都钳住了口,邱二缓和了一下口气:“玉凤,别耍娃娃脾气,听你娘的,你留下守山寨。”

玉凤噙着泪说:“二叔,我真怕我爹有个三长两短……”

秀女说:“你以为就你心疼你爹?给你说实在话,我比你还心疼你爹!”说罢,转过脸去,玉凤清楚地看见她眼里闪着泪花。

铁门打开了,双喜被搡进了一个黑暗的屋子,随即“咔嗒”一声,门上了锁。

双喜明白自己是被关进了监牢,他扑到铁门前,抓住风口的钢筋,用力摇晃,大声吼叫:“放我出去!”

“放你出去?”狱卒冷笑道,“你以为这是客店,想来就来,想走就走?你给我老老实实地待着,再胡喊叫,当心熟你的皮!”

“你们凭啥抓我?!”双喜怒而不息地质问。

狱卒又要开骂，另一个上年纪的狱卒走过来拦住了他的同伴，转脸对双喜说："这话你该问抓你的人。我们只管关，其他事一概不管，也没人让我们管。"

"那你们放我出去。"

"放你出去要上面的头儿发话，我们也只是磨坊的驴——听吆喝。小伙子，我劝你别喊叫了。你就是喊破嗓子也没人理睬你，还会招来打骂。"

两个狱卒走开了。双喜一屁股跌坐在脚地，大口喘着粗气。那个狱卒的几句话使他幡然猛醒，在这个地方跟谁说理去？他一下子没了脾气。忽然，他发觉身边有什么动静，扭脸一看，这才发现身边躺着一个人。那人戴着脚镣，脸上长满了胡须。胡须跟头发一般长，毛烘烘乱糟糟的。一双大黄眼珠子透过发须正在看他。他吃了一惊，半晌醒过神来，主动上前搭话："大叔，他们为啥抓你？"

毛脸汉子用鼻孔"哼"了一声，没理睬他，闭目养神。

热脸贴了个冷屁股，双喜又生气又沮丧又无奈，坐在那里发呆。他不知道自己在这个鬼地方要待多久，一肚子火又无处发泄，只能呼呼喘粗气。

不知过了多久，牢门打开了，一个五十出头的伙夫送来了牢饭，是两碗稀得能照见人影的玉米糁子和两个玉米粑粑，还有核桃大小的两个咸菜疙瘩。毛脸汉子忽地来了精神，跃身坐起，伸手就端过一碗稀饭，抓起一个玉米粑粑和一个咸菜疙瘩。他风卷残云般地吃光了他的那份伙食，又把舌头伸得老长转着圈舔食残留在碗里的饭渣，一双目光还盯着双喜的那份伙食。

双喜嗅出稀饭和粑粑都变味发馊了。他是富家子弟，哪里吃过这样的饭食,一瞧见就倒胃口。他讶然地看着毛脸汉子吃饭,见毛脸汉子盯着他那份伙食,便说:“你想吃就吃吧。”

毛脸汉子眼里闪出一丝惊喜,一句客气话也不说,抓起玉面粑粑就往嘴里塞,不等咽下,又喝了一口稀饭,似乎吃的不是变味发馊的食物,而是美味佳肴、山珍海味。

双喜呆眼看着,在心里惊叹毛脸汉子好胃口。

毛脸汉子吃完饭,把饭碗往旁边一扔,倒头又睡。

夜幕垂下了,牢房陷进了无边的黑暗之中……

在牢房里待了几天,双喜彻底尝到了饥饿的滋味,懂得了什么叫失去自由。他心里瞀乱得不行,时常趴在铁窗口大喊大叫,可招来的总是一顿臭骂。他想让抓他的人来提审他,可那些家伙似乎把他给忘了。后来饥饿制服了他,他不喊不叫了,整天价躺着不动,以此来避免能量的消耗。

毛脸汉子却比他刚进来时活跃了许多,时常站起身来伸伸胳膊扭扭腰。这天午后,毛脸汉子活动罢身体,坐下来在墙角摸索起来,竟然摸出了半截香烟。可火在哪里呢?双喜呆眼看着他怎样吸烟。只见毛脸汉子又摸出一块火石,从棉衣袖口撕出一点儿棉絮来,放在火石上,用铁镣击打火石,顿时火星乱溅。只打了三四下,溅出的火星燃着了棉絮,毛脸汉子把燃着的棉絮按在烟头上,点着了烟。他狠狠吸了一口,又徐徐从口中吐出,吐出的白烟又蛇似的钻进了鼻孔。毛脸汉子微闭双目,那神情似乎喝醉了酒。

良久,毛脸汉子忽然睁开了眼睛,用审讯的口气问他:“你当真是学生?”

双喜没好气地说:“我哄你干啥?”

“保安大队的人抢了你的钱?”

“不光是抢钱,还说我通共。”

“通共?”

“就是通共产党。现在国共合作了,他们还抓共产党。真是欲加之罪,何患无辞!”

“哼,这伙狗日的东西!”

“他们简直是土匪!”

“土匪也比他们强得多。”

忽然,双喜坐起身来:“你是干啥的?”

“你看我是个干啥的?”

“我看你像杀猪的。”

毛脸汉子哈哈笑道:“你眼里有水水,我是个杀猪的,也杀狗杀牛,逮着狼和老虎也杀。”

“他们为啥抓你?”

“嫌我杀猪杀狗杀狼杀老虎。”

双喜看着毛脸汉子,弄不明白他的话是真是假。这时,外边传来了狱卒的喝问声:“干啥的?”

“送饭的。”

“王老汉哩?”

“王老汉病了,让我来替他。”

牢门打开了,一个年轻伙夫送来牢饭。他戴了一顶毡帽,帽檐压得很低,看不清眉目。他进了牢门,瞥了一眼毛脸汉子,说了声:“开饭了。”

毛脸汉子眼里忽然一亮,急忙凑过身来,伸手就抓提篮里的馍馍,那年轻伙夫在他手背上打了一巴掌,骂道:“急啥,饿死鬼掏你肠子哩!”

毛脸汉子没恼，竟然嘿嘿笑了一下。那伙夫回头看了看，蹴下身子，在毛脸汉子耳边咕哝了一句啥话，取出饭食转身走了。毛脸汉子一反常态，拿起稍小一点儿的馍馍细嚼慢咽地吃着。双喜却早已迫不及待，端起碗狼吞虎咽地吃了起来。半个多月的监牢生活已把他的肠胃磨炼得异常坚强，任何食物都会令他食之若饴。

毛脸汉子突然停止了咀嚼，舌头尖顶出一个小巧的钥匙。他急忙收起，藏进贴身衣袋，抑制不住的喜色从眉宇间流露出来。双喜只顾吃东西，全然没有发觉他的异常举动。

饭罢，毛脸汉子伸出舌头卷进沾在胡须上的几粒饭渣，笑问道：

“小伙子，你是哪达人？”

“北乡秦家埠人。”

毛脸汉子一怔，又问：“秦家埠昌盛堂的掌柜你认得么？”

双喜看出毛脸汉子不是良善之辈，真怕又惹出祸事，摇了摇头。毛脸汉子把他看了半晌，说道：“小伙子，愿意不愿意跟我去吃粮？”

“吃啥粮？”

“大块吃肉，大碗喝酒。”

双喜嘴角流出了涎水，他慌忙咽下：“有这样的好事？”

“你愿意么？”

“当然愿意。”

“那咱俩就说定了！”毛脸汉子猛地击了一下双喜的手掌。

双喜以为他在开玩笑，并不以为然，叹气道：“唉，我这会儿就想吃肉喝酒哩，可待在这个鬼地方不知何年何月才能出去！”

“再忍一天吧，后天就能吃上肉喝上酒了。他妈的，真想痛痛快快地喝上几大坛。"毛脸汉子说着禁不住咽了一口口水。

双喜愕然地看着毛脸汉子,以为自己的耳朵出了毛病:"你说,后天咱就能吃上肉喝上酒?"

"咋了,你不信?"

双喜哂笑起来,摸了一下毛脸汉子的额头:"你好像在发烧,说胡话哩。"

毛脸汉子忽然哈哈大笑起来。狱卒走过来大声呵斥:"笑啥哩!牢饭还把你吃高兴了!"

毛脸汉子笑声戛然而止,倒头便睡。

双喜也躺倒了身子,俩人都不再说话。

牢房里,黑暗,无声。

不大工夫,毛脸汉子响起了如雷的鼾声。双喜却无法入睡,辗转反侧,闭上眼睛盼天亮。

第三章

劫狱的人马整装待发，秀女穿一身皂衣皂裤，头包黑帕，腰系牛皮带，斜插盒子枪，浑身上下收拾得十分利索。她站在队列前，收敛了女人的温柔，面沉似水，一脸的煞气，威风凛凛。她来回地走动着，忽然收住了脚，对站立在一旁的邱二说："老二，占上一卦看看。"

邱二一怔，随即点点头。他原本是个算命先生，在街头摆卦摊谋生。据他说，他爷爷的爷爷是个风水先生，在这一带闻名遐迩。扶眉县有个张姓大财主死了爹，慕名请邱老先生看坟地。邱老先生来到张家的一片田园，顺手把草帽放在了一个阳坡之地，随后选了一处坟地让张家安葬先人。可张财主不肯在他选的地方打墓，说啥也要把先人安葬在邱老先生放草帽的地方。邱老先生被逼无奈，说出了实情。他放草帽的地方是个卧虎穴，张家把先人安葬在此处，后辈将代代有做官为宦之人，可他因看了这块坟地将要瞎掉自己的一双眼睛。因此，张家若要把先人安葬在此处，就必须跟他签约，包养他的后半生。张财主满口答应。后来邱老先生的眼睛果然瞎了。张财主开始尚能守约，一日三餐有酒有肉，十分善待邱老先生。但天长日久，渐渐不耐烦了，一日三餐不仅没有了酒肉，还变成了残汤剩饭。后来竟然把邱老先生赶出了家门。邱老先生咽不下这口恶气，招来自己的徒弟，报复张财主。徒弟们按照师傅的吩咐，子夜时分在张家先人坟头钉下八八六十四根桃木橛。木橛钉下不到一个时辰，电闪雷鸣，暴雨如注。破晓之时，张家的坟地被大水淹没了，卧虎穴变成了王八穴。此后张家的日子日渐衰败，而邱老先生的眼睛日渐复明。再后来，邱老先生的眼睛明亮如初，可张家却衰败得一塌糊涂，几个儿孙抽大烟踢光了家产，沦为乞丐。

邱二讲的这个故事到处流传。南乡有个姓陈的风水先生逢人也讲这个故事，但故事中的主人公邱老先生就变成了陈老先生。至于故事中的主人公到底是邱老先生还是陈老先生，无人去考证。听众觉得故事好听就满足了，管他是赵钱孙李，还是周吴郑王。可有一点是事实，邱二的父亲是个半路出家的风水先生，他摆卦摊也算是子承父业吧。

张化龙举义旗反清抗捐之时，邱二收了卦摊加入了义军。有人问他，为啥放的轻省饭不吃，却要提上脑袋造反？他回答说，他给张化龙算过命，张是天上的赤脚大仙下凡，有帝王之相，将来社稷江山是张化龙的。他胸有王佐之才，自然要出山辅佐。后来张化龙兵败被杀，那人又问他何故，他连连摇头，叹息说，张化龙虽是赤脚大仙下凡，却生不逢时，赤龙变成了草龙，时也、命也、运也！

后来，邱二跟郭生荣在卧牛岗落了草，做了郭生荣的军师。民国十六年(1927 年)，郭生荣去乾州城抢一家珠宝店，不料走漏了风声，当场遭擒，判了死刑。邱二倾山寨之所有，四处打点，重金打关节，买通了行刑枪手，并带话给狱中的郭生荣，行刑那天，一定要站稳步子，绝不可有丝毫动弹。那天一同受刑的有六个人，到刑场时有三个已经吓瘫了，另外两个骂声不绝，唯有郭生荣稳稳地站直身子，一声不吭。枪声响了，他只觉鬓角猛地一疼，便立刻扑倒在地，紧闭双目，随即有热乎乎的液体浆了脸面。有人过来扳住他的头看了一下，说了声："收尸吧！"他微微睁开眼睛，只见乔装打扮的邱二带着同样乔装打扮的几个心腹喽啰，用苇席卷住他，抬上一辆铁轱辘大车，赶车就走。是邱二从阎王手中抢回了他一条性命。

此后，郭生荣对邱二十分宠信，言听计从。也因了邱二，郭生荣对读书人都高看一眼。

当下，邱二取出一个小包，打开小包是清一色六枚乾隆通宝，六枚铜钱铮亮生辉，显然用了无数次。邱二把铜钱装进了一个铜盒，双手举过头，连摇数下，凝神半晌，打开铜盒，依次取出铜钱排列在桌上。三双目光都紧盯着铜钱，只见六枚铜钱无字的一面都朝上。秀女和玉凤看不出什么名堂来，就把目光投向邱二。邱二呆眼看着铜钱，面无表情，秀女禁不住问道："老二，咋样？"

邱二猛一拍大腿，叫道："好卦！好卦呀！"

秀女和玉凤不知如何好法，看看铜钱，又望望邱二。

"这是困龙得水之卦，大吉呀！"邱二兴奋异常，念出几句口诀，"困龙得水好交运，不由喜气上眉梢，一切谋事皆如意，往后时运渐渐高。"

秀女和玉凤听明白了，都十分高兴。秀女猛一挥手："下岗！"大步走出了屋……

是夜，有云无月，正是劫狱的好时候。

秀女和邱二带着人马来到县城已是子夜时分。监狱在城北的高岗上，监狱岗楼上的马灯鬼火似的眨着眼，值岗的狱卒抱着枪在打盹。秀女和邱二带着人马悄无声息地摸到了高墙之下。邱二学了两声夜猫子叫，高墙内回应了两声。邱二回头看看秀女，秀女点点头。邱二一招手，过来两个壮汉叠起罗汉，把邱二送上了墙顶，随后一伙人都如此这般爬上了高墙。那个送饭的年轻伙夫在墙内接应。

邱二低声问："荣爷关在哪里？"

"二爷跟我来。"

一伙人跟着内应蛇似的往里溜……

是时，双喜刚刚昏然入睡，毛脸汉子的鼾声把他折磨了半夜，难耐之时他爬起身从毛脸汉子的衣袖口撕了点棉絮塞住了耳朵眼，这才有了睡意。

毛脸汉子的鼾声戛然而止。他猛地睁开眼睛，翻身坐起，从贴身衣袋掏出一把钥匙，打开了脚镣。他拍拍双喜的屁股，低声道："甭傻睡了，准备走吧。"

双喜惊醒，揉着惺忪的睡眼嘟哝道："你说啥？"他耳朵眼塞着棉絮，听不清毛脸汉子说啥。

"准备走吧！"

双喜取掉耳朵眼的棉絮，听清楚了，却神情茫然："上哪达去？"

"出去。"

"咋出去？"

这时外边有了响动声。毛脸汉子示意他不要吭声，趴在牢门口往外张望。

这时，邱二一伙悄然来到牢房甬道，值班的狱卒犯困，伸开双臂打着哈欠，对即将到来的致命危险毫无觉察。邱二捷如狸猫，猛扑过去从背后勒住了狱卒的脖子，随即一把匕首插进了狱卒的心窝，狱卒一声没吭就毙命了。秀女跃身上前，麻利地从狱卒身上摘下牢门的钥匙，急忙打开牢门。邱二疾步进了牢房，叫了声：“大哥！”

毛脸汉子答应一声，随即看见了秀女，失声叫道：“秀女，你咋来了?!”

邱二说：“我不让嫂子来，可嫂子说啥也要亲自来。”

毛脸汉子埋怨道：“秀女，你不该来哩，万一失手了咋办?!”

“当家的，你没事吧?”秀女摸摸毛脸汉子的胸脯，又捏捏他的胳膊。

“没事。”

“那就好。”

“你真不该来……”

秀女道：“这里不是说话的地方，快走吧！”塞给毛脸汉子一把枪。

双喜呆立在一旁，一时不知发生了什么事，似在梦境之中。毛脸汉子拉他一把，呵斥道：“瓷锤(傻瓜)，还不快走！”

一伙人拥着毛脸汉子和双喜往外撤退。出了牢门，开监狱大门时不小心弄出了响动声，岗楼上的狱卒猛然惊醒，端起枪喝问：“干啥的?!”

邱二急问毛脸汉子：“大哥，咋办?”

毛脸汉子压低声音说：“甭理睬他，把门开大，往外冲！”

几个壮汉急忙上前，哗啦啦推开了大门。

岗楼上的狱卒拉动枪栓，扯着嗓子喊叫起来：“有人劫狱啦！”随即开了枪。

“狗日的活颇烦了！”毛脸汉子抬手一枪，岗楼上的哨兵惨叫一声从上边倒栽葱掉了下来。毛脸汉子又是一枪，那盏马灯也熄灭了。

顿时监狱大乱，警笛声、喊叫声和枪声响成一片。待狱卒们冲出监狱的大门时，毛脸汉子他们早已钻进夜幕之中，消失得无影无踪。

这几日秦盛昌心神不安，魂不守舍。吴富厚去西安七八天了，却迟迟不见回来。往常也就三两天打个来回，莫非双喜真的出了啥事？他心里猫抓了似的难受，可在太太面前还要强颜为欢。他知道太太比他更心焦，这几日茶饭都难得吃上几口。刚才他在大门口瞧了瞧，没有吴富厚的影子。他愁着眉回到敞厅端起了水烟袋。秦杨氏从里屋走出来，问道："富厚兄弟回来了么？"她憔悴了许多，鬓角的白发添了不少。

秦盛昌一怔，随即笑着说："也许今儿个能回来，你也甭太熬煎。"秦杨氏叹了口气，用手帕拭眼睛。秦盛昌想安慰几句，一时又不知咋说才好，便垂头抽烟。

忽然，菊香跑进来惊喜地叫道："老爷，太太，吴总管回来啦！"

秦盛昌夫妇顿时面泛喜色，同声问道："在哪达？快请他来！"话音刚落，吴富厚风尘仆仆地走了进来。

秦杨氏急忙迎了上去："兄弟回来了，双喜哩？"一双目光往门外就瞅。

吴富厚抹了一把额头的汗，讶然道："双喜没回来？"

"没回来呀！"

秦盛昌忙问："咋的，你没见着双喜？"

吴富厚点点头："我在省城学堂没见着双喜，后来我找见了他的几位先生和同学，他们都说双喜好几天前已经回家了。这段时间，离校的学生多得很。"

秦杨氏脸色大变，惊慌起来："好几天前就回家了？咱可没见着双喜的人影影儿！他能上哪达去哩？会不会出了啥事？"说着，眼里已有了泪水。

秦盛昌安慰太太："他一个大小伙子失遗不了，一定是到哪个同学家去咧。"其实他心里也惶恐得不行。

秦杨氏用手帕拭着泪水："如今世道乱得很，不怕一万，就怕万一……"

吴富厚急忙安慰："嫂子，你别心急。双喜吉人天相，不会出啥事的。"转脸又对着秦盛昌说："双喜也许在县城里耍哩，我再到县城去看看？"

县城有秦家的字号店铺，双喜有时从省城回来也在那里落脚。秦盛昌点头称是，秦杨氏急忙说："那你就赶快去！"

秦盛昌埋怨太太："看你急的，让富厚兄弟歇歇，明儿个再去不迟。"

吴富厚连忙说他不乏不累，转身就走。这时跑进来一位姑娘，十六七岁，高挑身材，秀丽出众。她是双喜的妹妹喜梅。喜梅看到吴富厚就问："大叔，我哥回来了么？"

吴富厚不知说啥才好，一时语塞。喜梅发觉气氛不对，又见父母都阴沉着脸，脸上的笑容僵住了："我哥没回来？你不是去叫我哥了么？"

吴富厚醒过神来，笑着说："快回来了，正在路上走着哩。"说罢，抽身就走。

秦盛昌冲着他的背影喊："把角角落落都寻一寻！"

吴富厚到了县城就奔秦家的字号店铺，主事的庞三说，春节后少爷一次也没来过。天色将晚，吴富厚决定歇一晚，明日把县城的角角落落寻上一遍。

翌日，吴富厚吃了早饭就去寻双喜。他先去赌场，他寻思年轻人都贪玩，双喜兴许在赌场耍哩。可寻遍了县城的赌场，都没有双喜的人影。他又去烟馆找，也没找着双喜。出了烟馆，他思忖半晌，便去了烟花巷。

进了一家妓院，几个窑姐迎上来嗲声嗲气地招呼他："大爷，来啦，到我屋里喝杯香茶去。"上前就争抢拉他的胳膊。他一抬胳膊把几个窑姐甩了个趔趄，径直上楼去。一个壮汉拎着一把大茶壶迎面过来问道："你干啥？"

"找人。"他说着撩起一个门帘，一个嫖客搂着一个窑姐在亲嘴，他扔下门帘，转身又撩起一个，里边的风景更不堪入目。

大茶壶笑道："爷们儿，玩玩吧，这里的姐儿个个都有滋有味。"

他没理睬大茶壶，说了声："晦气！"慌忙退出。

找了大半天，他又乏又累，脚一拐，进了一家茶馆。茶馆的人真多，他在角落的一张桌前落了座，伙计送来茶水，他慢慢呷饮。旁边的茶桌上坐着几个衣着不俗的人，他们边品茗边谈论着昨晚县城发生的一桩劫狱案。他坐得近，便听得仔细。听着听着，他皱起了眉头，起身离座，付了茶钱，匆匆出了茶馆。

太阳落山时，吴富厚赶回了秦家。秦盛昌在账房处理账务，看到他，有点愕然："哦，兄弟回来了，找着双喜了么？"

吴富厚摇头："能找的地方都找了，不见双喜的踪影。"

秦盛昌呆住了，一脸的阴郁之色，喃喃道："他上哪儿去了？"

吴富厚沉吟片刻，说："老哥，我在茶馆听到一个消息。"

"啥消息？"

"昨晚县城大牢让人劫了。"

秦盛昌呆眼看着吴富厚,一脸茫然:“县城大牢让人劫了,这跟咱双喜有啥关系?”

“听说劫狱的救出的两个犯人中有一个是穿学生制服的白净小伙子。”

“你是说那个白净小伙儿是双喜?”

“不怕一万,就怕万一。”

“不不,不会是双喜!他咋会蹲大牢哩?”

“我也这么想,可如今世事混乱,啥怪事都可能发生哩。”

秦盛昌半晌无语。忽然,他想起太太那个奇异的梦来。牛钻进窑里,不是个“牢”字么?两只狗说话,不是个“狱”字么?难道真是应验了太太那个奇怪的梦?双喜有牢狱之灾?他禁不住打了两个寒战。宁可信其有,不可信其无。他开口道:“兄弟,这话可不要给你嫂子说,她知道了还不急出毛病来。”

吴富厚点点头。

秦盛昌忽然又问:“是谁劫的牢?”

“那伙人来无影去无踪,现在还摸不清他们是谁。我估摸,十有八九是那股杆子干的。”

“兄弟,你再辛苦一趟,仔细打探打探,一定要弄清楚是谁劫的牢,说啥也不能让双喜有个闪失。”

吴富厚答应一声,转身要走。秦盛昌叫住了他,拍着他的肩膀说:“兄弟,先歇息歇息,明儿个再出门吧。双喜真要出了事,迟一晚早一晚都是一样的。唉,老天爷咋老找我的麻达哩!”说罢,连连摇头。

第四章

卧牛岗上过年般地热闹起来，人人喜笑颜开。山神庙里摆了十几桌酒席，酒席十分丰盛，大碗装肉，大坛子装酒。毛脸汉子郭生荣坐在首席，他换上一身崭新的蓝绸料裤褂，虽然头发胡子老长，却修剪梳理得整整齐齐，一丝不乱。此时他倒不像威风凛凛的山大王，而似一个慈祥和善的乡绅。他左首坐着邱二，右首坐着秀女。秀女脱去皂色夜行衣，穿红挂绿，还原了女人本色，在一群粗犷剽悍的男子汉中犹如一朵野玫瑰怒放在荒草丛中，显得那么艳丽夺目，楚楚动人。

郭生荣这次被捕实属意外。每年二三月，青黄不接，岗上的粮食就紧缺，都要想方设法筹补。所谓“筹补”就是打抢大户人家或粮店。今年也不例外，郭生荣把目光盯在了县城的粮店。他带了两个随从去会雍原县城的眼线，那个眼线是一家粮店的伙计。他们到县城后在一家客店住下，离约定见面的时间尚早，便吩咐随从在客店等候，独自去街上游逛。忽然他觉得头皮发痒，信步进了一家剃头铺。剃头的伙计是个年轻娃，见他头发老长硬如猪鬃，打来一大盆热水又洗又闷，舒服得他直哼哼。洗闷完了，小伙子让他躺在椅子上。小伙子手艺不错，刀子更是残火，刮得头皮刺啦有声，如同给他挠痒一般。他闭上眼睛享受着这种愉悦。睁开眼睛时，脑袋被剃得锃光发亮，没留一根头发。他恼火了，他原本留着后背式短刷刷，怎么剃成了和尚头。转眼又一想，已经剃成了和尚头，就是把剃头伙计的头割下来也长不到他的脖颈上。也罢！他索性让剃头伙计把胡子也刮了个精光。刮完了胡须，对着镜子一看，年轻了许多，可那威猛剽悍之气荡然无存了。

出了剃头铺，郭生荣便去粮店和眼线见面。一进粮店他就看见有四五个形迹可疑的人在店里转悠，情知不妙，抽身就走，那四五个人扑过来抓住了他。原来眼线早在一天前就被保安大队的人盯住了，抓他时，他拒捕被打死了。保安大队的人在这里守株待兔，凡进粮店的人一律抓捕。

郭生荣被关进了牢房，审讯时，他一口咬定是来买粮的。审讯的人见他秃头秃脑的有点憨，信以为真，却不知为啥也没放他。在牢房里关了十多天，他的头发胡子密密麻麻地长了上来，威猛凶悍之气渐露端倪。牢头见他身坯强壮，相貌凶悍，怕他生出事端，给他带上了脚镣。

邱二和秀女得知他被抓的消息，焦急得如热锅上的蚂蚁，四处托人使银钱疏通关节，并让一个伶俐的喽啰去当监牢的火头军做眼线。最终劫狱成功，救出了郭生荣，化险为夷。

邱二端起酒碗站起身，朗声说道："这头碗酒给大哥压惊！"仰面喝干了碗中的酒。

郭生荣哈哈大笑，喝了碗中的酒，秀女含笑浅浅抿了一口。众喽啰一饮而尽。

邱二又斟满一碗酒："二碗酒给大哥接风洗尘。"

众喽啰一齐喊道："给荣爷接风洗尘！"

郭生荣哈哈笑着，仰面而饮。

邱二再斟一碗酒："三碗酒庆贺大哥龙归大海，虎回深山！"

郭生荣捋着胡须转眼看着秀女，笑道："老二的说道就是多。"

秀女也笑着说："老二是成心要灌醉你哩。"

邱二笑道："今儿个是大喜之日，咱就喝他个一醉方休！"

"好，喝！"郭生荣仰面痛饮，以碗底示众。

众喽啰齐声喝彩，都一饮而尽。秀女还是浅浅抿一口。

双喜坐在郭生荣对面，看得发呆，没动酒碗。此时他才知道毛脸汉子是威震八方的山大王郭鹞子。身陷此境，他不知是福是祸，脑子里一片空白。

郭生荣发现双喜没动碗筷，笑骂道："瓷锤！咋不吃不喝？我说今儿个咱就能吃上肉喝上酒，这下你信了吧？"说罢，大笑。

众人也都跟着笑，双喜也傻笑起来。

郭生荣吞下一块红烧肉，说道："我给你们引荐一下，这位小老弟是我在牢房结识的朋友，喂，你叫啥名字？"

"秦双喜。"

"秦双喜，这个名字好，吉利。他在省城的学堂念过书，装了一肚子墨水。往后他就是咱们山寨的粮钱师爷。"郭生荣转脸给双喜介绍，"这位是邱二爷，我的把兄弟，咱山寨的军师，顶梁柱。往后有啥事你就找他。这位是我的压寨夫人，叫秀女，咱们的内当家。"

邱二端起酒碗："秦师爷，我敬你一碗。"

双喜哪见过这样的场面，又被邱二"秦师爷"一声称呼闹得懵懵懂懂，不知所措，呆若木鸡。

郭生荣笑骂道："瞧你的瓷锤相，就不像个立着尿尿的。"

众喽啰哄堂大笑。双喜的一张白净脸涨得通红,越发无所适从。

秀女责备郭生荣:“他是个学生娃,面嫩,往后跟他说话文雅些。”

郭生荣笑道:“咱卧牛岗本来就不是学堂嘛,文雅个屁哩。双喜,二爷敬你酒,你就喝。”

一股热血涌上心头,双喜端起酒碗,一饮而尽。

秀女端起酒碗,莞尔道:“学生娃,我也敬你一杯。”

双喜诚惶诚恐端起酒碗看着秀女发呆,心里直纳闷:如此俊俏的女人,怎的也上山当了土匪?郭生荣见他这般模样,笑骂道:“看啥哩,想让她做你的干妈还是咋的?”

众喽啰又是一阵哄堂大笑。

双喜一张脸涨得通红,仰面喝了碗中的酒。

“是个男子汉!”秀女夸赞一句,也一饮而尽……

是夜,双喜被安排在山神庙左侧一个独院小屋歇息。第二天醒来时,已日上三竿。他寻思这地方不是久待之地,就想下岗;后又寻思,是郭生荣的人救他出来,走时需得跟人家打声招呼道声谢。于是,他去向郭生荣辞行。

来到郭生荣住处,双喜刚要敲门,郭生荣的贴身马弁忽然闪出来,拦住了他,问他有啥事。他说有紧要事找荣爷。马弁让他等等,转身去禀报。

郭生荣昨儿多喝了几杯,刚刚起来,打着呵欠。秀女坐在桌前对着镜子梳理秀发。女人不管身处何地,爱美之心都不会丢。

马弁进来禀报:“荣爷,秦师爷找你。”

郭生荣一边擦脸,一边不高兴地说:“大清早的,他有啥事?”

秀女说:“也许有啥紧要的事。”

“叫他进来。”

马弁转身出了屋。片刻工夫,双喜推门进了屋。

郭生荣扣着纽扣,漫不经心地问:“有啥事?”

“我来向荣爷辞行。”

郭生荣定睛讶然地看着双喜:“辞行！辞啥行?”

“我要回家。”

“回家？你已经成了我的粮钱师爷,能说走就走么?”

双喜惊愕了半晌,说道:“我几时成了你的粮钱师爷?”

“在牢房里咱俩击过掌,昨儿个的酒宴上你也喝了邱二敬你的酒,你好歹也是个立着尿尿的,咋能反悔哩！秦双喜,我敬你是个读书人,也念你跟我一同蹲过牢房,高看你哩。你可别狗上锅台,不识抬举。”

双喜目瞪口呆,一时竟无话可说。

这时秀女走过来冷冷地说:“秦师爷,你已经入了伙,就不该言而无信。”

双喜气愤地说:“我没有入伙,也不愿入伙。我要回家!”

秀女冷笑道:“卧牛岗不是客店,想住就住,想走就走。秦师爷,你也是个读书人,入乡随俗这个道理你懂吧。我们是干啥的,想必你也清楚。既然已经上了岗,你就安心待着吧。我们当家的委你个粮钱师爷,这可是个美差呀,没有亏待你嘛。”

双喜瓷了眼。这些日子的遭遇使他真正知道了啥叫秀才遇见兵,有理说不清。他喝了一肚子墨水,可跟兵和匪打交道却半点也不管用。他明白上贼船容易,下贼船难,也明白再说啥也是白费唾沫,闹不好郭生荣翻了脸,说不准还会丢了性命。也罢,走一步算一步吧。

双喜被软禁在小院里。他烦躁不安，在屋里坐卧不宁。天色将晚，他越发不想在屋里待，便信步来到院子里。他刚想往院外走，一个持枪的喽啰拦住了他："秦师爷上哪达去？"

他没好气地说："别叫我秦师爷！"

喽啰见他发火，赔着笑脸说："山寨有规矩，晚上不许胡乱走动。秦师爷还是早点儿歇息吧。"

双喜举目张望，发现院门外有好几个持枪的喽啰在走动，明白自己被软禁起来了。他没料到郭生荣竟然如此对待他，气得直跺脚，却又无可奈何。还好，郭生荣没把他关在小屋里，也没给他吃玉米糁子和玉米粑粑。他一屁股坐在院中的一块大青石上，仰面观天。

湛蓝的夜空中挂着一轮圆月，有几块白云在浮动。月明星稀，银光闪耀的透明夜色，遍洒在暮春静谧的山野，辉映着这个幽静的小院。山野的月夜别有一番韵味，可双喜却无半点赏月的情趣。他叹息一声，垂下目光。

忽然，他感到衣袋里有个硬邦邦的东西，掏出一看，是口琴。他读书时爱好音乐，口琴吹得极不错，闲暇时常常吹上一曲。这一番遭遇几乎让他脱胎换骨，可口琴竟然没有丢。他抚摸着口琴，举到唇边，情不自禁地吹了起来。

琴声悠扬，随着夜风向四野飘荡……

双喜以吹口琴排解心中的气恼和烦躁，没想到惊动了隔壁院落的主人。

墙那边是一个十分雅静别致的小院落。上首是三间砖木结构的小瓦房，一明两暗，金龙锁梅的格子门窗。院中有几棵桃树，桃花开得正盛，淡淡的清香飘荡在屋里屋外，沁人心脾，令人心旷神怡。这便是郭生荣的女儿玉凤和侍女小翠的住处。玉凤原本是和父亲住在一处,她离不开父亲,父亲也舍不开她。三年前,父亲从省城带回了秀女,她又哭又闹。父亲爱她,可也爱秀女,无奈之中,父亲把这个雅静的小院修整了一番,让她搬过来住。

昨儿山寨大摆酒宴给郭生荣接风洗尘,玉凤气恨秀女不许她去劫狱,赌气没有参加酒宴。此时她和小翠还在灯下说着昨天的事。

“昨儿个老爷请你去议事堂吃酒宴,你咋不去哩?”

“我不愿跟那个女人坐在一起吃饭。”

“夫人那人也不坏。再说,老爷跟前也不能没有女人。”

“我全知道,可我就是不愿意看到她。”

这时,夜风送来了琴声。主仆二人都是一怔,面面相觑。

玉凤喃喃道:“好像是谁在吹口琴?”

小翠摇头。

野岭荒岗偏僻之地,都是一伙莽汉武夫,谁能吹出如此动听的琴声?玉凤十分惊诧,忽地站起身:“看看去!”

玉凤出了屋,踏着星光月色循琴声而去。小翠疾步跟随。

主仆二人循着琴声来到隔壁小院,只见院中青石上坐着一个白净小伙儿,如痴如醉地吹着口琴。月光给他全身镀上了一层虚幻缥缈的橘黄色,悠扬悦耳的琴声浸润着月色,把一切渲染得如同梦境。几个站岗巡夜的喽啰都伸长脖子聆听他的吹奏,神情惊喜发痴。

玉凤和小翠轻步走来,飘飘似仙。

为首的小头目忽然发现了她俩,刚想说话,被玉凤的手势止住了。

玉凤和小翠轻步走进院子，悄然站在双喜的身后，倾听他的吹奏，面现惊喜的微笑。双喜早已被自己的琴声感染到了忘我的境界，全然没有觉察到身后有人。

一曲终了，玉凤脱口赞道："吹得真好！"

双喜一惊，猛回首，见两位天仙似的姑娘站在他身旁，大为惊讶，以为在梦境之中，下意识地揉着眼睛。

小翠突然惊喜地叫道："小姐，是他！"

玉凤借着月光看清楚双喜的面目，惊喜异常："怎么是你呀?!"

双喜这时也认出了她两人，惊讶得一时竟说不出话来。他和这两个姑娘曾在省城见过一面。那天他刚接到父亲的书信，心情十分烦乱，便去街上一家餐馆喝闷酒。邻桌坐着两个年轻人，戴着鸭舌帽，帽檐压得很低，看不清眉目。从衣着上看，他们像是学生。桌上的菜肴十分丰盛，显然是富家子弟。他们边吃边朝双喜看了几眼。双喜也看了看他们，一来眼生，二来心情不好，没有跟他们搭话。

这时进来了四五个汉子，为首的戴着皂色礼帽叼着烟，有两个还吹着口哨。明眼人都看得出他们是一伙混混儿。跑堂的伙计不敢慢待，跑过来笑着脸殷勤地招呼："几位爷，这边坐。"

混混儿们并不理睬伙计，东瞅一眼，西盯一眼，最终围住了那两个眉清目秀的年轻人。为首的混混儿蛮横地说："小白脸，一边去！爷们要在这儿喝两杯。"显然是没事找事。

身材高挑的年轻人乜斜了他一眼，动都没动。

一个混混儿扑过来，张口就往外喷粪："他妈的！耳朵聋啦！没听见大爷跟你说话！"

稍胖的一位握住了拳头，想要起身，被他的同伴拉住了。俩人既不吭声，也没动窝，只是怒目瞪着混混儿们。

为首的混混儿吐掉沾在嘴边的半截香烟：“哟嗬，你们俩的头还真难剃！”挽起衣袖要动手。

刚才喷粪的混混儿一双眼珠乱转，忽然说：“大哥，这是两个娘们。”

混混儿们都一惊，再度仔细打量两个年轻人，都看出点儿端倪来。为首的混混儿怪模怪样地笑了起来，突然出手摘掉了高挑个儿的帽子，乌黑油亮的秀发立时披散下来。另一个混混儿也摘掉了稍胖的那位的帽子，果然也是个姑娘。

“盘子亮得很么！”

混混儿们坏笑着围住两个姑娘动手动脚。高挑个儿姑娘脸色涨得血红，再也按捺不住心头的怒火，猛然出手，一掌把靠前一个混混儿打倒在地。混混儿们没料到她有这一手功夫，大惊失色，慌忙后退。为首的混混儿恼羞成怒，吆喝一嗓子：“妈的，都别当瓷锤，给我上！”

混混儿们听到号令，捋胳膊挽衣袖一齐上手，两个姑娘急忙迎战。一霎时，餐馆成了练武场，碗碟盘盏稀里哗啦碎了一地，桌子板凳少了胳膊断了腿。餐馆老板哭丧着脸喊：“不要打啦，不要打啦！”可没人听他的。拳脚依然乱踢乱舞。两个姑娘的拳脚很见功夫，面对四五个彪汉并不惧怕，但终究双拳难敌四手，猛虎难斗群狼，渐渐地招架不住了，露出了败相。

双喜眼看形势不妙，吼叫一声，虎跃过去援救两个姑娘。他身捷如猿，出手迅猛，指西打东，脚踢南北。为首的混混儿胸口挨了一拳，笨重的身躯砸翻了一张酒桌，碗碟盘盏飞了起来，酒菜糊了他一脸一身，似刚从汤锅捞出来的一只烤乳猪。混混儿们大吃一惊,不敢贸然向前了。

这时餐馆里早已大乱,食客们惊叫着四下奔逃。趁这混乱之时,两个姑娘相对一视,高挑个儿姑娘冲双喜一抱拳:“多谢搭救之恩!”便和同伴撤离了是非之地……

双喜万万没有想到在这个荒山野岭能遇到她们二人,又惊又喜。

院子不是说话的地方,三人进了小屋。一盏清油灯把小屋照得通亮,双喜再次打量着面前两位姑娘,惊喜万分,却又大惑不解:“你俩怎么也在这儿?”

玉凤笑道:“我家在这里。”

双喜更为惊讶:“你家在这里?那天我还以为你是省城哪个富家的小姐哩!”

小翠笑着说:“我们是到西安城看景去咧。”

“那天多亏你出手相救,谢谢你了。”玉凤冲双喜躬腰拱手施礼。

双喜笑道:“看你这做派,不像女子,倒像是郭生荣手下的喽啰。”

玉凤和小翠都咯咯笑了。

双喜笑道:“听说山寨有规矩,夜晚不许人胡乱走动。你们两个女儿家,咋跑到这达来的?”

小翠眉毛一扬:“谁活颇烦了,敢拦小姐的路。”

“小姐?”双喜惊愕地望着玉凤。

“荣爷就是她的亲爹。”

双喜恍然大悟,一双目光重新打量着玉凤,心中惊叹,山窝窝里飞出了金凤凰,粗犷剽悍的郭鹞子竟然养了这么一个俊俏的女儿。

玉凤莞尔笑道:“尽看我做啥,我又没长三头六臂。”

双喜喃喃道:“原来如此。”

小翠扑哧一声笑了。秦、郭二人都转眼看她,莫名其妙。

小翠学着双喜的腔调,一字一板地说:“原、来、如、此。”

三人都大笑了起来。

俄顷,玉凤问双喜:“你是哪达人?叫啥名?我们还不知道哩。”

“我叫秦双喜,是雍原县秦家埠人,在省城读书。”

“那你咋来到了这达?”

“唉,一言难尽!我回家探亲,走到半道被保安大队的人劫了。他们抢了我的钱财,还说我通共,把我和你爹关在了一个牢房。前天晚上,你们的人劫了狱,我就稀里糊涂地到了这达。”

小翠笑道:“你在省城帮了我们。我们的人又救你出了牢。咱们扯平了,谁也不欠谁的人情。”

双喜也笑道:“我又没说你们欠我的人情嘛。”

小翠说:“我家小姐老念叨你的好处,说是迟早都要还你的人情。”

“这大可不必。哦,你们俩叫啥名?我该咋称呼你们?”

玉凤微笑道:“我叫玉凤,她叫小翠,你就叫我们的名字吧。”

小翠顽皮地说:“我们咋称呼你哩?”

双喜认真地说:“我比你们俩年长,你俩就叫我秦大哥吧。”

小翠笑道:“你咋不让我们俩叫你秦大叔呢?”

“我没有那么老吧?”双喜下意识地摸摸下巴。

“你面嫩得很,我看你干脆叫我们俩大姐吧。”

双喜笑道:“你俩不嫌吃亏?”

“你想叫大姑也成嘛。”小翠说着,捂着肚子咯咯直笑。

玉凤在一旁看着小翠和双喜斗嘴,抿嘴偷着乐。她见小翠越说越人来疯了,把双喜闹了个大红脸,佯嗔道:“小翠,看你都胡说了些啥! 秦大哥是大户人家的少爷,是你随便取笑的么。”

小翠这才收敛了些。双喜道:“跟你们说说笑笑真开心,这些日子可把我憋得快死了。”

三人又说笑了半天,玉凤和小翠才起身告辞。

第二天一大早,小翠在打扫院子,双喜推门进来,笑着跟她打招呼。小翠问他大清早过来有何贵干,双喜有点儿不好意思,半晌才说:“我找郭小姐有点儿事。”

小翠笑着冲里屋喊:“小姐,有人找你。”

“是谁呀?”

“一位贵客。”

竹帘一挑,玉凤出了屋。她把秀发梳成一根独辫,随着走动辫梢轻轻在腰间摆动,更有一番迷人的风韵。她见是双喜,笑逐颜开:“原来是秦大哥,一大清早过来有啥事?”

双喜搓着手,涨红着脸,欲言又止。昨晚玉凤她们走后,他一直无法入睡。他寻思,山寨不是久待之地,必须想法逃脱。可他人生地不熟,郭生荣的喽啰防守得十分严紧,怎逃得脱? 后来,他想到了玉凤。在省城他帮她解了围,现在他求她帮他离开卧牛岗,想来她不会拒绝吧。今儿一大早他便来找玉凤,可见了面,他觉得有点涩口。他从来没有求过人,更别说是求一位姑娘。

玉凤催促道:“有啥事你就说吧。”

“我想求……求你帮帮忙。”

"别说'求'字。你救过我的命,我还没谢你哩。"

"那事咱们已扯平了,'谢'字就再甭说了。"

"也罢。你说,啥事?只要我能帮上忙,绝不说'不'字。"

"能帮上能帮上,绝对能帮上。"

"那你就说吧。"

"请你给你爹说说,放我下山吧。"

玉凤一怔,道:"听说你已经答应做山寨的粮钱师爷了,咋的又要下山?"

双喜急道:"我哪里答应过,是他逼我哩!你也不想想,我是个读书人,咋能与土匪为伍哩!"

玉凤俊俏的面庞上笑容消失了,脸色难看起来。双喜一惊,随即意识到自己说错了话,急忙说:"郭小姐,我是说……"

玉凤摆了一下手:"别说了!我可以跟我爹说说,放你下山。你走吧!"转身进了屋。

小翠走过来斥责道:"你说的那叫啥话?你这不是当着和尚骂秃驴么!亏你还是个读书人哩!"扭身也进了屋。

双喜木橛似的戳在那里,他没料到一句话没说好惹得玉凤恼了火,在肚里直骂自己是个"笨蛋"。

第五章

玉凤来到父亲的住处，秀女正在外间敞厅里收拾东西，听见脚步声，转身过来，见是玉凤，颇觉意外，随即笑脸招呼："玉凤来了，坐吧。"急唤侍女小玲倒茶水。

玉凤面无表情，立而不坐："我爹呢？"

秀女心有不快，但没有流露出来。她十分清楚玉凤一直恨她，事事都跟她过不去，为此她也十分恼恨。但她理解玉凤的心情，凡事都忍着，尽量减少矛盾。

秀女的出身一直都是个谜。几年前郭生荣去了省城一趟，回来便带着秀女。当时有人猜测秀女是省城妓院的妓女，也有人说郭生荣抢来了哪个大户的小妾。后来从秀女的行事做派看，很多人又说秀女是终南山女杆子头徐大脚的妹子。猜测终究是猜测，秀女的出身只有她本人和郭生荣知道，就连邱二也不清楚。

其实这几种猜测都有点沾边。秀女的父亲薛志贵原本也是张化龙义军的一个头目，义军兵败后，他率残部南渡渭水入终南山立足。此后和终南山女杆子头徐大脚合为一股与官府抗争。民国十三年(1924 年)，薛志贵与徐大脚发生内讧，被徐大脚的护兵打死，秀女的母亲不甘受辱，跳崖身亡。时年秀女十六岁。徐大脚本要斩草除根，却念秀女是个女娃，再者她也是女人，动了恻隐之心，留了秀女一条活命，却让人把秀女卖到了省城的一家妓院。

那次郭生荣去省城抢一家钱庄，得手后他打发手下人先回去，独自留在省城。那时玉凤的母亲已去世一年之久，郭生荣熬不住，信步进了一家妓院，想痛痛快快玩几天。接客的妓女便是秀女。

郭生荣和薛志贵虽无深交，但非常熟悉。郭生荣去过薛志贵的家，见过秀女，可那时秀女年仅八岁，还是个鼻涕娃娃。现在站在他面前的却是个俊俏的风尘女子，他哪里还能认得出来。

郭生荣迫不及待，宽衣解带，拥着美人就要上床。女人却瓷着眼珠子一个劲儿地看他。他有点儿不高兴了："卖啥瓷，快脱吧！"

女人忽然开口道："你是郭鹞子吧？"

郭生荣心里一惊，脸上却波澜不起，一双大黄眼珠子瞪着女人。他心里纳闷，这个女的怎么认得他？

"你不认得我了？我是秀女呀。"

秀女是谁？郭生荣迅速地搜寻着自己的记忆，但一点儿也想不起在什么地方见过这个俊俏的女人。他下意识地摇摇头。秀女却一眼认出了他。尽管时过境迁，但郭生荣的变化并不怎么大，只是络腮胡子更密更浓了些。郭鹞子的勇猛和胡子在义军中很有名，秀女当时虽是个娃娃，可对他的印象却很深。因此，看到他第一眼，秀女就觉得十分眼熟，再仔细看，便认出了他。

秀女见郭生荣还十分狐疑，又说："薛志贵你总该认得吧？我是薛志贵的女子呀。"

郭生荣惊愕了："你是薛志贵的女子？你咋到这地方来了。"

秀女便把自己的遭遇讲叙了一遍，临了，已泪流满面。这时郭生荣早已穿好衣服。他怎么能玩薛志贵的女儿呢？尽管她是个卖笑女子。

秀女抹去泪水问道:“你现时干啥哩?”

郭生荣不想对她隐瞒什么,就实话实说:“兵败后我在雍原的卧牛岗落了草。”

秀女明白了,知道他成了山大王,也知道他来省城一趟不易,便脱光了衣服:“来吧,完事后赶紧走。省城可不是雍原的卧牛岗,落到官兵手里你就没命了。”

郭生荣一怔,随即拿起衣服给秀女披上:“不,我要把你赎出去!”

秀女苦笑道:“我的赎金要一千块现大洋,你能拿得出么?”

郭生荣打开褡裢,哗啦啦把钱全倒在了桌子上。

秀女看着一大堆白花花的银洋,惊喜异常:“你哪儿来这么多的钱?”

郭生荣道:“你别管哪儿来的钱,就说够不够?”

“够了,够了。”

当下,郭生荣叫来老鸨,交了赎金,当着老鸨的面把秀女的卖身契烧成了灰,带着秀女离开了妓院。他雇了一辆轿车要送秀女回家,秀女无家可归,要随他走。他苦笑道:“我在卧牛岗拉杆子,说好听点是刀客,是山大王,说难听点儿是土匪,把脑袋拴在裤腰带上过日子哩!”

秀女却说:“土匪就土匪,我情愿。”

郭生荣全身一震,定睛看着秀女。

秀女说:“别这么看我。能遇到你这是命,也是缘分。你信不信缘分?”

“信!”

就这样郭生荣带着秀女回到了卧牛岗。关于秀女的身世郭生荣对谁也没说,当然谁也不敢去问郭生荣。

秀女刚来时,郭生荣让玉凤叫她"娘"(当地的风俗叫母亲为妈,呼后母为娘)。玉凤怒道:"她是干啥的?让我叫她娘?!别做梦了。"哭着跑开了。郭生荣很恼火,却不忍心打骂女儿,只好苦笑着对秀女说:"我就这么一个女子,她妈死得早,惯得不像样子。"秀女只是苦涩地笑了笑,啥也没说。后来,郭生荣曾多次想调和秀女和玉凤的关系,可玉凤十分任性,咋说也不听他的。秀女反过来劝郭生荣:"算了,随她去吧。时间长了,也许她会认我这个娘的。"

郭生荣歉意道:"那就让你多受委屈了。"

秀女说:"女人么,嫁鸡随鸡,嫁狗随狗。说不上什么受不受委屈。"

其实,秀女是个十分刚烈凶悍的女人,岗上的匪卒都惧怕她,就是郭生荣也处处让着她。郭生荣有个贴身马弁叫龙娃,是郭生荣一个远房的侄子。郭生荣带着他出来闯江湖,他救过郭生荣的命。郭生荣感激他信任他,让他当自己的卫队队长。龙娃仗着郭生荣的宠信,常常胡作非为,在岗上人缘很不好,可众喽啰知道他是郭生荣的红人,都不敢得罪他。秀女上岗后,郭生荣掠来一个女子给秀女做丫鬟。那个女子叫小玲,长得颇有几分姿色,许多喽啰觊觎她的秀色,常常拿些调情的话语撩拨她。小玲被迫上岗,哪里肯下嫁匪卒。所幸,秀女待她不薄,她才有了活下去的勇气。

去年春天,郭生荣来了兴致,只身带着秀女去省城游玩。半个月后,回到卧牛岗,却不见小玲。秀女心中疑惑,急唤邱二来问。邱二见秀女脸色不好,支支吾吾半天没说出个子丑寅卯来。就在这时,小玲披头散发地跑了进来,跪倒在秀女面前号啕大哭。秀女大吃一惊，忙问出了啥事。小玲只是哭，并不敢说。秀女知道事有蹊跷，怒目瞪着邱二："老二，到底是咋回事？"

邱二见事情瞒不住了，只好实话实说。原来，郭生荣夫妇下岗后的第二天晚上，龙娃拨开了小玲的屋门把小玲强暴了。小玲不甘受辱寻死觅活，被闻讯赶来的邱二拦住了。邱二支开龙娃，好言安慰小玲。一个是大掌柜宠信的卫队队长，一个是夫人的丫鬟侍女，哪一个出了事，他都不好交代。他摇动三寸不烂之舌，直劝到天光大亮，小玲才不哭不闹了。他还不放心，派了个上年纪的喽啰陪着小玲，生怕再闹出意外来。没料到小玲来了这么一手，当下额头沁出了冷汗。

秀女听罢脸色陡变："当家的，你说这事咋办？"

郭生荣久在江湖，刚愎自用不守礼法，重义气轻军纪。他并不把这件事当回事，哈哈笑道："既然龙娃喜欢小玲，干脆就让小玲给他做媳妇吧。"

一听这话，小玲又哭出了声。原来，龙娃长了一脸麻子，相貌十分丑陋。郭生荣明白小玲不愿嫁给龙娃，当即命令邱二拿出一百大洋给小玲。小玲死活不肯接钱，掩面哭着跑出了山神庙。郭生荣很恼怒，骂了句："不识抬举的东西！"

秀女看着这一幕，连声冷笑："当家的，若是龙娃把玉凤糟蹋了，你咋办？"

郭生荣一怔，随即骂道："放屁！"

秀女不依不饶地追问："你就当我是放屁。你说你咋办？"

"我就崩了他！"

秀女又是一声冷笑，拔腿出了山神庙。郭生荣和邱二都很茫然，面面相觑。半晌，邱二醒悟过来失声叫道："大哥，招祸了！"

“咋的招祸了?”郭生荣还是一脸的茫然。

邱二顾不得回答,转身就往外跑。郭生荣满脸疑惑,起身也出了山神庙。

片刻工夫,后岗方向传来了两声枪响。郭生荣心中一惊,不知出了啥事,正想去看看,只见邱二失急慌忙地跑了回来。他急问:“老二,出了啥事?”

邱二满脸沮丧:“龙娃死了。”

郭生荣心里咯噔一下,又问:“咋死的?”

“嫂子把他打死了……”

这时秀女也回来了,郭生荣一双眼睛瞪得如同牛卵子,咬牙骂道:“你个臭娘儿们,敢打死龙娃!”伸手就拔出腰间的盒子枪。慌得邱二抢上前抱住他的胳膊,迭声叫道:“大哥,使不得!万万使不得!”

秀女迎着郭生荣喷火的目光,毫无惧色:“老二,你松开手,让他毙了我。”

邱二哪里肯松手。秀女又道:“龙娃在外头咋胡整,我不管。可我不能容他在我眼皮底下胡来。常言说得好,兔子不吃窝边草,龙娃这么胡作非为,都是让你惯坏了。这回如果不下硬手整治整治,只怕往后我和玉凤也都自身难保。”

邱二也说了句:“都是龙娃做事太荒唐,我嫂子说得对,山寨是该下硬手整治整治。”

事已至此,也无可奈何。郭生荣跺了一下脚,气呼呼地走开了……

打那以后,岗上的大小头目、喽啰都知道了秀女的厉害,对她敬畏有加,不敢越雷池一步。只有玉凤不怕她,常常跟她作对,给她冷脸看。她肚里窝着火，却看在郭生荣的脸上，不去跟玉凤计较。

此时，秀女的热脸又贴了个冷屁股，心中老大不快，朝里屋喊："当家的，凤娃来了。"

郭生荣叼着烟从里屋走出来，面有惊愕之色："凤娃，有啥事？"他知道女儿没事是不会到他这里来的。

"爹，放秦双喜下山吧。"

郭生荣一怔，问道："他找你了？"

玉凤点点头："他救过我。"

"哦？……"郭生荣大为惊讶，定睛看着女儿。秀女也讶然地看着玉凤。

"上回我和小翠去逛省城，遇到一伙混混儿，要不是他出手相救，说不准我会把性命丢了哩。"玉凤把那天在西安的遭遇给父亲叙说了一遍。

"有这样的事？"

玉凤噘起了嘴："爹，我的话你也不信？我是编故事哄你哩！"

郭生荣笑着说："你的话我全都信哩。他咋出手帮的你？"

"他的拳脚功夫了得，比你都不差，打得那伙混混儿屁滚尿流。"

郭生荣认真地看着女儿，看出女儿不是编故事哄他，十分惊愕："哦，我还真把他没看出来。他竟然会拳脚功夫。"

"人家是真人不露相。"

郭生荣喷了口烟："那就更应该把他留在山上。"

玉凤急了："爹，我已经答应放他下山了，你若不答应，让我的脸往哪达搁嘛。"

"山上的规矩你又不是不知道,上了山就不能下山。"

"爹,你就破一次规矩嘛。"

郭生荣忽然很感兴趣地问:"他是哪达人?"

"秦家埠人。"

"他当真是秦家埠人?"郭生荣原本没把双喜的话当真。

"他不会骗我的。"

"莫非他是秦盛昌的后人?"

"秦盛昌是谁?"

"他是秦家埠的大财东。"

"也许是吧,穷家小户哪里供得起娃娃去省城念书。"玉凤抓住父亲的胳膊,孩子似的撒起娇来,"爹,给我点儿面子,放了他吧。"

郭生荣有点犹豫,在卧牛岗他说的话就是圣旨,有道是:君王口中无戏言,他怎能说话不算数?

玉凤的母亲跟郭生荣订的是娃娃亲,十八岁时与郭生荣结婚。新婚不久,郭生荣失手打死人,逃亡他乡。玉凤的母亲终日以泪洗面,独守空房。后来,张化龙举义旗反清抗捐,郭生荣这才归乡,夫妻团聚。可郭生荣生性不安分守己,又加入义军闹造反。再后张化龙兵败被杀,郭生荣上了卧牛岗为寇,她也只好嫁鸡随鸡,嫁狗随狗。她在卧牛岗生下了女儿玉凤,生儿子时不幸难产,请了好几个接生婆都束手无策。临终时,她对郭生荣说:"凤娃他爹,我走后你不管娶啥样的女人都行,可有一条,你要待凤娃好。你答应我么?"

那时威威武武的郭生荣已哭成了泪人,连连答应:"凤娃他妈,我答应你……"这些年来他一直很少关心身边的女人,此时女人即将离世,他才良心发现,觉得愧对玉凤的母亲。

“他爹，我知道你是条汉子，说话是算数的……”玉凤的母亲笑了一下，头歪到了一旁……

打那以后郭生荣视女儿如掌上明珠，捧在手中怕摔了，含在嘴里怕化了，女儿要鞋他连袜子给。如果有登天的梯子，他一定会上天摘星星让女儿欢心。他把在心中对妻子的愧疚都补偿给了女儿。可现在女儿替别人求情，要他破山寨的规矩，他还真有点儿为难，不禁抬头看了秀女一眼。

玉凤也瞪着一双凤眼看秀女，她知道爹听这个女人的话。

秀女略一迟疑，随即开口道：“当家的，就破一次规矩吧。留住他的人留不住他的心。再说，他救过玉凤，咱欠着他一份人情哩。”

郭生荣舒展了眉头：“凤娃，爹答应你了。”

“真是我的好亲爹哩。”玉凤大喜过望，在父亲的额头亲了一下。

“真是个娃娃。”郭生荣满脸是笑，“你还得谢谢你娘，她也帮你求过情。”

玉凤回眸看秀女，莞尔一笑。这是她头一回冲秀女绽开的笑颜，虽然什么话也没说，秀女却已经很满足了。

星月皎皎，晚风阵阵。

双喜坐在院中的青石上，思绪在胸中起伏翻腾……他是个热血男儿，深知“国家兴亡，匹夫有责”，本想奔赴抗日前线，拼洒一腔热血。就在他和同学们决定投奔陕北之际，却收到家书，父亲病危，让他火速回家一趟。他虽有报国之志，但也舍不下家，更丢不下父亲，何况父亲身患重病。他决计先回家尽孝，待父亲病愈后再去陕北为国尽忠。万万没有料到，回家的途中遭遇了团丁抢劫，并以“通共”的罪名把他关进了牢房，后侥幸逃脱，却又入了匪窝。唉，如今报国无门，回家无路，怎生是好？他愁容满面，眉头紧锁。良久，他掏出了口琴，缓缓凑近嘴唇吹起来，以此排解胸中的块垒、烦闷和忧郁。

玉凤飘然来到院子，悄然站在双喜身后，静静地侧耳倾听。

一曲终了，双喜又吹一曲《茉莉花》，他将满怀的激情、一腔的惆怅，全部注入琴孔。琴声悠扬婉转，悦耳动人，期盼中充满着忧伤、绝望。吹奏者眼中闪现出莹莹泪光。

玉凤完全被琴声征服了，忍不住赞道：“真美！”

双喜一惊，停住吹奏，转身一看，略显惊诧：“郭小姐来了。”

玉凤莞尔道：“你吹得真好，能教教我吗？”

双喜把口琴递给玉凤：“你试试。”

玉凤接过口琴，放在唇边吹起来，不成调子，含羞地笑了，双喜也笑了。玉凤道：“你吹的是歌儿吧？真好听。”

双喜点头。

“你唱给我听听，好吗？”

双喜略一迟疑，轻声唱起来：

好一朵茉莉花
好一朵茉莉花
满园花香谁也比不过它
我有心折一枝头上戴
又怕遭人骂……

双喜唱罢，又用口琴吹奏。玉凤在一旁轻声唱起来……

双喜十分惊奇："你的乐感真好，只听了一遍就会唱了。"

玉凤嫣然一笑道："我是瞎唱呢，没你唱得好。"她的笑颜使明媚的月亮黯然失色。双喜看得发呆，只觉得心窝处怦怦乱跳。

"你尽看我做啥，到底收不收我这个学生？"

双喜一惊，自觉失态，急忙说："收，收。"自此，玉凤跟着双喜学吹口琴，不分昼夜。玉凤天资聪敏，乐感极好，加之双喜倾心教，她很快就能吹出曲调。玉凤为了不让人打扰她学琴，支开了看守照料双喜的两个小喽啰，让小翠负责照料他的生活。

日子过得飞快，不觉十多天过去了。这天中午，玉凤在桌前吹奏《茉莉花》。她十分喜爱这支曲子，因此吹得悠扬婉转，悦耳动听。双喜站在一旁，凝望着她的倩影，心有所动，情不自禁地唱了起来：

好一朵茉莉花，
好一朵茉莉花
满园花香谁也比不过它
我有心折一枝头上戴
又怕遭人骂……

琴声停了，歌声也停了。两双目光碰撞在一起，有火花溅出，嘴唇都在颤动，但谁也没说什么。

就在这时，小翠进了屋，瞧见这情景，笑道："你俩人在干啥呀！"

俩人蓦然惊醒，都红了脸。玉凤低头吹琴，以此做掩饰。双喜双手乱翻一本琴谱，很是尴尬。

小翠板着脸道："你俩一个不好好教，一个不好好学，在屋里都做些啥哩。"又说，"秦大哥你折花怕谁骂呀？你折你的花，我和小姐都不会骂你的。"弦外之音谁都听得出来。

玉凤忍不住了，笑骂道："这个鬼女子，满嘴胡说些啥哩！"扬起手要打小翠。

"我是个鬼女子，我讨人嫌，我出去还不行么。"小翠笑着跑出了屋。

小翠这么一闹，俩人都羞红了脸，很是尴尬，不敢直视对方。为了掩饰心中翻滚的热浪，双喜拿过口琴，吹奏起来。他吹奏的是古曲《高山流水》。这首古曲他吹奏过无数遍，烂熟在胸，吹奏得悠扬婉转，很有激情。琴声很快感染了玉凤，把她带进了忘我的境界。

琴声刚落，玉凤问道："你吹的是啥曲子？真个是好听。"

双喜笑问道："你听得出意思么？"

玉凤说："初听有风吹树动鸟兽鸣，再后有虎啸猿啼林涛吼，似乎是在大山深处，又像是在高山顶上。到了后来咋又有了流水声，好像泉水出了山，流入江河，再后又像是起了大风大浪……"

双喜眼望着玉凤，半晌不说话。玉凤含羞笑道："你尽看我干啥？我说得对么？"

双喜醒过神来："对，对，你说得一满都对。这首古曲名叫《高山流水》。"

"《高山流水》？为啥叫这么个名字？"

"说起这个古曲名，还有个故事哩。"

"啥故事？给我说说吧。"

“先秦时，有个人叫俞伯牙，会鼓琴，可没人听得懂其中的绝妙。后来，他偶遇樵夫钟子期。他弹了一曲，钟子期称赞说：‘善哉，峨峨兮若泰山！善哉，洋洋兮若江河！’后人便称这首曲子为《高山流水》，也因此以‘高山流水’称知音或者知己。”

双喜话音刚落，身后有人笑道：“秦大哥，我家小姐听得懂你的琴声，是你的知音哩。”

双喜回首，小翠不知何时已站在他的身后，眼含诡笑地看着他，把他又闹了个大红脸。玉凤笑骂道：“鬼女子又说胡话哩！”

小翠笑道：“我半点也没说胡话。秦大哥吹琴，我满耳都是响声，啥也听不出来。可你却听出了山山水水来，不是秦大哥的知音是啥？”

双喜这时稳住了心神，笑道：“小翠说得对，你能听出我的琴声，就是我的知音。”

玉凤含羞一笑：“只怕我不配做你的知音。我还是先做你的学生吧。”说着就要双喜教她吹奏《高山流水》。

双喜并不推辞，便十分仔细地给玉凤讲解这首古曲的意境，且不厌其烦地教授吹技。玉凤是个聪慧的女子，一点就通，一拨就亮，很快就掌握了吹奏技巧。

这一日，双喜心事重重地来找玉凤。玉凤正在聚精会神地吹口琴。她的进步很快，一曲《高山流水》似乎从她的樱桃小口流淌出来，注入口琴中；又从口琴中奔涌而出，荡气回肠，悠扬婉转，如泣如诉，萦绕在耳畔。

双喜默然地站在一旁，没有打扰玉凤。起初，双喜倾心而听，心有所动。渐渐地，他的思绪飞扬起来，飞到了家乡，飞到了父母身边，心神顿时不安，闷闷不乐起来。

玉凤察觉到了,便停住了吹奏,讶然道:"你咋了?"

双喜不语,站在窗前,凝望着窗外。窗外是蓝天绿树,蓝天上有白云在悠然飘动,绿树上有小鸟儿在欢快地啼鸣。

玉凤走过来站在他身后,轻声问:"想家了?"

双喜喃喃道:"我父亲卧病在床,盼着我早点回家。我母亲一定很着急,倚门望儿归……"说着,眼里已有了泪花。

玉凤柔声道:"别这样嘛,男儿有泪不轻弹。"

双喜道:"只是未到伤心处。唉——"长长叹息一声。

沉默半晌,玉凤一咬嘴唇,说:"明儿个我送你下山。"

"当真?"

"信不信由你。"玉凤转过身去,赌气似的不再理他。

双喜大喜过望,猛地握住玉凤的手连连摇着:"谢谢！谢谢!"

玉凤被他异常的举动闹得春心更乱,禁不住红了脸面,佯嗔道:"看你,跟个娃娃似的。"

双喜自觉失态,急忙松开了玉凤的手,又说了声:"谢谢!"喜滋滋地回自己的住处去收拾东西。

玉凤呆望着他消失的背影,怅然若失……

玉凤果然言而有信,第二天吃罢早饭就带着小翠送双喜下山。下山的路曲折盘旋,玉凤和小翠大步走在前边,双喜紧随其后,好几次他都想赶上玉凤跟她说点啥话,但又不知说点啥才好,最终还是打消了这个念头。

来到岗下,玉凤驻足,指着往西的大道说:"顺着这条路一直往西南走,就是秦家埠,我就不送了。"

双喜躬身拱手:"郭小姐,多谢你了。"这礼数是他在山寨学到的。说完,转身就要上路。

玉凤忽然叫道:“秦大哥!”

双喜急止脚步,回过身来,凝眸望着玉凤。玉凤拿出一把小手枪,递了过来:“如今世事不太平,拿上它防身用。”

双喜看着玉凤手中的枪,愕然不知所措。

“你不会使吧?”玉凤说着卸下弹匣,取出子弹,又重新压上子弹,教双喜如何使用。

双喜接过枪,扣动扳机,随着一声亮响,子弹射向天空。玉凤笑了笑,鼓励他再打。他连连扣动扳机,枪声十分清脆。他兴奋异常,左看右瞧,爱不释手,连声说:“好枪!好枪!”

小翠佯嗔道:“光夸枪好,咋就忘了送枪的人。”

双喜急忙道谢:“多谢郭小姐赠枪。”

小翠递给他一包子弹,又佯嗔道:“就不谢我了?”

双喜笑着冲小翠一拱手:“多谢小翠姑娘。”

玉凤和小翠都笑了。

小翠又道:“你就不送我家小姐点儿东西?”

双喜面泛羞色:“我落难到此,身无一物……”忽然想起了什么,从衣袋里掏出口琴,双手递上,“郭小姐,如果不嫌弃,就请收下。”

玉凤大喜过望,接住口琴,抚摸着,凑到嘴边吹奏起来,是那首熟悉的《高山流水》。

双喜踏上了回家的路,身影愈来愈模糊,但强劲的高原风把琴声依旧清晰地送到他的耳畔。他禁不住回首望去,玉凤还站在那里吹口琴,小翠陪着她。他心中一热,随即又感到空落落的,似乎把什么东西丢了。他怕自己的脚步被丢失的东西绊住,一狠心转过头去,不再回首,去走自己的路……

第六章

吴富厚带回的消息着实让秦盛昌吃了一惊:双喜是被郭鹞子的人马劫上了卧牛岗。是时,秦盛昌在账房里,手中捏着水烟袋团团转,如同热锅上的蚂蚁。十多年前,他曾被郭鹞子绑过票,知道郭鹞子奸诈狡猾,心狠手辣,双喜落在那个土匪头子手中凶多吉少。

秦盛昌抹了一把额头的冷汗,向吴富厚要主意:"兄弟,你说这事咋办?"

吴富厚道:"老哥,你也别太着急。看样子郭生荣没有绑双喜的票。"

"没绑票?"

"他们是劫狱把双喜劫上岗的,可能不知道双喜的身份。"

秦盛昌点头称是,随即又摇头:"郭鹞子不是傻子,他能弄不清楚双喜的身份?那狗日的心狠手辣,石头也要榨出油来。十六年前我落在他手中,他诈了我秦家两万块大洋。这事你忘了?"

"咋能忘了?还是我拿着赎金上的卧牛岗哩!"

秦盛昌捻着胡须,眉头紧锁:"这事可咋办哩?"

"我上卧牛岗一趟,探探郭生荣的口气?"

秦盛昌摇摇头："太凶险了。"

吴富厚道："凶险我不怕，那一回我闯卧牛岗，不是啥事也没有么。"

"此一时，彼一时。万一你要有个啥闪失，我给弟妹和娃娃们可咋交代哩？不行，不行！"

吴富厚是个热血汉子，见主人如此高看他，大为感动，拍着胸脯说："老哥，你待我吴富厚亲如兄弟，我就是把命搭上，也报答不了你的恩义。"

"兄弟言重了，言重了。"

"老哥，让我去吧。我好歹也是双喜的师傅哩，他现在遇了难，我能袖手旁观么！"

秦盛昌上前一步，拍着吴富厚的肩膀，很动情地说："兄弟，你把话说到了这个份上，我也就不再拦你了。上了卧牛岗，郭生荣要啥都答应，千万不能让人受亏。"

"老哥，你放宽心，我会见机行事的。"吴富厚转身就走。

"兄弟，等等！"

吴富厚止住步，疑惑地看着秦盛昌。

"兄弟，要不要带上几个人去？也好相互有个照应。"

吴富厚说："不，就我一个人去。去的人多，郭生荣会起疑心的，反而于事不利。"

秦盛昌略一思忖，觉得此言有理，再三关照："兄弟，千万要当心，我在家里备下酒宴为你接风洗尘。"

吴富厚笑道："那就多炒几个菜。"话音一落，人已出了账房。

此时，吴富厚来到了进山的路口。他虽已年过五旬，但长年习武，身强体健，步履矫健，走起路来呼呼生风。他一身短打扮，上穿蓝布衣衫，下着一条黑裤，足蹬一双千层底鞋，腰系一条青布宽腰带，带子在腰前绾了个“豹头结”，身后左右飘洒着两绺缨穗子，浑身上下收拾得利利索索，十分威武剽悍，犹如古时的武将。

十六年前，吴富厚上过一趟卧牛岗。当时他赶着秦家的单套马拉轿车，轿车上装着两万块大洋的赎金。秦盛昌被卧牛岗的杆子绑了票，传回话来要两万大洋的赎金，超过三天期限就撕票。秦家虽然家大业大，可一下子也拿不出两万块现大洋，情急之下，秦太太求亲靠友总算凑齐了款子，可让谁去送上卧牛岗呢？谁又肯冒这个险呢？秦太太愁眉紧锁，一筹莫展。在这危难之时，吴富厚挺身而出，自告奋勇要去卧牛岗送赎金。秦太太大为感动，几乎都要给吴富厚下跪了。那时，吴富厚三十出头，血气方刚，浑身都是胆，独自一人赶着轿车上了卧牛岗。来到卧牛岗，郭生荣没有露面，邱二收了大洋，要吴富厚先回秦家埠，两天后他们再放人。吴富厚闻言勃然大怒，叫道：“叫你们当家的出来，我看看他是蹴着尿尿的，还是立着尿尿的！”

邱二干这行当也有些年头了，头一回遇上了横主，当下一怔，随即恼怒道：“叫这狗日的给我住嘴！”

几条汉子扑了过来，对吴富厚就来硬的。吴富厚毫无惧色，使出所学本事，拳脚并用，两三个回合下来，几条壮汉都趴在脚地，半天挣不起身。邱二大惊，伸手就掣腰间的盒子枪，可为时已晚，吴富厚不知怎的蹿到了他的身后，一只胳膊勒住了他的脖子，他只觉得有出的气没进的气，手脚和身子都绵软下来。

有几个持枪的喽啰要往上冲，吴富厚一只手抓起桌上的茶杯盖，喝道：“谁敢过来！”手里一使劲，那茶杯盖成了碎渣。喽啰们惊呆了，戳在那里不敢动弹。

就在这时,有人朗声赞叹道:“好功夫!”

吴富厚侧目,只见一个络腮大汉从后边走了出来。他认出是郭生荣,厉声喝道:“郭鹞子,你还是个男人么?!”

吴富厚原名叫何大猛,曾是张化龙卫兵队的卫士。张化龙兵败遭擒,他也受了重伤,藏身在秦家麦场上的麦垛中。秦家的伙计发现了他,告知秦盛昌,秦盛昌让伙计把他背到家中,再三叮咛伙计不可告知他人。随后秦盛昌又把大夫请到家中为他疗伤。养好伤后他不知该上何处去。他已得知消息,义军溃散,许多头目带着残部落草为寇。寇即匪,他不愿为匪,想回家去种田,可官兵正在四处搜捕溃散的义军,一旦抓捕,就地砍头。他有家不能归,可住在秦家白吃白喝算是怎么回事。他愁眉紧锁,一筹莫展。就在这时,秦盛昌留他做秦家的护院。他心有不甘,可穷途末路无可奈何,思之再三,做护院总比做土匪强得多,加之秦盛昌对他有救命之恩。受人滴水之恩,当以涌泉相报,此乃君子所为。于是他便一口答应了。从此,他隐姓埋名,做了秦家的护院。秦盛昌为人豁达大度,待他不薄,从不把他当下人看,跟他兄弟相称,并把秦家的事务一揽子交给他总管。他本是义气之士,深感知遇之恩,对秦家忠心耿耿,不怀二心。此次秦盛昌遇难,他毫不犹豫,挺身而出,在这紧要关头,他更是置自家性命于不顾。有道是蛮的怕横的,横的怕不要命的。当下众喽啰都被他震慑住了,就连郭生荣也大吃一惊。

郭生荣瞪着眼睛看吴富厚,只觉得十分眼熟,疑惑道:“你到底是啥人?”

吴富厚冷笑道:“荣爷真是贵人多忘事。”

“你是何大猛!”

“认得不错。”

郭生荣急忙令众喽啰收起枪。吴富厚也松开了邱二。郭生荣笑道:“我就说谁有这么好的功夫,原来是你呀。”

张化龙当时有好几十个卫兵,郭生荣不可能都认得他们。他也只见过何大猛几面,但却知道何大猛的武功十分了得,可是从没见过何大猛显过身手。此时一见,十分惊奇:“早就听说你的功夫十分了得,今日一见,果然名不虚传。”随即让人赐座。

分宾主坐下,俩人各自叙说了兵败后的遭遇,都感叹不已。郭生荣开口道:“大猛兄弟,以你的功夫和人品,咋就做了人家的护院?真是辱没了你呀!干脆你在这达落草,你我兄弟合伙干,等待时机,大显身手,干上一番事业,也不枉在人世活了一回。”

吴富厚连连摇头。郭生荣不高兴了:“咋了,你嫌我是草寇?李闯王当初也是草寇,被骂作‘闯贼’,可他把崇祯皇帝打得上了吊,坐了江山。咱要把事闹成了,看谁还敢骂咱是草寇土匪!”

吴富厚苦笑道:“郭大哥瘦虎雄心在,真让人佩服,可我如今远离江湖,早没那个心劲儿了。”

郭生荣有点儿恼怒了:“你真个甘心给人当看门狗?”

吴富厚并没有恼火:“郭大哥不要把话说得这么难听。秦掌柜一对我有救命之恩,二对我有知遇之情。我虽是个粗人,可也知道受人滴水之恩当涌泉相报这个理。换上郭大哥,一定比我做得更义气,不知我说得对么!”

郭生荣沉默不语。

吴富厚又说:“今儿个我受人之托,就要忠人之事。赎金我如数送到,请郭大哥不要食言,放了秦掌柜。”

郭生荣沉下脸道:“我要不放人呢?”

吴富厚一怔,随即笑道:“郭大哥说笑话了,在义军时我就听人说郭鹞子是个爽快人,吐摊唾沫砸个坑,说个钉子就是铁打的。今儿个咋能为了这点儿小事毁了一世英名呢?"

郭生荣哈哈大笑道:"大猛兄弟,说得好!"转脸高喊一声,"放人!"

喽啰把秦盛昌放了出来,吴富厚见主人安然无恙,躬身抱拳道:"郭大哥,告辞了。"

郭生荣猛喝一声:"慢走!"

吴富厚一惊,以为郭生荣又要变卦,警惕地看着他。郭生荣笑道:"大猛兄弟,喝杯酒再走吧。"

吴富厚疑惑地看着郭生荣。

"你我兄弟难得见上一面,不请你喝杯酒过意不去哩。"

吴富厚冲他躬身抱拳:"郭大哥的情我领了,只是小弟身系主人的安危,不敢久留,告辞了。"转身就走。

光阴似箭,不觉十六年过去了,回忆往事,恍然如梦。吴富厚边走边极目四望,感叹不已。忽然从灌木林中撞出一伙彪汉,舞刀弄枪拦住了他,为首的壮汉高声喝道:"干啥的?"

吴富厚毫无惧色,不卑不亢地说:"我要找你们荣爷,麻烦好汉通禀一声。"

壮汉上下仔细打量了他一番,看出他不是寻常之辈,道:"你咋称呼?"

"你就说秦家埠昌盛堂的吴富厚求见。"

"你等着,我去给你禀报。"

约莫一顿饭工夫,壮汉来传唤吴富厚,说是荣爷有请。

吴富厚大步走进山神庙,环目四顾,心中不禁一震。山神庙内已非昔日可比,收拾得干干净净,井然有序。大殿两旁是两行木椅，正中是山神的金身塑像，金甲金盔，手按佩剑，威风凛凛。山神塑像前是一张长条香案，古铜香炉里插满了香火，袅袅升腾。香案下是一把太师椅，坐着一个壮汉，满面虬髯，不怒自威。吴富厚认出是郭生荣。郭生荣左侧坐着一个精瘦的中年汉子，细眯眼里藏着狡黠和凶悍，这便是邱二。两旁的木椅上坐着七八个小头目，十多个喽啰侧立两旁，人人都是短打扮，腰里插着盒子枪，使原本敬神烧香的地方充满了凶煞之气。

吴富厚稳稳神，冲郭生荣一拱手："郭大哥，吴富厚有礼了！"

郭生荣笑道："我当是谁哩，原来大猛兄弟，哦，你改名了，我该叫你吴富厚。"喝令让人看座。

有喽啰端来木椅，吴富厚从容落座。

郭生荣捋着胡须，打量着吴富厚笑道："多年不见，吴老弟英气不减当年啊。"

吴富厚微笑道："郭大哥也是雄风逼人哩。"

"今儿个是啥风把你吹来了？"

"东南风。"

郭生荣哈哈大笑："没想到吴老弟变得很会说话。"

"郭大哥过奖了。"

"你是无事不登三宝殿，说吧，来卧牛岗有啥事？"

"我来想见见我家少爷。"

郭生荣一怔，问："你家少爷是谁？"

"秦双喜。"

郭生荣"哦"了一声，喃喃道："果然是秦盛昌的后人。"

"他现在在哪达？"

"不瞒你说，秦双喜来过这里。可你来迟了一步，他已经下山回家去了。”

吴富厚愕然：“他下山回家了？郭大哥该不是诳我吧？”

郭生荣面露愠色：“我郭某人吐摊唾沫砸个坑，从不说诳人的话。”

吴富厚仍不相信，一双逼人的目光紧紧盯着郭生荣：“我不是信不过郭大哥，只怕郭大哥另有所图。郭大哥，你是爽快人，有啥话就说，好让我心里有个底。”

郭生荣突然哈哈大笑起来，俄顷，收了笑，正色道：“吴老弟，你想偏了，我没绑秦双喜的票。我是在牢房里跟他相识的，是我的人马劫牢把他救了出来。说实话，我看他肚子里有墨水，想留他当我的钱粮师爷，可他不肯。我也就主随客便，让他下山了。”

吴富厚确信郭生荣没有诳他，浑身禁不住一颤，喃喃自语：“那他上哪达去了？”

这时郭玉凤从一旁闪了出来，走上前道：“这位大叔，我刚送秦少爷下山回家，不诳你。”

吴富厚惊愕地看着玉凤。他听人传言郭生荣在省城掠了一个绝色妓女做压寨夫人，难道就是面前这个女子？果真如此，郭生荣这头蛮牛还真有艳福，啃了一棵鲜嫩的小白菜。他不禁在肚里为这女子叫屈，也对郭生荣生出几分嫉妒和厌恶。

郭生荣见他如此惊愕，明白他有所误会，笑道：“这是我的闺女，叫玉凤。”

吴富厚释然，心里暗暗称奇，郭生荣竟然养出一个如花似玉的女儿，真是深山出俊鸟啊。他随即笑道：“原来是郭小姐，果然不一般。”玉凤羞涩地一笑：“大叔，你是秦公子的师傅吧，你教了个好徒弟。”

吴富厚道："多谢郭小姐夸奖。"随后又冲郭生荣一拱手："郭大哥，既然我家少爷已经下山，吴某就告辞了。"

郭生荣道："吴老弟难得来卧牛岗一趟，歇上一两天再走吧。"

吴富厚笑道："你这地方不歇最好。"

郭生荣脸色一沉："你咋说这话？我可没得罪过你。"

"郭大哥，你误会了，我没别的意思，我身负主人重托，不敢在此久留。"

郭生荣叹道："你可真是秦家的忠臣良将啊！"

"郭大哥过奖了。受人之托，忠人之事，这是吴某做人的本分。"吴富厚朝郭生荣一抱拳，"多谢郭大哥以诚相待，吴某告辞了。"

郭生荣抱拳还礼："恕不远送。"

吴富厚转身出了山神庙。邱二起身，眼露凶光："大哥，我让人把他收拾掉！"

郭生荣拦住邱二。他明白邱二是想报昔日之仇，便说道："老二，咱要有肚量。我从不杀忠勇之士，吴富厚是条汉子，我敬重这号人。再者说，咱和他曾一同共过事，杀之不义。"

这些日子秦杨氏思子心切，常常以泪洗面，人也憔悴了许多。一夜，她突然大叫一声，忽地坐起身。秦盛昌惊醒，急问是怎么了。她捂住突突乱跳的心窝，说："我梦见双喜被狼吃了……"泪水潸然而下。

秦盛昌急忙好言安慰："梦都是反的，睡吧，再甭胡思乱想了。"

夫妇俩重新躺下，可谁也没睡着，都牵挂着不知去向的儿子。

早饭送来，秦杨氏没动筷子。秦盛昌端起碗，吃了两口，味同嚼蜡，把碗推到一旁，拿起水烟袋呼噜噜地抽了起来。

秦杨氏抹着泪说："万一双喜落到郭生荣手中咋办呀？"

"就是双喜落到郭生荣手中也百不咋，无非是破点儿财。杆子也有杆子的规矩，要钱不伤命。那一年郭生荣绑了我的票，不是没伤我一根毫毛么。"

"说起那年的事，还真多亏了富厚兄弟。"

"是哩，他是咱秦家的忠臣哩。"

"不知这回他能不能把双喜平安地接回来？"

"能哩，他不光是咱家的忠臣，也是个福将哩。"

就在这时，门外闪进一个满面风尘的年轻人，叫了声："爹！妈！"

秦盛昌夫妇急抬眼看，大吃一惊，呆眼看着突然出现在面前的年轻人，不敢相信自己的眼睛，以为在梦里。

"爹！妈！"年轻人又叫了一声。

秦盛昌夫妇惊醒过来，踉跄奔过去，两双手不住地在儿子头上肩膀上背上抚着。

"我娃回来了，我娃回来了……"秦杨氏嘴里念叨着，眼里泛起了泪光。

"喜娃，你啥都好着么？"秦盛昌问了一句。

"啥都好着哩。"

"我娃瘦了，我娃瘦了……"秦杨氏摸摸儿子的脸，又捏捏儿子的胳膊。

"妈，你身子骨好么？"

"好，好，妈啥都好。"

双喜转过脸问父亲："爹，你的病好了么？"

“好了，好了。”

“接到书信，我心急得很。你的身体向来都很好，咋一下就卧床不起了，不由得我不急。”

秦杨氏笑道：“你爹没病，就是想你咧。”

这时喜梅燕子似的飞进屋来，一眼瞧见双喜，惊喜异常，拉住哥哥的手，一蹦三尺高：“哥，你咋才回来，想死我了。”

“哥也想你哩。”双喜抚着妹妹的头笑道，“梅梅长成大姑娘啦！”

兄妹俩喜笑颜开，秦盛昌夫妇站在一旁看着一双儿女，眼里闪着泪花，脸上却笑得开了花……

午饭是丰盛的酒宴，为双喜接风洗尘。秦家一家人边吃边笑谈，其乐融融。饭后，丫鬟菊香送来香茶，双喜边喝边给父母讲述自己路上的坎坷遭遇，一家人听得浑身直冒凉气。秦杨氏叹道：“我娃受了这么大的罪……”拭着潮湿的眼窝。

秦盛昌愤然骂道：“狗屁保安大队，简直是一伙土匪。”

双喜说：“他们都不如土匪，土匪还讲义气哩。”

秦盛昌问儿子：“郭生荣一点儿都没为难你？”

双喜说：“他要我做他的钱粮师爷。”

秦杨氏问儿子：“啥叫钱粮师爷？”

“就是要我给他管账务，我没答应。”

秦盛昌说：“不能答应，咱家账务我还指靠你哩。再者说，给土匪管账是个啥事？跟贼混在一起，不偷也说你是贼哩。”

喜梅插言问道：“人家说土匪都是红头发绿眼睛，可怕人了，是这样么？”

双喜笑道：“那是瞎说哩。他们跟咱们一样，也是黑头发黑眼睛。还有女土匪,长得比你还心疼(漂亮)!”

“真个?”

“骗你是小狗。”

“哥,啥时候你带我上卧牛岗见识见识女土匪。”

秦盛昌呵斥女儿:“快别胡说八道了! 双喜,那后来郭生荣咋就放你下山了?”

“是他女儿替我求的情。”

秦杨氏疑惑地望着儿子:“郭生荣的女儿替你求情?”

“在省城我帮过她一回,她感谢我,就替我向她爹求情,还亲自送我下的山。”

喜梅忙问:“哥,郭生荣的女子长得心疼么?”

“心疼。”

“她是土匪么?”

双喜笑而不答。

“别打岔!”秦盛昌斥责女儿,“我就说郭生荣咋肯轻易放你下山,原来是这么回事。那家伙心黑着呢,想当年他绑了我的票,张口就要两万大洋的赎金。”

双喜问:“你给了么?”

“你妈给的,一个子儿都没少。”

双喜问母亲:“妈,你咋就给他了?”

“不给行么? 土匪不见钱就要撕票。”

喜梅问:“啥叫撕票?”

“就是要你爹的命。那时咱家的光景不如现在,拿不出那么多钱,我求亲靠友才借齐了钱,是你师傅把钱送上卧牛岗的。”

秦盛昌忙问:“你没见着你师傅?”

“没见着，他上哪达去了？”

“听说你被郭生荣的人劫走了，我和你妈急得要死，你师傅上卧牛岗寻你去了。”

双喜埋怨父亲：“爹，你不该让我师傅上卧牛岗去，卧牛岗好上不好下呀！”

听双喜这么一说，秦盛昌着急起来，却又不知如何是好。

双喜说：“我去找我师傅。”说着抽身就要走。

秦杨氏急忙拦住儿子：“你刚回来屁股没坐热就要走，不行不行！让别人去吧。”

双喜说啥也要去找师傅，秦盛昌夫妇说啥也不让他去。正在这时，吴富厚急匆匆地走了进来，他一眼瞧见双喜，惊喜地叫出了声：“双喜，你回来了。”

“师傅！”双喜一把拉住师傅的手，惊喜异常，“我正说要去找你哩。”

秦盛昌笑道：“我说过，你师傅是员福将哩。”

秦杨氏急忙吆喝菊香赶紧收拾酒席给吴富厚接风洗尘。秦家一家人虽说刚放下筷子，可又都陪着吴富厚入席吃饭，笑语声声，扫除了秦宅多日的沉闷气氛。

第七章

立夏过后不久,下了一场冷雨,刚刚热起来的天气一下子又返回到了初春。秦盛昌不慎染上了风寒,吃了几服药,才慢慢好了起来。

这一日,他觉得精神好了些,便来到账房,桌上堆了一大堆账本,等着他料理。他翻了几本账,拨拉了一阵算盘,记了几笔账,便觉得有点精力不济,放下笔,揉了揉太阳穴,端起水烟袋想抽口烟提提神。刚抽了一口,就咳嗽起来。

秦杨氏走了进来:“咋的,又咳嗽了?”攥起拳头给老汉捶背,随后倒了一杯茶水给老汉。

秦盛昌接过茶杯,长叹一声:“唉——老了!”

“你五十刚过,不算老。”

“不行了,不行了。着个凉就把人给拿住了。我想跟你说个事。”

“啥事?”

“我想把账务上的事交给双喜管。”

“他行么?”

“咋不行，想当年爹把这一摊子交给我的时候，我才十七岁。双喜都二十一了，还在省城念过几年书，装了一肚子墨水，还能不行么？”

“那就交给他吧。”

“你给我把他叫来。”

秦杨氏出了账房去叫儿子。时辰不大，双喜来了。秦盛昌示意儿子坐下，呷了一口茶，开口道：“喜娃，爹上了年纪，身体不行了。咱秦家家大业大摊子大，账务上的事往后就由你料理吧。”

双喜始料不及，神情愕然。

秦盛昌望着儿子，不由一怔：“你咋了？”

双喜醒过神来，急忙说：“爹，我管不了账……”

“刚开始你可能不行，不明白的地方就问我，时间长了就顺手了。”

“爹，我不想管账。”

秦盛昌惊愕地看着儿子：“不想管账？你想弄啥？”

“我要到陕北去。”

“到陕北去？”秦盛昌更为惊愕，眼镜一下子滑到鼻尖，他急忙扶好，“到陕北干啥去？”

“抗日救国。”

“抗日救国？”秦盛昌一怔，随即笑道，“肉食者谋之，又何间焉？那是政府官员的事，咱们平民百姓管得着么？”

“国家兴亡，匹夫有责嘛。日本鬼子已经占领了东北，咱能袖手旁观么？去年西安事变，张、杨两位将军兵谏蒋委员长，提出了抗日的八项主张，蒋委员长都答应了，国共两党第二次合作，枪口一致对外，兄弟阋于墙内，外御其侮……”

“别说了！”秦盛昌拍了一下桌子，板起了脸，“我供你念书是为啥？我不盼你当官为宦，也不让你当教书先生，更不是让你来教训你老子。我只想让你挑起咱秦家的大梁，把先人的基业传下去，日子过得一天比一天红火。”

“爹，覆巢之下安有完卵？日本鬼子打进来咱还能过安生日子么?!”

秦盛昌冷笑一声：“哼，日本人在哪达？远在东北哩！有政府的军队打他们哩。你管那么多干啥？你的事是把咱家的账务管理好，让我放心。”

“爹，你这是小人之见。”

秦盛昌恼怒了：“你敢骂你爹是小人！你崽娃子翻了天了！”

秦双喜急忙说：“爹，我哪达是骂你哩，我是说你的目光太短浅了。”

“你念了几天书能说会道了，跑回家教训起你老子来了……”

“我跟你说不清！”双喜一跺脚，转身出了账房。

儿子走了，秦盛昌跌坐在椅子上，呼呼直喘粗气。他没想到他的话儿子竟敢不听，真是儿大不由父啊！他慢慢地呷着茶，让心头的火气平息下来。

这时吴富厚正好经过门口，秦盛昌一眼瞧见，赶紧叫住吴富厚。吴富厚进了账房见他脸色不好看，以为他身子不舒服，劝他回屋去歇息。他摆摆手，示意吴富厚坐下，压低声音说：“兄弟，你给我把双喜盯紧点。”

吴富厚一怔：“老哥，又出了啥事？”

秦盛昌叹了一口气：“唉，我这身子骨不行了，想把账务上的事交给他料理，让他历练历练。”

吴富厚说:“他已经长大成人了,该替你分忧了。”

“可他竟然不肯接手!”

“为啥?”

“他说他要去陕北。”

吴富厚十分惊诧:“他到陕北去干啥?”

秦盛昌冷笑:“说是要去抗日救国。我看他是把书念糊涂了。”

吴富厚也笑了:“到底是年轻哩,胡说八道哩。”

“那崽娃子是驴脾气,犟着哩。我怕他偷着走,你给我防着点。哦,你抽空开导开导他,他肯听你的话。”

吴富厚点点头。

……

一钩残月挂在树梢上,夜风撩拨着树叶哗哗响,把黎明前的黑夜渲染得更加宁静。

双喜无法入睡,双手枕在脑后,睁眼望着天花板。屋里没有点灯,淡淡的月光从窗口透了进来,把屋里的景物涂染得一片模糊。双喜实在没有想到,他历尽艰险回到家,原来是父亲哄骗他的。他真有点儿恨父亲,若不是父亲哄骗他,恐怕他早到了陕北。他不由想起了林雨雁和同学们,他们肯定穿上军装奔赴前线了吧?想到林雨雁他禁不住心烦意乱起来,她也许已经属于别人了,唉,都是父亲害苦了他。说实在话,抗日救国他也只是嘴上说说而已,日本人占领了东北,他也义愤填膺,恨不能跑到前线亲手杀上几个。可他至今也没见过日本鬼子是啥模样,因此,时间一长,他那股上前线的冲动也消退了。他之所以要去陕北:一是年轻气盛,喜动不喜静;二是他不愿待在这个偏僻的小镇,即使他有能力把家业扩展十倍又能怎样?充其量不过是个土财主,好男儿就该志在四方;三来，他一直追林雨雁，一种难以启齿的追求和欲望在他心头奔涌，使他坐卧不安。

想着想着，他心里火烧火燎般地难受，跃身而起收拾东西。他决定趁此夜静更深之时离家出走。他知道从前门不能走，便悄然来到后门。后门“铁将军”把着门，他略一迟疑，搬来梯子搭在后墙上，刚要上梯子，吴富厚突然不知从什么地方钻了出来，站在他的面前，笑眯眯地看着他。

他着实吃了一惊：“师傅！……”

“双喜，上哪达去？”

他不知说啥好。

“是不是去陕北？”

他明白父亲把一切都给师傅说了，便也不再隐瞒：“师傅，我跟几个同学说好了，他们在陕北等着我哩。”

“去陕北干啥？抗日救国么？抗日就要去东北，日本人在东北哩。”

“陕北有共产党，共产党抗日。”

“国民党也抗日哩。你要真想抗日，等你俊海哥回来，我让他带你当兵去。”吴富厚的儿子吴俊海在县保安大队吃粮当兵，听说现在已经当上了连长。保安大队虽说是地方武装，可也是国民党政府的军队，在乡人的眼里是正儿八经的兵。

他知道今晚走不了了，低头无语。

“双喜，你爹就你一个儿子，你要走了他可指靠谁哩？你知道么，你这些日子没回家，你爹你妈都急疯了。你要这么偷着走了，还让他们活不活？”吴富厚卸下他肩上的行囊，拍着他的脊背说，“回屋睡去吧，再甭耍娃娃脾气了。”

他知道有师傅盯着，他插翅也难逃，沮丧地回屋了……

时隔一日，秦盛昌把账务交给儿子管理，并让小伙计满顺专一伺候儿子。满顺看上去有点儿憨相，办事有点儿粗脚大手，却深得秦盛昌夫妇的信任。

两年前满顺来到秦家扛活，整天价嘻嘻哈哈秦腔乱弹不离口，似乎他到秦家不是当长工而是享福来了。秦杨氏很是奇怪，问当家的是咋回事。秦盛昌笑道："穷娃心里不装事，不知道愁苦。"秦杨氏不以为然。秦盛昌便说，他有办法让满顺不笑不唱，秦杨氏不相信，问他有啥办法。秦盛昌笑着说："办法先不给你说，几天后你自然就知道了。"

第二天，满顺喂牲口时在草料堆中捡到一个布包，打开一看，是一百块银洋。他心里突突直跳，慌忙四顾，草料房里除了他，只有一只老鼠在房梁上爬行，黑豆似的眼珠子在窥视他。他急忙把布包揣进怀中。喂了牲口，他回到伙计房里，把布包塞到被子里，觉得不安全，取出来又塞进鞋窝，还是觉着不妥。一时间他拿着那个布包犹如捧着一团火炭，不知往哪里放才好。吃午饭时，秦杨氏发觉满顺不对劲，平日里嘻嘻哈哈乱弹不离口的满顺一反常态，不笑不唱，一张憨厚的娃娃脸上愁眉不展。秦杨氏大为惊讶，私下里问当家的是咋回事。秦盛昌笑而不语。

往后两日，满顺不仅不笑不唱了，饭量也大减，干活丢三落四，丢了魂似的。秦杨氏着急起来，再三追问："你使了啥魔法，看把人家娃愁成啥了。"秦盛昌笑道："我给草料堆放了一百块银圆，让满顺捡去了。"秦杨氏先是一怔，随后慢慢有所醒悟。

到了第三天晚上，满顺走进了秦盛昌的屋："老爷，我在草料堆里捡了一百块银洋。"说着把布包放在桌上，长长地吐了一口气。

秦盛昌笑道:“你捡的就拿去使唤吧,给我干啥?”

满顺急得直摇手:“不不,钱是在秦家的草料堆里捡的,这钱是你秦家的,不是我的,不是我的。”说罢抽身就走。

第二天,满顺一扫愁容,又唱起了乱弹。

打那以后,秦盛昌夫妇对满顺信任有加。秦盛昌让满顺伺候双喜,一是信任满顺,二是希望满顺历练历练,将来能像吴富厚帮他一样帮双喜。可双喜并不领情,老是找个差事把满顺支开。他把自己关在账房里,终日不出门,连饭也懒得吃,秦盛昌就让丫鬟菊香把饭送到账房去,秦杨氏见儿子终日愁眉不展,闷闷不乐,忧心忡忡地给老伴说:“喜娃不愿管账房就算了,当心把娃憋出病来。”

秦盛昌瞪着眼道:“真是妇人之见!他想干啥就干啥,咱秦家的基业还要不要!”

秦杨氏自知老汉说的话在理,不再吭声,只是在心里暗暗为儿子担心着急。

这日中午,双喜坐在账桌前正在烦躁地拨拉算盘,喜梅拿着一个风筝兴冲冲地跑了进来:“哥,放风筝去!”

双喜立刻兴奋起来,把算盘推到一边,站起身来:“走,放风筝去。”

秦盛昌端着水烟袋忽然出现在门口,威严地咳嗽了两声,瞪了女儿一眼:“你跑到这达来干啥?还不出去!”

喜梅脸上的笑容僵住了,噘着嘴转身跑出了屋。

双喜叹了一口气,一屁股跌坐在椅子上,拨拉起算盘,算盘珠的响声无序而嘈杂,带着烦躁不安和憋闷……

秦盛昌出了账房,回到屋里,一袋接一袋地抽烟,一脸的忧郁之色。竹帘一挑,秦杨氏走了进来,看到老汉的模样,讶然道:“又出了啥事,看把你愁的。”

秦盛昌叹气道:“我是愁双喜哩。”

“双喜又咋了?”秦杨氏大惊失色。

“唉,他的心野了,一天到晚心不在焉。”

“这个我也看得出,我真怕把娃憋日塌(坏)了。”

“也憋不日塌,咱得想个法子把他的心拴住,你说说,啥能拴住他的心?”

“能拴住男人心的,只有女人。”

“你是说给喜娃娶个媳妇?”

“双喜已经二十出头了,早该成家了。以前那么多人上门提亲,都让你给回了,真个是的!”秦杨氏不无怨言。

“不是我回绝人家,是喜娃不让急着给他说媳妇么。”

“这事就由着他咧?”

秦盛昌自责道:“这事怨我,咱立马给他说个媳妇,说好就娶。找个门当户对的。”

“不光是门当户对,要紧的是模样要俊。”

秦盛昌有点疑惑地看着太太。

“看我干啥?想当年你还不是看上了我的模样……”秦杨氏说着羞涩地笑了,似乎回到了少女时代。

秦盛昌心里不禁一热,双手一揖:“夫人言之有理,为夫一定照办不误。”

“看你,老了老了,倒不正经了……”秦杨氏攥起拳头捶打老伴的胸脯,秦盛昌抓住她的手,轻轻一拉,她顺势倒在了老伴的怀中,俩人无声地笑了。

这日中午，双喜正襟危坐在账桌前，一手执笔，一手拨拉算盘，口中念念有词。这几日，他狠下决心，使自己心无旁骛、全神贯注料理账务。他想事情已经这样了，就应该把账务处理得井井有条，不能让父母失望。

喜梅悄悄走了进来，他全然不觉。喜梅凑近他的耳畔突然大叫一声，吓了他一跳，他扭脸一看是妹妹，佯嗔道："鬼女子，别捣乱！"

喜梅咯咯笑道："哥，别假正经了，到外边耍去。"

双喜惶然地望着门外。

喜梅笑着说："爹在客厅跟人说话哩。"

双喜刚下的决心一下子就垮了，雀跃而起。这时，满顺走了进来："少爷，你干啥去？"

"不干啥去。"双喜眉头皱了一下，随口道，"满顺，你去杂货店一趟，把上个月的账本给我拿回来。"

满顺答应一声，出了门又转回头来："少爷，你可不要乱跑。"

双喜不耐烦地摆摆手："快走快走！"

满顺走了，双喜喜笑颜开，问妹妹："咱耍啥去？"

"放风筝！"

"草长莺飞二月天，拂堤杨柳醉春烟。儿童散学归来早，忙趁东风放纸鸢。"双喜故作正经地吟了一首诗，随后摇头道，"那是娃们在春天玩的耍货，现在都过小满了，放风筝没意思。"

"那咱耍啥？"

双喜忽然想起了什么，拉开抽屉，取出一个红绸小包装进衣袋。喜梅问："哥，啥东西？"

双喜诡秘地一笑:“先不给你说。”

兄妹二人悄悄地溜出家门。双喜孩童似的欢奔着,犹如出笼的鸟儿。喜梅在后边边跑边喊:“哥,等等我。”

节气已过小满,小麦已灌浆,日渐成熟,沉甸甸的麦穗随风摇摆起伏,扑打着他们的衣襟。刚刚下过一场雨,树木格外翠绿,天格外蓝,几只燕子在自由地翱翔。双喜扬起双臂大声说:“在屋里憋死我了,今儿个要美美地耍耍。”

喜梅追上来,喘着粗气说:“哥,给你说个事。”

“啥事?”

“你知道这几天咱家客人不断是为啥事么?”

“不知道,为啥事?”

“给你说媳妇哩。”

“你胡说哩。”

“谁胡说了?不信你问咱爹妈去。”

“他们是瞎操心哩。”

“哥,你不想娶媳妇?”

“不想娶,我光想耍。‘生命诚可贵,爱情价更高,若为自由故,二者皆可抛。’喜梅,你尝过失去自由的滋味么?我可尝过,那个罪可真难熬哩。”

“哥,你别卖文了,自由不就是耍么?谁不爱耍。”

双喜笑道:“对对对,自由就是耍,咱到那边耍去。”

“那边是土崖,有啥好耍的。”

“走吧,哥给你看个耍货。”

村北有一道沟,沟两边是土崖,土崖上长满了刺槐,沟底杂草丛生,十分背静,很少有人来。兄妹俩来到土崖边,双喜从衣袋掏出红绸包打开,是一把锃明发亮的小手枪。喜梅惊喜地叫道:“手枪！哥,哪来的?”

“别人送的。”

“谁送的?”

“一个同学。”

喜梅狡黠地眨眨眼:“我不信,同学给你送书送笔,我信哩,哪有这东西送你? 一定是那个郭鹞子的女子送你的。”

双喜笑着在妹妹的额头上戳了一指头:“你真是个人精,可不许给爹妈说。”

“那你要答应我一个条件。”

“啥条件? 你说。”

“教我打枪!”

“行。”

双喜压上子弹,瞄准崖下一棵槐树射击。喜梅惊叫着,急忙捂住耳朵。枪声惊起一群山鸡,扑棱棱飞起,向远方逃遁……

就在双喜兄妹玩耍兴头之时,秦盛昌夫妇在客厅里和邻村的刘媒婆也说得正热火。刘媒婆是初次到秦家,进了秦宅,她只觉得眼花缭乱,边走边咂舌,啧啧有声,显然是少见多稀奇。来到客厅,刚一落座,便有丫鬟端来糖果和茶水。刘媒婆肚中空虚,并不青睐茶水,却对糖果情有独钟,不等主人礼让,伸手就抓了一个糖果塞进嘴中,吃得太急,噎着了。她急忙端起茶杯,茶水太烫,又烫了嘴。秦盛昌夫妇相对一视,忍俊不禁。刘媒婆也感到自己有失体统,不好意思地笑了笑,随即用手帕擦了一下嘴,说道:“秦掌柜,秦太太,要是换上别家,我才不跑这个路呢。是你家的少爷,那我是没说的了。你们秦家家大业大不必说,人也都是好人哩。”

秦杨氏含笑点头，随口问道："那个闺女长得咋样？"

刘媒婆赶紧说："那闺女长得鼻是鼻眼是眼的，没有一点儿弹嫌的地方，跟你家少爷真是天生的一对，地配的一双。"

"我儿子可在省城念过书哩。"

"那闺女虽说没念过洋学堂，可她爹小时候给她请过先生，闺女聪明，识了不少字，知书达理，十分难得。"

秦盛昌插言说："女娃娃家识字不识字倒也没啥，可得有模样。"

刘媒婆急忙说："有模样有模样，简直就像从画里走下来的人儿哩。她要模样差池点，我也不会来给你家少爷提这门亲。"

秦杨氏道："不知人家愿意不愿意跟我老秦家结这门亲？"

"愿意愿意。他们听说是昌盛堂的少爷，一家人高兴得嘴都合不拢。你家少爷这样的女婿打着灯笼也难找哩。"

秦盛昌笑道："这就好，这就好。"

"秦掌柜，秦太太，好事宜早不宜迟哩。"

秦盛昌看看太太，秦杨氏点点头。秦盛昌转脸对刘媒婆说："你给女方家回话，这门亲事我们答应了。"

秦杨氏说："我们择吉日就把聘礼送过去。"

"那我这就去给女方家回话。"刘媒婆起身告辞。

秦杨氏给菊香使个眼色，菊香会意，拿过一块大手巾把盘子里的糖果包了起来，塞给刘媒婆。刘媒婆欢天喜地地走了。

送走了刘媒婆，秦盛昌来到账房，只见账桌上的账本胡乱摊着，算盘抛到了一边，不见双喜的人影。

他当下沉下了脸，叫来满顺，问少爷哪里去了。满顺刚从杂货店取账本回来，支吾说："少爷上茅房去了。"他肚里有气，立马让满顺去茅房叫回双喜。半天工夫,满顺哭丧着脸回来了,说少爷没在茅房。他让满顺赶紧再去找,满顺站着没动。他勃然大怒:“你耳朵聋了,没听见我的话么?!”

满顺吓傻了:“老爷,前院跟后院我都找了,也不见少爷的影子……”

“不见影子?你是干啥吃的?”

“我,我,我……不不,是少爷让我去杂货店取账本……”满顺语无伦次,吓得变颜失色。

就在这时,窗外传来双喜兄妹的欢声笑语。秦盛昌站住脚,怒目瞪着门口。

双喜一脚刚踏进账房门,看见父亲满面怒容,笑容僵在脸上。喜梅瞧见父亲,吓得一吐舌头,急忙躲到一旁。秦盛昌摆了一下手,满顺急忙退了出去。账房里只有父子俩。

“你干啥去了?”秦盛昌怒声喝问。

双喜垂下目光,不吭声。

“你一天到晚不着家是想弄啥哩?!我白供你念了这么多年的书!”

双喜木橛似的戳在那里。

“你呀,让我失望得很!”

双喜自知有愧,一声不吭。

秦盛昌息了息心头的怒火,缓和了一下口气:“喜娃,你都是要娶媳妇的人了,往后可不敢再逛荡了,要省心哩!咱家可就你这一根顶梁柱!”

秦盛昌吸了一口烟,少顷,又说:“喜娃,爹给你说了个媳妇,模样人品都没弹嫌的地方。明儿个我让你师傅把聘礼送过去。好事宜早不宜迟,这个月十五就成亲。”

双喜十分惊愕,半晌,叫了起来:“爹,这不行!”

“咋不行?”

“说媳妇你咋不给我说哩?”

“我这不是就给你说哩嘛。”

“我不娶媳妇!”

“不娶媳妇?”秦盛昌一怔,随即笑道,“是男人谁能不娶媳妇?你都二十二了,早该成家了。”

“不,我不娶媳妇。”

秦盛昌脸色难看起来:“你再说一遍!”

双喜也犯了犟脾气,一口咬住屎橛子不松口:“我不娶媳妇!”

“你把书念到狗脑子去了!老子的话你也敢不听?”秦盛昌勃然大怒,“娶不娶媳妇由不得你。”说完拂袖而去。

第二天,秦盛昌备了份丰厚聘礼,让吴富厚给女方家送去。他要趁热打铁。

转眼到了农历四月十四,秦家的伙计丫鬟里里外外地忙乎着,张罗着给双喜娶亲。宅里已搭起了席棚,厨子们在厨房里杀鸡宰鸭,刮鳞剖鱼,煮肉烧汤,烹炸肉丸……忙得不亦乐乎。吴富厚指挥几个伙计给大门口张灯结彩,秦杨氏吆喝着丫鬟接待来客。秦盛昌端着水烟袋,踱着方步里出外进地巡查着,不时吆喝几声,面露满意的微笑。宅里宅外忙而不乱,营造着前所未有的喜庆气氛。

双喜躲在账房里,坐在账桌前发呆,他似乎是个局外人,宅里的事与他无关。其实,他此刻脑子里乱成了一团麻。说实在话,他很想娶媳妇,他二十出头了,身体又没毛病,能不想女人?可他心里想娶的是林雨雁那样的知识女性，或者是郭玉凤那样豪爽开朗的女子。他读过不少书，知道什么叫“爱情”。他想自己给自己找媳妇，不要“父母之命，媒妁之言”。现在父亲强迫他结婚，他都不知道那个女子姓啥名谁，是个光脸还是个麻脸。他无法想象和这样的一个陌生女子怎样在一起生活……

忽然，喜梅欢笑着跑了进来，看见哥哥愁容满面，十分惊讶：“哥，你就要娶媳妇了，咋还这么不高兴？”

双喜没理妹妹。

“听说我嫂子长得可心疼了，跟天上的仙女一样哩。”

双喜瞪了妹妹一眼。

喜梅恍然大悟：“哦，我知道了，你是在想给你送枪的郭鹞子的闺女吧。”

双喜恼火了：“你烦不烦！”

喜梅噘着嘴冲着哥哥做了个鬼脸，转身跑开了。

喜梅这么一闹，双喜不禁想起了郭玉凤，想起了前段时间的险恶遭遇，想起了在卧牛岗和郭玉凤相处的日子……良久，他长长叹了一口气，拉开抽屉，取出那把小手枪凝神呆坐。少顷，他脑海里又浮现出林雨雁的倩影。此时此刻林雨雁在陕北干啥哩？自己曾向她许诺过，等父亲康复就去陕北，没想到父亲骗了他，还要给他娶媳妇。日后让林雨雁咋看他哩！干脆一不做二不休，一走了之。想到这里，他的愁容舒展了，脸上浮出一丝狡黠的笑纹……

月亮斜过头顶，钻进一朵浮云里，天地间一片朦胧。忙碌了一天，秦家大院上下的人都沉沉睡去。吴富厚提着马灯，宅前宅后察看一番，又来到双喜的窗口前，听见屋里有鼾声，笑了一下，转身回自己的住处去歇息。这几天为双喜的婚事他忙里忙外操了不少心,实在太困了,头一挨枕头就睡着了。

听到窗外的脚步声渐渐远去,双喜忽地坐起身,拿着行囊,蹑手蹑脚地溜出了屋,又轻轻带上门。他进了茅房,大黄狗跟了进来,嗅着他的裤角,用身子蹭他的腿,给他撒娇。最初,他吃了一惊,看清是大黄狗时,弯下腰摸摸大黄狗的脑袋,低声吆喝大黄狗出去。大黄狗很不情愿地出去了。他跃身而起,从茅房的矮墙翻了出去……

清晨,太阳灯笼似的高高挂在树梢,照出一片灿烂。

迎亲的唢呐吹得正欢,看热闹的人们把半条街拥得水泄不通。昌盛堂的少爷要娶媳妇的消息早几天已传得沸沸扬扬,众人都急着一睹新媳妇的芳容。

少顷,六辆娶亲的马拉轿车缓缓驶来,看热闹的人群闪出一条胡同。

唢呐吹得更热烈更响亮了。鞭炮点燃了,震耳欲聋。“二踢脚”腾空而起,在人群上空爆响,纸屑天女散花似的纷纷扬扬落下,撒满人们一头一脸。

秦宅门前沸腾了……

可在此时,秦宅内却乱成了一锅粥,新郎官没了踪影!

秦盛昌大声吆喝家人:“赶紧找!赶紧找!”

秦杨氏扯着嗓子喊叫:“喜娃!喜娃!……”

喜梅里出外进地喊叫:“哥,哥!……”

吴富厚急得如同热锅上的蚂蚁,逢人就问:“看见少爷了么?”被问者都摇头。

吴富厚来到前院,秦盛昌急忙问:“找见了么?”

吴富厚抹了一把额头的汗,摇摇头。

这时管事的刘五跑过来十分着急地说:“老爷,新娘要下轿了,让少爷赶紧去接呀。”

吴富厚急忙上前在刘五的耳边低语几句，刘五慌忙跑了出去。秦盛昌急得直跺脚，吼叫起来：“喜娃！双喜！……”

吴富厚忽然想起了什么，说了句：“老哥，别喊叫了。”转身直奔后院。秦盛昌莫名其妙，也跟着来到后院。

吴富厚来到后院，看了看木梯和围墙，摇头走开了。

这时只见满顺失急慌忙地从茅房跑了出来，语不成句：“吴总管，少爷他……他跑了……”

吴富厚急问满顺咋知道的。满顺一急说不出话来，手一个劲儿地指茅房。吴富厚抬腿进了茅房。

秦盛昌见吴富厚进了茅房，更是丈二和尚摸不着头脑，也进了茅房。进了茅房，吴富厚一进茅房就瞧见围墙顶掉了两块砖，大吃一惊，急忙奔了过去，踮起脚往外看，脸色一下子变得十分难看。

“你看啥哩？”秦盛昌疑惑地问。

“双喜走咧！”吴富厚满脸的沮丧。

“走咧？从哪达走咧？”

“他从这达翻墙走咧。”

秦盛昌大惊失色：“上哪达去哩？”

“十有八九去了陕北。”

“这崽娃子！……”秦盛昌脸色铁青，突然咳嗽起来，一口痰没咯出来，身子便往后倒。

“老哥！”吴富厚惊叫一声，抢前一步，抱住了秦盛昌，疾呼，“快来人！”

家人闻声慌忙跑来，把秦盛昌抬回屋里。秦杨氏一见当家的如此模样，痛叫一声：“他爹！……”泪水潸然而下。

第八章

双喜下岗后，玉凤忽然感到心里空落落的，似乎把啥东西丢失了。随着时光流逝，她的这种感觉不但没减退，反而越来越强烈，以至食不甘味，夜不能寐。双喜的影子一直在她眼前晃悠，挥之不去。她很小失去了母亲，父亲对她疼爱有加，拿她当男孩子养，从小就教她骑马打枪，舞刀弄棒。她是在男人堆中长大的，众人都宠着她，骨子里养成了一股野性和傲气。打见到双喜后，不知咋的，她的野性和傲气收敛了许多，而更多了些女孩子的纯真和顽皮。跟双喜学吹口琴的那段日子，是她长到十八岁以来最快乐的日子。以前她一直都没有真正意识到自己是个女孩儿，是双喜的到来唤醒了她女性的知觉。双喜走了，带走了她的欢乐。她的性格本来开朗大方，爱说爱笑，可这些日子听不见她的欢声笑语了，她整天价闷闷不乐，拿着那把口琴发呆。她的反常举动很快就被小翠觉察到了。小翠以为她病了，要去给她叫大夫，她急忙拦住，说她没病。小翠看见她手中的口琴，恍然大悟，诡笑道："小姐，你想心事哩？"

"我想啥心事哩？我啥都没想！"

“你当我是瓜子哩？你在想秦大哥！”

“你胡说啥哩！”玉凤被小翠说中了心病，脸上不禁飞起了两朵红云。

“谁胡说哩！瞧你，脸都红了。”

“谁脸红了？鬼女子，再胡说八道，看我不打死你！”玉凤攥着拳头要打小翠。

小翠咯咯笑着跑开了。玉凤边笑边追。俩人疯跑了一阵，小翠说：“小姐，今儿个天气不错，咱俩下岗玩去。”

玉凤仰脸看天，见太阳已斜过头顶，迟疑起来。

小翠说：“咱骑马去，赶天黑就回来了。”

“行，咱把衣服也换了。”

小翠与玉凤名分上是主仆，其实情同姐妹。玉凤从小性子野，大前年的时候，她在岗上待得心慌，背着父亲女扮男装下了岗去雍原县城游玩，返回时迷了路，只好在一个村寨求宿过夜。子夜时分，她被一阵响动声惊醒。岗上的生活使她从小就学会了防范反击。她从枕头下拔出父亲给她防身的小手枪，忽地跳下了炕，轻轻拉开门闩，从门缝往外看。借着月光只见一个人趴在地下，衣服褴褛，看不清眉目，正抬手打门。她看不是什么歹人，收了枪，拉开了门，那人瞧见她说了句：“大哥，救命……”头一低，不省人事了。

见此情景，她来不及多想，拼力把地上的人抱进屋中，一边点灯一边喊房东。房东过来帮她又是掐人中，又是喂汤灌水，忙乎了好一阵子，那人才慢慢缓过气来，这时候她看清自己救的人是个跟她一般大小的女娃。女娃极度疲劳虚弱，不等她问什么，又合上眼睛睡着了。

第二天中午，女娃才醒了。她让房东做碗汤面给女娃吃喝。

女娃吃喝之后，精神好多了，也清醒了。她这才问女娃为何落到如此地步。女娃便向她诉说了自己的遭遇。

女娃名叫小翠，是乾州人。她的家境原本不错，只因父亲染上了抽大烟的恶习，把一份殷实的家业抽光了，又把老婆卖了，后来又把她卖给别人当童养媳。她那个小女婿是个半痴半呆的傻瓜，时常欺负她。公婆偏护傻儿子，对她十分凶狠严厉，动不动就打骂她，还嫌她是天足。上个月公婆要她同傻瓜圆房，她死活不肯。公婆把她痛打了一顿，关进了屋子。她思前想后，觉得再不能在这个家待下去了，半夜时分，趁傻瓜熟睡之际她偷偷跑了。她去寻找母亲，这才知道母亲不愿嫁那个同样是烟鬼的男人，当天晚上就悬梁自尽了。她大哭一场，不知该上何处去。这时公婆带着人四处搜寻她，乾州地面没有她的立足之地。无奈，她只好逃离乾州，沿门乞讨来到雍原县。幸好她蓬头垢面，脚大体质好，谁也一时看不出她是男是女，因此行动方便，少了很多麻烦。她听人说，雍原北乡一带地广人稀，物产较丰，打发讨吃的人很慷慨大方，就朝北乡来了。可没想到北乡一带沟大壑多，村子相隔甚远，满目都是黄土沟壑，一天到晚尽是走不完的路。昨天清早她从一条叫不上名的沟中走出来，迷失了方向，像无头苍蝇一样乱转起来，一整天没见到一个人。日落西山夜幕降临，仍前不见村后不着店，莫说讨口饭吃，连个歇脚过夜的地方也找不到。她十分惶恐，大声呼救，却无人来救，只闻夜猫子在林梢上怪叫。她壮起胆子朝前走，忽然瞧见远处有灯光，有灯光就有人家，她拼力往灯光处奔去。高原深沟，瞧见灯光跑断腿。等她走到村边时，又饥又渴又困又乏，浑身没有一丝力气，腿软得像面条，一屁股跌坐在脚地再也站不起身来。她不甘在荒郊野外等着喂狼，就挣扎着往前爬，终于爬进了村子，叩开了玉凤借宿的屋门……

小翠话未说完，早已泪流满面。玉凤也直抹泪水。她虽在荒山野岭中长大，可那些人都宠着她，护着她，没谁敢动弹她一指头。小翠所受的苦所受的罪，她闻所未闻。她咬牙道："你想不想报仇？"

小翠抹了一把泪水，不解地问："报啥仇？"

"他们那么欺负你，我帮你把他们杀了。"

小翠摇头："杀人是要偿命的，再说他们也不是啥恶人。"

"你太善了，难怪人家欺负你。你知道么？马善被人骑，人善受人欺哩。"

小翠呆眼看着面前的男孩儿，虽然他年龄跟自己一般大小，见识却不一般，令她惊讶钦佩。

玉凤又问："你愿意跟我走么？"

"给你做童养媳？"

玉凤大笑起来，摘掉帽子，长长的发辫垂落下来。小翠惊喜异常："你是个女的！我跟你去。"

正说着话，外边马嘶人叫，原来是郭生荣带着人马四处寻找女儿寻到了这个地方。当下，小翠跟着玉凤上了卧牛岗。上岗后小翠才知道了玉凤的真实身份，可她一点儿也不后悔。她和玉凤一般大小，情趣相投，很合得来。郭生荣看到来了小翠，女儿有伴了，整天价喜笑颜开，也很是高兴，对待小翠自然非同一般，并教小翠武艺和骑马打枪。他想让小翠不仅伺候女儿，也要做女儿的保镖马弁。岗上的生活十分险恶，女儿一天天长大，身边没有个人伺候还真让他放心不下。特别是秀女上岗后，女儿跟他闹别扭，不肯在山神庙那边住，这让他更是放心不下。现在有了小翠，女儿身边有了丫鬟保镖，他的心一下子宽解了许多。

玉凤却并不拿小翠当丫鬟保镖看，待她亲如姐妹，睡则同床，食则同桌。小翠对玉凤父女感恩涕零，甘愿做牛做马。玉凤要和她姐妹相称，她惶恐地连连摇手："这咋使得！"一口一个"小姐"，丝毫不肯改口，玉凤拿她无法，只好随她去叫。

主仆二人女扮男装骑马下了岗。

入夏以来，仅下了一场雨，官道上由于人来人往，浮土足有一拃厚。俩人在官道上快马加鞭跑了一程，看看天色渐晚，便掉转马头往回返。迎面走来一个汉子，背着行囊行色匆匆，飞扬的尘土已使他变得面目全非。他见马来，急往路边避了避，目不斜视地往前赶路。

交臂而过，小翠回过头一看，说："小姐，那人像是秦大哥。"

玉凤勒马疾回首："背影是有点儿像。"

"咱们回去看看。"

俩人掉转马头，追上双喜，跳下马来。双喜一惊，以为遇上了歹徒，拉开了打斗的架势。

小翠讶然道："秦大哥，你不认得我们了？！"

双喜一怔，觉着很是眼熟，一时想不起在哪里见过他们。

玉凤和小翠都笑了，摘掉头上的帽子，乌发披散了下来。

"是你们呀！"双喜十分惊喜。

玉凤上下打量着他："你咋弄成了这般模样？"

小翠在一旁笑道："像个逃难的。"

双喜神色黯然下来，一时不知说啥才好。

玉凤问："你上哪达去？"

"去县城。"

玉凤抬眼看了一下天，夕阳已磨上山尖，便说："这地方前不着村后不着店，你到我们那里住上一宿，明天再走吧。”

双喜知道卧牛岗好上不好下，不肯去。

小翠道：“你怕啥？怕我们吃了你？”

双喜迟疑起来。

玉凤冷了脸：“小翠，走吧。咱们的好心人家当成驴肝肺了！”翻身跃上马背。

小翠瞪了双喜一眼，也上了马背。

双喜看着即将落下的夕阳，又望望荒无村庄的前路，心里不禁慌了起来，急叫一声：“郭小姐，等等！”

玉凤勒住马缰，却没回头。小翠转过脸来：“秦少爷，是你叫我家小姐吧，有啥事快点说吧。太阳就要下山了，我们还要赶路哩。”

双喜涨红了脸：“我想到你们那里借住一宿……”

“你就不怕我们吃了你？”小翠咯咯笑了起来。

双喜的脸越发红了。

“小姐，秦大哥求你借宿哩。”

玉凤佯嗔道：“我耳聋，没听见。”

小翠给双喜使眼色。双喜厚起脸皮高声说：“郭小姐，求你了！”

玉凤转过脸来，扑哧一声笑了。

双喜也不好意思地笑了。

上路时又有了麻烦，双喜步行，玉凤主仆二人骑马，两条腿怎能赶上四条腿？小翠笑道：“秦大哥，你和我家小姐同骑一匹马吧。”

玉凤佯嗔道：“你咋不让秦大哥跟你同骑一匹马哩？”

“我的马驮不起两个人呀。”

“我的马就能驮起两个人么?”

主仆二人斗起嘴来,双喜十分尴尬,不知如何是好。

玉凤道:“鬼女子,还不快把你的马让给秦大哥!”

小翠这才跳下马背,把马缰扔给双喜,一跃身上了玉凤的马背。

一黑一白两匹马朝卧牛岗驰去……

到了山寨已是掌灯时分,玉凤安排双喜在原来的小院住下。她回到自己的住处换了衣服,和小翠来到双喜的住处。随后又让小翠去厨房收拾饭菜。

时辰不大,饭菜摆上了桌。双喜逃出家门,怕家里人追赶,尽拣小道走,又迷了路,没吃一口饭食,此时又饥又渴,他顾不上斯文客气,端起饭碗往嘴里就扒拉,吃相十分不雅。玉凤和小翠坐在一旁看他吃饭,不时地相对一视,偷着乐。

双喜嘴里塞满了饭菜,用筷子指着桌上的饭菜,呜呜噜噜地说:“吃,吃,你们也吃。”

小翠笑道:“秦大哥,你是从家里偷跑出来的吧?”

双喜一怔:“你咋知道的?”

“看你这样子像是几天没吃饭。”

“不瞒你们俩,我一整天啥都没吃,前胸都贴住后背了。”

玉凤惊诧地看着他:“你当真是偷跑出来的?”

双喜点头。

“为啥?”

双喜扒光了碗中的饭菜,又端起水杯。小翠着急了,催促道:“快说呀,急死人了。”

双喜喝干杯中的水,叹了口气:“唉,真不知该给你俩咋说才好。”

玉凤说:“我俩又不是外人,是啥就说啥。”

小翠也说:“跟我家小姐还有啥不能说的。说吧,也许我家小姐能给你出个好主意哩。”

双喜道:“家里要给我娶媳妇哩。”

玉凤身子猛地一颤,脸色有点异样。小翠察觉到了,看了她一眼,笑道:“小姐,秦大哥有毛病了。”

玉凤一怔:“他有啥毛病?”

小翠道:“娶媳妇是打着灯笼都找不到的美事,他却跑了,肯定是脑子有毛病了。”

双喜有点儿恼了:“你瞎说啥哩,是我不愿意。”

“你为啥不愿意?”

“男女结婚是要有感情基础的,让你和一个你从没见过面的男人成亲,你愿意么? 咳,你还小,说了你也不懂。”

“谁不懂,你问问我家小姐,看我懂不懂。”

玉凤笑道:“小翠,看你都说了些啥,真是没羞!”

小翠红了脸,双手掩面:“你俩都不是好人,合伙欺负我……”

玉凤和双喜都笑了。

秦家乱得一塌糊涂。谁都没料到双喜会离家出走,秦盛昌气得一口痰没上来,当时就昏了过去。所幸吴富厚处乱不惊,急忙掐秦盛昌的人中,把他救醒过来。随后又让人去请大夫。秦家的喜事险乎儿变成了丧事。秦府上下人等都哭丧着脸,提着脚跟走路。远房的亲戚见此情景,不便久留,告辞而归。亲近的亲戚朋友在一起低声商量如何收场。最后吴富厚出面把女方送亲的人安排到街上一品香酒家去用餐。

此时，新娘碧玉已经知道了事情原委，掩面哭泣。秦家的近亲女眷都来到新房，却不知用什么样的话语来安慰新娘。新房没有一点儿喜庆的气氛，反而十分沉闷。

俄顷，喜梅冷不丁地说："嫂，你别哭了。往后我替我哥给你做伴。"

一句话把屋里的人都逗笑了。新娘的哭声却更大了……

上房秦盛昌的卧室里，永寿堂的崔大夫正在给秦盛昌诊脉。诊罢脉崔大夫来到外间的客厅开药方。秦杨氏问："崔大夫，我们当家的病情如何？"

"秦掌柜的病因气而生，倒也无大碍，但不可再生气。拿这个方子抓三服药，吃完再看吧。"

当即秦杨氏就让伙计去抓药，药抓回来，秦杨氏让丫鬟菊香赶紧去熬。

秦盛昌躺在炕上，紧闭双目，气色很不好。秦杨氏坐在炕边，一边给他轻轻打扇一边暗暗垂泪。菊香端着刚熬好的药汤走了进来，秦杨氏用手帕拭了一下眼睛，示意她把药碗放在桌上，轻声唤道："他爹，吃药吧。"

秦盛昌睁开眼睛，秦杨氏扶他坐起来，他大声咳嗽起来。秦杨氏急忙给他捶背，好半晌才止住。秦杨氏要给他喂药，他摆摆手，喘着粗气说："把富厚兄弟叫来。"

秦杨氏吩咐菊香："叫你吴叔来。"

时辰不大，吴富厚进了屋："老哥，你好点儿了么？"他诚惶诚恐，垂手而立。

秦盛昌示意他坐下。他坐下身，愧疚地说："都怨我没操到心，让老哥气伤了身子……”

秦盛昌摆了摆手:“咋能怨你哩,要怨就怨我没养下个好后人。唉,我亏了人了……”

吴富厚安慰道:“老哥,这也怨不得你。双喜的脾气你我都知道,打小就犟、任性,爱认死理,八头牛也拉不回来。这样吧,我去陕北把他寻回来?”

秦盛昌摇摇头:“算了,由他去吧。眼看就到了夏忙,屋里屋外的事多得跟牛毛一样,我打不起精神,你就替我多操点儿心吧。”

吴富厚受宠若惊,诚惶诚恐道:“老哥,我怕担不起这个担子,要是再出点儿啥事怎么是好。”

秦盛昌说:“你担得起,凡事你做主,不必跟我说。”

吴富厚还想说啥,秦盛昌道:“兄弟,啥也别说了,我信得过你。”

吴富厚大为感动,只觉得眼眶有点儿发潮。他吸了一下鼻子,说:“老哥,你好好歇着,我去啦……”

吴富厚得此信任器重,丝毫不敢倦怠,起早贪黑地操劳奔忙,每天早起去向秦盛昌请示,掌上灯去禀报一天的大小事项。秦盛昌自然十分满意。

这日中午,吴富厚急匆匆地进了上房敞厅。秦盛昌躺在竹椅上吸水烟,见吴富厚进来不禁一怔。吴富厚这时来肯定有重要事情。果然如此,吴富厚给他报告了一个意外的消息,赵家洼的佃户,今年全种了洋烟(罂粟)。

佃户种啥,秦家向来不过问,只管收地租。前些天有人从县城带回消息,说是政府近期要搞查烟禁烟运动。吴富厚对此消息原本毫无兴趣,秦家没种一棵烟苗,政府钢刀再快,也不能斩无罪之人。可他风闻赵家洼的佃户种了洋烟,这就不能不让他担心了。他给秦盛昌禀报了这个消息,忧心忡忡地说:“老哥,万一政府查出赵家洼种烟的事,就会牵扯上咱昌盛堂。”

秦盛昌吹掉烟灰,道:“你担心得有理,这事咱得防着点儿。如果查烟的下来,你好好款待他们,最好别让他们去赵家洼。”

“就怕他们听到消息硬要去。”

“你跟张保长说一声,查烟的下来把他们安排在一品香酒楼住下,所有花销咱昌盛堂全包了。”

吴富厚连连点头称是。

第九章

昨夜晚雍原县城发生了一桩绑架案，县长姜仁轩的公子姜浩成被一伙壮汉绑架了，去向不明。

据知情人说，姜浩成当时在不思蜀酒楼喝花酒，他一左一右搂着两个妓女正在调笑取乐，忽然闯进来几个面孔陌生的壮汉。姜浩成大吃一惊，瞪眼看着几个不速之客。

为首的汉子挺客气地问："你是姜公子么？"

姜浩成横了起来："你们是干啥的？"

"这么说你就是姜浩成了？"为首的汉子突然脸色一变，冷笑道，"姜公子好雅兴呀！"

"你们到底是干啥的？"姜浩成觉察到不对劲，伸手就在腰间摸枪。

为首的汉子手脚更利索，抢前一步下了他的枪。另有两个汉子扑上前，推开两个妓女，一左一右扭住了他的胳膊。两个妓女吓得缩在屋角直筛糠。姜浩成情知不妙，张口刚要喊，一团破布塞住了他的嘴巴。两个壮汉架着他往院外就走。

妓院门口停着一辆马车，两个壮汉把姜浩成塞进马车，等候已久的车把式扬起鞭子,吆喝一声:“驾——”马车疾驶起来,驰出县城,消失在夜幕之中……

天亮后,姜仁轩才得知消息。是时,他刚来到县衙,屁股还没在椅子上坐稳,县府的张秘书失急慌忙地跑了进来,喘着粗气说:“姜县长,出事了!”

姜仁轩抬起头瞥了秘书一眼,不高兴地说:“慌什么,出了什么事?”

“公子被人绑了票。”

姜仁轩一怔,似乎没听明白:“你说啥?”

“公子被人绑了票!”张秘书又说了一遍。

姜仁轩浑身一颤,手中的笔掉在了地上,半晌,急问:“在啥地方?”

“不思蜀酒楼。”

“这崽娃子!”姜仁轩骂了一句,“是谁干的?”

“还不知道……”

“混账,快叫刘大队长来!”

张秘书答应一声,抬脚就走。姜仁轩又叫住了他。张秘书急忙止住脚步:“您还有何吩咐?”

“还是我亲自去吧。”

姜仁轩在雍原任职已有七八个年头了。他是个极有脑子的人,凡事都尽力处置妥当,因此上峰器重他,下属敬重他。做官能做到姜仁轩这个份上也算是不错的了。姜仁轩养了两儿两女,大儿子从美国留学回来,现在南京任职,前途不可估量。两个女儿都已出嫁,一个女婿是大学生,一个女婿是省城一个大纱厂的少东家。小儿子姜浩成却十分不争气,读书不用功,与同学争风吃醋打伤了人，被学校除了名。后又去做珠宝生意，赔了个精光。再后又嚷着要吃粮当兵，姜仁轩本不愿让他去，可他说啥也要当兵，还把母亲搬出来求情。闹得姜仁轩无法，只好利用职权让他在县保安大队当了个团丁。姜浩成哪里甘愿当团丁，嘴噘得能拴驴，还一个劲地缠着要当真正的兵。姜仁轩恼火了，指着鼻子骂儿子："混账东西！你以为你老子是蒋委员长哩，你想干啥就干啥?!"

老子真的发了火，儿子就怕了，不敢再闹了。

半年刚过，姜浩成被擢升为副官，这个职位虽没有多少实权，却整天价在大队长身边转，牛皮哄哄得跟个人物似的。姜浩成十分得意，打心眼里感激他的老子。

按说，姜浩成戴了官帽，就该做些与官相称的事，可他却常常做些没名堂的事，尽让他老子给他擦屁股。这不又闹出了事，让姜仁轩一大清早就不得安宁。

姜仁轩来到保安大队部，保安大队队长刘旭武不在。他急忙问刘大队长去哪里了。手下人说他们大队长上茅厕了，让县长坐在客厅等候，随即又献上热茶。可姜仁轩哪有心思喝茶，他坐立不安，如同热锅上的蚂蚁，大口抽着烟，急得在客厅团团转。他估计儿子十有八九被土匪绑了票。他即将升任财政厅副厅长，批文已经下来了，这消息已经在县城传得沸沸扬扬，土匪肯定得到了这个消息，想狠狠敲他一下竹杠。他在肚里直骂儿子不争气，偏偏让人在妓院里绑了票，真让他丢脸。可他最担心的还是儿子的性命，儿子再混账也是儿子，万一那伙土匪翻了脸，要了儿子的性命可如何是好！

姜仁轩正等得不耐烦，刘旭武慌慌张张地进了客厅。他没好气地说："刘大队长，见你一面可真不容易啊。"

“得罪！得罪！”刘旭武抱拳赔笑，“仁轩兄大驾光临，不知有何贵干？”

“浩成被人绑了票，你知道么？”

“真有此事？”刘旭武故作惊讶。其实，他也刚刚得知消息。他听说姜浩成被绑了票，吓得可不轻。姜仁轩就要当厅长了，他还想借这棵大树歇阴凉。他儿子被绑了票，姜仁轩较起劲儿来，别说歇阴凉了，只恐怕这个保安大队队长的位子也难坐稳。他有个毛病，受了惊吓就尿急。他知道姜仁轩肯定要来找他，刚才上茅厕时已想好了对策，佯装不知，见风使舵。

姜仁轩很恼火：“难道我骗你不成！”

刘旭武赔着笑脸说：“仁轩兄，别生气，都怨我失职，没有严加防范。”

姜仁轩自知这事也怨不得刘旭武，也不想让刘旭武太难堪，摆了一下手，说道：“旭武老弟，事已经出来了，啥话也就别说了，咱就说说该咋办？”

“仁轩兄，你也别太着急上火，绑票的人是为了钱，不会把浩成怎么样的。”

“可现在还没闹清是谁干的！”

“我马上让人去追查，哪个狗日的吃了熊心豹子胆，竟敢在老虎嘴里拔牙，抓住我一定要熟了他的皮！”

刘旭武话音刚落，县府的张秘书匆匆地跑进来禀报：“姜县长，刚才有人送来一封信，说是一定要交给你。”双手呈上一封信来。

姜仁轩接过信拆开就看。他猛抬头问张秘书：“送信的人哩？”

“他把信交给我就走了。”

刘旭武忙问：“咋回事？谁的信？”

姜仁轩气急败坏地说:“郭鹞子干的!”把信给了刘旭武。

刘旭武看完信,骂道:“这狗日的真敢开口,张口就要两万大洋!”

姜仁轩愤然道:“他当我是财神爷哩。这狗日的土匪!上次抓住的毛脸汉子十有八九是郭鹞子。那时不管他是谁就该把他枪毙了,都怨咱们手太软了。唉,监狱被劫,现在又出了这档子事,匪患如此猖獗,这可如何是好!”

刘旭武捏着下巴沉吟片刻,说:“仁轩兄,我有个想法,可一举歼灭郭鹞子这股悍匪。”

“啥想法?快说。”

“咱佯称给他钱,布下一个网,打他一个埋伏,让他有来无回!”

姜仁轩连连摇头:“不行不行,绝对不行!郭鹞子不是三岁娃娃,岂肯上咱的圈套?闹不好浩成可就没命了!咱得想一个万全的法子。”

刘旭武闷头抽烟。

姜仁轩却甩掉烟头,搓着手,来回地走动,如同关在笼子里的一头困兽。半晌,刘旭武抬起头说:“仁轩兄,万全的法子也有。”

姜仁轩猛地站住脚:“啥法子?”

“咱一个子儿也不少地给郭鹞子送两万大洋。那家伙很讲义气,得了钱就不会伤浩成一根毫毛。”

姜仁轩瞪起了眼睛:“我上哪儿去弄这么多的钱呀?”

“你别急,我想法子筹款。”

姜仁轩看着刘旭武,说:“你可不敢胡来。”

“仁轩兄放心。”刘旭武诡秘地笑道,“我好歹也是政府的保安大队队长,还能去抢银行?”随即附在姜仁轩耳边低语了几句。

姜仁轩一怔:"这行么?"

"咋不行?你马上就要去省城赴任,装一装糊涂就行。"

姜仁轩不吭声了,大口抽起烟来,半晌,叹了口气:"唉,只能如此了。旭武老弟,那你就看着办吧,要快!"

一觉醒来,阳光透进窗口。双喜急忙爬起身来,匆匆洗了一把脸,就去向玉凤辞行,他不想在这地方久留。玉凤听说他要走,讶然道:"你当真要走?"

双喜避开她的目光,点了一下头。

小翠在一旁说:"你怕啥哩?你家里人还能追到这达来?"

双喜无语。

玉凤知他去意已决,不好勉强,遂问:"你打算去哪达?"

"陕北。"

"陕北?"玉凤着实吃了一惊,"听说那地方很苦,你到那达去干啥?"

"红军你知道么?"

"听说过,跟我们一样劫富济贫。"

"红军跟你们不一样,那是共产党领导的队伍,他们不光劫富济贫,还抗日救国打日本鬼子哩。"

小翠插言道:"日本鬼子在哪达?我们也去打。"

"你知道么,日本鬼子已经侵占了东北。"

"那你就该去东北,跑到陕北干啥去?"小翠揶揄地笑道,"陕北有跟你相好的女同学吧?"

双喜的脸红了一下,看了玉凤一眼,没有吭声。

半晌,玉凤说:"那么远的路,难免遇上啥事。我送你去吧。"

小翠急忙说:“对对,我和小姐送你去。”

双喜说:“咋能麻烦你们送我哩。”他心里在想,若真的让两个姑娘送他去陕北,岂不让林雨雁和同学们笑掉大牙。他接着说,“我还要去县城看望一个朋友,说不定还要住几日哩。”

小翠又笑:“是看望女朋友吧?”

“不,不是女朋友。他是我师傅的儿子,也是我的师兄,叫吴俊海,在保安大队当连长。我们好几年没见面了,我想顺道去看看他。”

玉凤见他去意已决,无声地叹息了一下:“我送你下岗吧。”遂和小翠送双喜下岗。他们途经几孔破窑,忽听有人大声叫骂:“狗日的土匪,放我出去!”

他们三人都是一怔。玉凤略一迟疑,信步走了过去。双喜有几分好奇,跟着小翠尾随玉凤身后。窑洞关着一个青年汉子,梳着分头,白净面皮,显然是富家子弟。看守的喽啰斥骂道:“你狗日的以为这达是雍原县城? 再胡喊叫当心熟你的皮!”

玉凤走到跟前问看守的喽啰:“关的啥人?”

喽啰毕恭毕敬地回答:“小姐,他是邱二爷绑来的肉票,听说是雍原县县长的少爷,还是保安大队的副官哩。”

“这么说是块肥肉哩?”

“是块肥肉。邱二爷已经传出了条子,开价两万大洋。”

“两万大洋!”玉凤吃了一惊,心里说,“邱二叔也真是狮子大张口。这货值这么多大洋么?”随后又一想,县长的少爷就是个白痴也值钱哩,脸上便添上了喜色。

这时双喜走了过来,看到如同囚笼的破窑,不禁想起自己先前的遭遇,遂起恻隐之心。他隔着窗打量着姜浩成,问道:“你在保安大队干啥?”

姜浩成很是恐惧,看着双喜不吭声,唯恐答错话丢了性命。

双喜又问:“你认得吴俊海么?”

姜浩成浑身一激灵,突然预感到来了救星,急忙说:“认得认得,我跟吴俊海还是拜把兄弟哩!”

双喜思忖片刻,转身来到玉凤面前:“郭小姐,求你件事。”

“啥事?”

“这人是我师兄的兄弟,求你把他放了。”

玉凤沉默不语。

双喜见玉凤面有难色,自知这是非分之求,便道:“郭小姐如果有难处,刚才的话就算我没说。”说罢,就要告辞下岗。

“秦大哥留步!”玉凤略一迟疑,转脸对看守的喽啰说,“把他放了。”

喽啰急忙说:“小姐,这事我可不敢做主,得有荣爷的命令。”

“秦大哥,你等等我。”郭玉凤抽身去找父亲。

双喜心里似十五个吊桶打水,七上八下地等候着。时辰不大,郭生荣父女俩来了,他急忙上前按山寨的规矩拱手施礼,叫了声:“荣爷!”

郭生荣笑道:“上岗咋不来见见我?难道我是吃人的老虎?”

双喜不好意思地挠着头,笑而不语。

郭生荣目光透过窗口,盯着姜浩成。姜浩成禁不住打了个尿战。少顷,郭生荣回头问双喜:“这家伙是你师兄的把兄弟?”

双喜点头。

“你知道他是谁么?”

双喜摇头。

"他是雍原县县长姜仁轩的后人，叫姜浩成。听说姜仁轩这个老狐狸马上要去当省财政厅厅长了，这可是条大肥鱼，值两万大洋哩。"

玉凤很是惶恐，忐忑不安地望着父亲。适才她去找父亲说情，父亲虽说跟她来了，但并没说放姜浩成的话。

双喜也十分惶恐不安。郭生荣定睛看着他，突然问道："秦盛昌是你爹？"

双喜明白瞒不过郭生荣，壮起胆子点了一下头。郭生荣瞪起眼睛又上下把他仔细打量了一番，直看得他心里发毛，起了一身鸡皮疙瘩。郭生荣忽然说了一句："秦盛昌养了个好后人。"

双喜不知是凶是吉，忐忑不安地看着郭生荣。

郭生荣哈哈笑道："你别担心，看在你救过玉凤的分上，我就还你一个人情。"

这时邱二急匆匆地赶来了，有亲信喽啰把此事告知了他。他疾步上前，道："大哥，不能放他呀！"

郭生荣递给邱二一支雪茄，打火给他点着："老二，我知道你逮这条肥鱼费了不少的劲儿……"

邱二道："费劲不费劲也没个啥，只是山寨的库内空虚……"

郭生荣摆摆手："这个我知道。老二，我在江湖上闯荡多年，讲的就是一个'义'字。这位老弟对玉凤施过仁，现在有求于我，我能不还他一个人情？"他拍了拍邱二的肩膀："老二，给大哥一个脸面吧。"

邱二虽然一肚子不情愿，却不好再说啥。

郭生荣随即命令看守窑门的喽啰："把他放了！"

喽啰打开窑门，放出姜浩成。郭生荣环眼瞪着他："看在我这位小老弟的面上,我放你一马,下回可就没这么便宜了。滚吧!”

双喜说道:“见了吴俊海,就说秦双喜问他好哩。”

姜浩成顾不得答应一声,抽身就走,惶惶如丧家之犬,急急如漏网之鱼。他生怕郭生荣改变主意追了上来。

双喜冲郭生荣一抱拳:“多谢荣爷给我面子。”

郭生荣摆摆手:“‘谢’字就不必说了,我是替女儿还你一笔人情债。还有,十五年前我绑过你爹的票,要了他两万大洋的赎金,你知道么?”

这件事双喜听父亲讲过无数次,他佯装糊涂摇摇头。

郭生荣一怔,随即说道:“那时我刚上卧牛岗,缺吃少穿,就绑了你爹的票,是那笔赎金帮我渡过难关。你回去跟你爹说,那两万大洋郭鹞子今儿个一文不少地还他了,跟他两清了。”

双喜一拱手:“我替我爹谢荣爷了。”

郭生荣又一摆手:“我知道你爹恨我哩,恨不能扒了我的皮。”

双喜张口刚要说点啥,郭生荣又是一摆手:“你啥也别说了,往后有啥事再也不要跟我开口。你走吧,走吧。”

双喜十分尴尬,也十分内疚不安。他非常清楚郭生荣已经给了他天大的面子,再说啥就是自讨没趣,便转身下岗。

玉凤看一眼双喜的背影,跺脚埋怨道:“爹,你咋能跟人家说这话哩嘛!”

郭生荣冷脸道:“我用两万大洋还他一个人情,你还要我咋跟他说话!”

“你舍不得钱就不要放人嘛,放了人又心疼钱,这算个啥嘛!”玉凤噘着嘴转身走了。

郭生荣没料到女儿竟然跟他发了这么大的脾气,愣在了那儿。

背后忽然有冷笑之声，他回首一看，秀女不知何时站在了他的身后。他一怔，问道：“你笑啥哩？”

秀女在他耳边说：“你闺女对那个小伙有意思了。”

郭生荣一时竟没明白：“有啥意思？”

“一个姑娘对一个小伙子还能有啥意思？他要真能做你的女婿也蛮不错的。”

“你别瞎猜了。”

“我瞎猜？亏你还是个当爹的，连女儿这点心事都看不出来！”

“她还小哩。”

“还小？都十八咧！早该嫁人了。”

郭生荣喃喃道：“十八了，是不小了。唉，我真他妈的粗心！”他在脑袋上使劲拍了一巴掌：“秀女，你女人家心细，你帮凤娃找个好女婿吧。”

秀女说：“我看那个小伙子就不错。”

“你说秦双喜？我看他也不错，念过书又会武功。可这事根本就不成，一来他不肯留在山上，二来我跟他秦家结下了冤，三来咱跟他秦家不是一路人，不成不成。”郭生荣连连摇头。

秀女说：“姻缘就是缘分，就看他俩有没有缘分。”

郭生荣说：“我就想给她找个好女婿，不然的话我就是死了也闭不上眼睛。”

俩人都不再说啥，信步往山神庙走去。

第十章

双喜下岗后，径直往县城走去。他匆匆逃出家，身无分文，去陕北路途遥远，没钱怎么行？在卧牛岗时他本想向玉凤借钱，却碍于脸面没有张口。他想到了师兄吴俊海，一来顺便去看看他，二来跟他借点盘缠好去陕北。

吴俊海是吴富厚的长子，小时候常去秦家找父亲，有时也住上十天半个月，他比双喜年长四岁。秦家孩子少，双喜每每见到他就欢天喜地，吵着闹着要跟他玩，甚至连书都不去念。一听他要回家，双喜就哭丧起脸，连饭都不吃。秦盛昌见此情景，干脆就让俊海住在秦家，陪双喜念书，吃喝等费用他全都包了。吴富厚自然没啥说的。自此，俊海跟着双喜一同上学，闲暇之时，吴富厚教他们舞刀弄拳，俩人兄弟相称，亲密无间。

俊海十八岁那年，秦盛昌提出要他去秦家杂货铺当账房。吴富厚心里清楚是掌柜的抬举自己哩，很是感激，可他没让儿子去，说俊海太年轻，挑不起那担子，怕坏了事。其实他是不愿父子俩都在秦家为奴，不过这话只能窝在肚里，不能说出口。俊海自幼跟父亲习武，脾气也跟了父亲。他非常清楚，父亲给秦家做事是为了答谢秦家的恩德。他的志向很大，想出去闯世事，干上一番大事。他跟父亲说，自己长大成人了，想出去闯闯。吴富厚把儿子看了半晌，说了一句："男长十二夺父志，你十八了，想闯就闯去吧。"恰在这时，县保安大队招募团丁，舞刀弄枪正对他的脾气，他当下应招背上了枪。

吴俊海生性厚道耿直，待人实诚，加上有一手好拳脚，且悍不畏死，因此，他不仅在团丁中很有人缘，而且深得上司赏识。几年下来，他由团丁升为中队长。前段时间从上边传来消息，说是为了加强地方治安，保安大队要扩编为保安团。刘旭武迫不及待地改编了保安大队，把中队改编为连，把小队改编为排，伺机当保安团长。吴俊海现在是二连连长。他手下的三个排长，一个叫路宝安，一个叫王得胜，另一个叫吴俊河。路、王二人是他的把兄弟，吴俊河是他的堂弟。吴俊河自幼殁了父母，是吴富厚夫妇把他抚养成人。他性子野脾气暴，常常惹是生非。吴富厚长年不在家，俊海母亲管不住他，为此，吴富厚夫妇很伤脑筋，生怕俊河迟早惹出祸端，愧对兄弟弟妹。吴俊海当小队长时回了一趟家，母亲对儿子说了忧心事，吴俊海便主张让堂弟跟他去吃粮，他好好调教调教俊河。说起来吴俊河还真是当兵的料，打仗勇猛，听见枪响就往前冲，三年下来，也当上了排长。

来到县城已经日头偏西，几经打问，双喜来到保安大队二连的驻地北关。他刚要往进走，站岗的团丁拦住了他，这时一个黑胖军官走了过来，他便是王得胜。王得胜上下打量着他喝问道："干啥的？"

"我找吴俊海。"

"找吴俊海？你跟他啥关系？"

“我是秦家埠人，叫秦双喜。吴俊海是我的师兄，我来看看他。”

“哦，我听吴大哥说起过你。”

“俊海哥现在在哪里？”

“他出事了！”

双喜大惊：“出啥事了？”

王得胜环顾了一下左右：“这里不是说话的地方，你跟我来。”

王得胜把双喜带到连部，进了一个套房。屋里坐着一个清瘦的军官，王得胜介绍说：“这是我们的连副，也是一排排长，叫路宝安，我们都是吴大哥的把兄弟。”随后又把双喜介绍给路宝安。双喜急不可待地问：“两位大哥，我师兄到底出了啥事？”

王得胜“咳”了一声：“让宝安哥给你说吧。”

路宝安点燃一支烟，讲叙起事情的原委经过……

姜浩成被绑票后，姜仁轩急得要死，好不容易凑齐了两万大洋，正准备派人送上卧牛岗赎人，姜浩成却在这时回到了县城。姜仁轩和刘旭武又惊又喜，忙问是怎么回事。姜浩成说，下半夜他说要解手，看守的喽啰给他开了窑门锁，他趁其不备，拿一块半截砖在喽啰的后脑勺上猛砸了一下，喽啰的脑袋开了花，他就抄小道下了岗。姜仁轩和刘旭武大喜过望，当即在保安队部摆宴给姜浩成压惊。

那顿酒宴自半晌午直吃到日头偏西。姜浩成出了团部，深一脚浅一脚地在街上逛荡消食。途经一家宝局，掌柜的恰在门前，看见他过来，笑着脸打招呼：“姜副官，进来玩一把吧。”

姜浩成原本就嗜赌，此刻又闲得发慌，见宝局掌柜笑脸相请，一双手立刻就痒痒起来，当下脚一拐就进了宝局。

吴俊海的堂弟吴俊河和几个团丁正在搓麻将，一个团丁见姜浩成来了，赶紧起身把位子让给了姜浩成。姜浩成手气却不佳，半天没和一把，衣兜里的大洋瞬间都成了他人的囊中之物。吴俊河的手气却格外地好，面前堆了一大堆银洋。他十分得意，嘴角叼着烟，把牌洗得哗啦啦响。又一把下来，吴俊河依然是赢家。姜浩成输红了眼，要起赖来。吴俊河不依不饶，揶揄道："姜副官往日也是个爽快人，今儿个咋了，不像个站着尿尿的。"

论身份，姜浩成是县太爷的公子；论地位，姜浩成是保安大队的副官，吴俊河的上司。吴俊河竟然敢这么跟他说话！姜浩成恼羞成怒："你狗日的说谁哩？"

姜浩成借父亲权势当上了保安大队的副官，吴俊河等一伙年轻军官根本就瞧不起他。常言说，赌场无父子。吴俊河见姜浩成耍赖，越发瞧不起他，一点儿也不尿他，以牙还牙："你狗日的骂谁哩？"

"就骂你哩！"

"我就说你哩！"

"你再说一遍！"

"我再说一遍，你能把我球咬了？"吴俊河一指姜浩成的鼻子，"你狗仗人势！你以为你是县长的后人，我就怕你了？我日驴就不怕驴踢！"

姜浩成哪里吃过这样的亏，顿时脸色铁青，火冒三丈，猛地挥拳打了过去。吴俊河不曾提防，鼻子挨了一拳，鼻血唰地流了下来。他一摸鼻子满手的血，顿时怒不可遏，血贯瞳仁。他忽地拔出盒子枪，指着姜浩成骂道："你狗日的找死呀！"

姜浩成一怔，随即也去拔枪，可他去赴宴没有带枪，伸手摸了个空。他心慌了,但并不惧怕。他认为吴俊河是瞎诈唬,绝对不敢对他开枪。

姜浩成冷笑道:"开枪呀！你狗日的要是个站着尿尿的就朝老子这里打!"他把胸脯拍得震天响。

吴俊河心头的怒火被撩拨得更旺更猛,热血直往头上涌。他失去了理智,握枪的手激愤地颤抖着。

是时,吴俊海和路宝安正在连部下棋,勤务兵慌慌张张跑了进来:"连长,快去看看,三排长跟姜副官打起来了!"

吴俊海一惊,忙问:"在啥地方?"

"宝和堂宝局。"

"为啥打起来了?"

"俩人打牌哩,不知咋的就打了起来,都要动枪了!"

吴俊海大惊,知道堂弟是个二杆子脾气,说了声:"看看去!"拔腿就走。路宝安紧随其后。

俩人赶到宝局时,吴俊河已经举起了枪。吴俊海猛喝一声:"俊河,快住手!"抢前一步,拉住了堂弟的胳膊。可为时已晚,吴俊河手中的枪响了,却也及时,吴俊河的枪口走了偏。

姜浩成惨叫一声,捂住左臂倒在了脚地。

宝局顿时大乱,吴俊河自知闯了大祸,愣在了那儿,一时不知如何是好。吴俊海急白了脸,恨声呵斥堂弟:"还不快跑!"吴俊河这才灵醒过来,撒腿就跑……

姜浩成当即被送到了医院。姜仁轩闻讯赶到医院。姜浩成躺在病床上,左胳膊吊着绷带,脸色惨白。他一看见父亲,咧着嘴哭了:"爹,你可得给我出这口气呀!"

姜仁轩脸色铁青,猛喝一声:"哭啥哩！还像个男人么!"

泪珠断在姜浩成的脸上。在卧牛岗的时候,生死未卜他虽心怀恐惧,但也没有痛哭流涕。此时他却哭了,被部下打伤了胳膊实在是窝囊啊。父亲一声猛喝,唤醒了他男人的自尊和野性。

这时,刘旭武匆匆走了进来。他也刚刚得到消息。

“浩成,不要紧吧?”

“大队长,我还死不了。”

“咋能出这事哩!”

“大队长,吴俊河今儿个跟我动枪,明儿个说不定就敢跟你动刀哩!”

姜仁轩沉着脸说:“刘大队长,你是带兵的人,下级跟上级动枪,还有没有军纪王法!”

刘旭武面色赤红,喝喊一声:“来人!”

随从马弁应声进来。

“命令三连陆连长立即逮捕吴俊河!”

“大队长,吴俊河逃跑了,正在搜捕。”

姜浩成道:“还有吴俊海哩,是他放跑了吴俊河。他们兄弟俩拉帮结派,行为诡秘,不知在搞啥阴谋!”

刘旭武对吴俊海印象一直不错,也很重用他。他觉得此事与吴俊海没有多少干系,不想把吴俊海怎么样。他看了姜仁轩一眼,姜仁轩大口吸烟,脸色很难看,正拿眼睛看他。他浑身一激灵,意识到此事处理不好就得罪了姜家父子。略一迟疑,对马弁下命令:“把吴俊海也抓起来!”

是时,吴俊海正在连部和路宝安、王得胜商议吴俊河枪伤姜浩成的事。吴俊海大口抽着烟,一脸的焦躁不安。这时三连连长陆志杰带着一伙团丁冲进了二连连部大院。陆志杰没有进屋，站在院子大声喊叫："吴连长！"

吴俊海一怔，说："是陆志杰。"

王得胜说："他来干啥？"

路宝安说："肯定是来者不善。"

吴俊海甩了烟头："出去看看。"起身出了连部。路、王二人紧随其后。

吴俊海看到院中的情景，便一切都明白了，强笑着打招呼："陆连长，里边坐吧。"

陆志杰面无表情，站着没动。两个团丁走过来就要给吴俊海戴手铐。路宝安和王得胜疾步上前，拦住了两个团丁，伸手就拔枪。

王得胜持枪在手，怒问："你们为啥要铐我们连长？"

路宝安也道："陆连长，我们没有得罪你呀！"

陆志杰阴沉着脸，没吭声。他身后一排持枪的团丁拥了上来。吴俊海连部的人也都亮出了家伙。双方都虎视眈眈，一触即发。吴俊海见此情景，疾声呵斥："宝安、得胜，不要胡来！"

路宝安和王得胜也看出不妙，不敢莽撞行事。

陆志杰开口道："路连副、王排长，二位少安毋躁。事情你们比我清楚，我就不多说了。我和你们在一块儿吃粮当兵，谁也没得罪谁，咱们都是军人，服从命令是天职。上峰差遣，我能不服从么？"

吴俊海对两位部下说："你们别为难陆连长了，他也是奉命行事。"

路宝安和王得胜垂下了枪头。

陆志杰冲吴俊海一抱拳："吴连长果然是个明白人，也是条汉子，令陆某敬佩。”

“来吧！”吴俊海把双手伸给拿手铐的团丁。

团丁给吴俊海戴上了手铐。

陆志杰冲路、王二人一拱手：“得罪了。”随后一摆手，团丁们押着吴俊海就走……

听了路宝安的讲述，双喜道：“这么说，这事与俊海哥毫无关系，那他们凭啥抓他哩？”

路宝安说：“俊河跑了，姜浩成一口咬定是吴大哥放跑的，又说他们兄弟拉帮结派，图谋不轨。刘旭武这才下令逮捕了吴大哥。”

王得胜咬牙骂道：“姜浩成这狗日的是个疯狗，见谁都咬哩！”

双喜放下茶杯，起身说：“我去找姜浩成。”

路宝安和王得胜都讶然地看着双喜。路宝安问道：“你认识姜浩成？”

“跟他有点儿交情。”

“啥交情？”

“前几天他被郭生荣的人绑了票，是我向郭生荣求的情，放他回来的……”双喜简略地把怎样救姜浩成的事说了一遍。

路宝安道：“我就说姜浩成能有这么大的能耐，从老虎嘴里跑出来，原来是你救的他。这下吴大哥有救了。”

王得胜说：“只怕姜浩成那个狗日的翻脸不认人。”

双喜说：“他是县长的公子，肯定知书达理，不会翻脸不认人吧。”

路宝安道：“听说郭鹞子上次要的赎金是两万大洋。他姜浩成就是一头猪，也该知道两万是个啥数。你赶紧去找姜浩成，他现在县府他老子的住处住着。”

双喜起身告辞,匆匆去找姜浩成。

双喜出了二连连部,直奔县府。他肚里窝着一股火。他实在弄不明白县府和保安大队怎能随便抓人,吴俊海没有错呀。来到县府门口,他刚要往里走,两个持枪的团丁拦住了他,其中一个瞪着眼睛喝问:"干啥的?"

"我找姜浩成姜副官。"

"你是什么人?"

"我是他的朋友,叫秦双喜。麻烦老总通禀一声。"双喜笑着,拿出香烟一人递了一根。

高个儿团丁吸着香烟,上下打量他一眼,见他衣着举止不俗,不敢怠慢:"你稍等,我去给你通禀一声。"

时辰不大,高个儿团丁出来了,脸色很不好看:"你走吧,姜副官说他不认识你。"

双喜一怔:"不会吧?他咋能不认识我?!"

"我哄你干啥!走吧走吧!"高个儿团丁看样子挨了训斥,对双喜态度大变,赶苍蝇似的直摆手。

双喜急了,往里硬闯,且大声喊叫:"姜浩成!我是秦双喜,找你有紧要事哩!"

两个门岗急忙拦住他,一边往外推搡,一边大声呵斥:"也不看看这是啥地方,胡喊啥哩!快走快走。"

双喜豁出去了,不管不顾,只是大声喊叫:"姜浩成,你出来!我有话要给你说!"

是时,姜仁轩父子在客厅正和刘旭武商谈如何处置这件棘手的事。刘旭武现在置于两难之中。他是带兵的人,自然知道带兵之道，他十分清楚吴俊海在保安大队很有人缘，也是他倚重的一员虎将，这件事若处置不当说不定会惹出大麻烦来。可他更不想得罪姜仁轩，他还想借这棵大树乘凉呢。他想了个两全之策，主动提出让姜浩成当保安大队的大队副，也把从宽处理吴俊海兄弟俩的意思说了出来。姜浩成一听让他当大队副自然十分高兴，可一听要从宽处理吴俊海兄弟俩就不答应了。姜仁轩制止住儿子，笑着对刘旭武说："旭武老弟，这事你就看着办吧。"说着递给刘旭武一支雪茄，并打火点着。

刘旭武明白姜仁轩这是答应了。他吸着烟，岔开话题："仁轩兄，几时走马上任？"

"继任一到我就走。"

"往后仁轩兄在上峰面前替老弟多多美言才是啊。"

"这是一定的。浩成我可就交给你了，还要你好好调教调教才行。"

"浩成年轻有为，响鼓不用重槌敲。"

两人大笑起来。

就在这时外边传来了喊叫声，刘旭武弹了一下烟灰，不知出了什么事，隔窗往外看。姜仁轩也是一惊，循着喊叫声往外张望。他瞧见是个年轻小伙硬往里闯，疑惑地问儿子："那是个啥人？"

其实，姜浩成最先听见了喊叫声，走到窗前认出了秦双喜，着实吃了一惊，秦双喜来找他干啥？随后他就猜测到秦双喜是为吴俊海来的。秦双喜的到来出乎他的意料。若是认了秦双喜，他逃出卧牛岗的谎言就会被揭穿。量小非君子，无毒不丈夫。他心一横，决计不认秦双喜。他装模作样地往外看了半天，故作惊讶地说："怎么是他！"

“是谁?”姜仁轩看着儿子。

“他叫秦双喜,是郭鹞子手下的一个头目,郭鹞子称他是小老弟。”

“他是土匪?!”姜仁轩大吃一惊,变颜失色。

“你没认错?”刘旭武十分吃惊地看着姜浩成。

“没认错,我在卧牛岗见过他。”

刘旭武满脸的疑惑:“他来找你干啥?”

“我也弄不清楚,当时是他和一个喽啰看守着我,我砸死了那个喽啰,把他也砸昏了,莫非他来找我玩命!”

姜仁轩一拳砸在桌子上:“贼土匪,胆子也太大了!”

刘旭武一怔,随即明白过来,猛喝一声:“来人!”

两个随从马弁从外厅应声走进来。

“把门口闹事的那个家伙抓起来!”

两个马弁奔了出去。

县府大门口,秦双喜边喊叫边往里硬闯,两个团丁拼命往外推搡。忽然从里边奔出两个马弁,不问青红皂白,扑上前就扭住了双喜的胳膊。双喜十分惊愕:“你们为啥抓我?我犯了啥法?!”

两个马弁不容他分说,拖着就走。

马弁把双喜关进了保安大队的禁闭室,吩咐一个大个儿团丁严加把守。

双喜摇着铁条窗棂,大喊大叫:“混账王八蛋,放我出去!”

守卫的团丁恶狠狠地呵斥:“胡喊叫啥哩!再喊叫当心熟你的皮!”

双喜并不畏惧:“你们凭啥抓我?”

“你去问抓你的人,我只管关,不管抓。”

“你知道么,我是姜浩成姜副官的朋友,我要让你们吃不了兜着走!”

“你神经有毛病吧?”把守的团丁嘿嘿冷笑道,“你咋不说你是姜副官的姐夫呢? 你就是姜副官他爷我也没权放你。给我老老实实地待着!”

双喜好像皮球挨了一锥子,蔫了,跌坐在脚地,两眼发呆。他没有想到,隔壁的禁闭室关押着吴俊海。

是时,吴俊海躺在草铺上闭目养神,听到隔壁的喊叫声有点耳熟。他起身趴在铁窗往外张望。把守的团丁走过来,他问道:“谁在喊叫?”

团丁对他的态度还是和善的:“吴连长,是个疯子。”

“疯子? 把疯子关在禁闭室干啥?”

“谁知道哩。咱是磨道的驴听吆喝,只管看守,不管抓人。”把守的团丁转身走了。

吴俊海伸长脖子往外看,却什么也看不见。他嘟囔说:“把疯子关起来弄啥? 这不是胡整哩!”叹了口气,又把自己扔在了草铺上……

第十一章

夜幕重重地垂下来,笼罩住一切景象。天上布满着乌云,遮住了月色星光,使夜色更加凝重。

已经是子夜时分,万籁俱寂。北关保安大队二连驻地路宝安的宿舍还亮着灯光。那灯光的一点昏黄,从树叶丛中透出,闪闪烁烁,似夜猫子的眼睛。

忽然,从黑暗中钻出一个人来,鬼影似的来到亮着灯光的窗前,环顾了一下四周,轻轻敲了几下门。

“谁?!”里边传出一声喝问。

“是我,快开门!”

门吱呀一声开了,路宝安和王得胜同声讶然道:“俊河,你没跑?!”

吴俊河进了屋,把门关上,压低声音问:“我大哥现在关在啥地方?”这两天他一直在县城一个相好的小寡妇家躲着,外边的情况也略知一二。

路宝安说:“关在大队部的禁闭室。”

“不知他们咋样处置我大哥?”

路宝安摇头:“现在还弄不清楚,只怕是凶多吉少。”

王得胜开口道:“姜浩成那狗日的一肚子坏水,他能轻易放过俊海大哥?! 秦双喜你知道吧,他也被姜浩成抓起来了。”

吴俊河大惊:“为啥抓他?”

“他昨儿个来找大哥,听到这事就去找姜浩成求情。”

“他咋认识姜浩成的?”

“上次姜浩成被绑了票,是秦双喜救他下山的。可那狗日的忘恩负义,翻脸不认人,根本就不认秦双喜,还把他抓了起来,说他是土匪。真他妈的不是东西!”

吴俊河咬牙骂道:“那天真该把狗日的一枪毙了!”

路宝安说:“俊河,县城你不能待了。姜浩成要知道你还在县城,说啥也要抓着你哩。”

“我闯下的祸,咋能让大哥替我背黑锅! 我要跑球了还算是个人么?”

王得胜问道:“你想咋?”

吴俊河压低声音说:“这两天我翻来覆去地想,咱把队伍拉出去劫狱,把大哥救出来!”

路宝安一惊:“那不是造反么?”

“造反就造反,怕球啥!”吴俊河发狠道,“这个世事我算是看透了,能有个啥好! 马善被人骑,人善受人欺。狗日的姜浩成有个熊本事? 可他就当上了副官,敢骑在咱弟兄们脖子上拉屎! 还不是倚仗着他老子的权势! 刘旭武一直巴结讨好姜仁轩,姜仁轩现在又要当财政厅副厅长了,他更是拿姜仁轩当神敬。咱弟兄们还有个啥干头? 往后还能有好果子吃?”

一番话把王得胜说得连连点头:“俊河说得对,在保安大队咱弟兄没有干头了。咱说啥也要把俊海大哥救出来。"

路宝安大口抽着烟,思忖半晌,说道:"这可是把脑袋拴在裤腰带上的事,不是闹着玩的。"

吴俊河瞪起了眼睛:"咋,你怕了?"

王得胜也瞪着眼睛看路宝安。路宝安的脸一下子涨成了猪肝色:"我怕个锤子!脑袋掉了也就碗大个疤!"

吴俊河疑惑地看着路宝安:"那你顾虑啥?"

"这事非同儿戏,咱们得周密地谋划谋划。"

吴俊河笑了一下:"我还以为你怕了。"

王得胜拍了一下路宝安的肩膀:"我就知道宝安哥是条汉子。你点子多,给咱们当指挥,我俩听你的。"

吴俊河应声道:"我俩都听你的!"

"既然二位兄弟信任我,我就出出主意。"路宝安取出一张地图摊在桌上,指着地图说,"咱们兵分三路。我带一排去大队部救俊海大哥,俊河带三排去马厩夺马;得胜带二排在西关口接应,不出现意外变故,不要离开西关口。"

吴俊河和王得胜一齐点头称是。

"明儿个晚上子夜时分行动。咱们先把心腹兄弟找来串通串通,千万不能走漏了风声。"

吴俊河道:"谁敢走漏风声我就灭了他。"

路宝安急忙说:"俊河,你先窝在连部,明儿个晚上行动时再露面,当心被人瞧见坏了咱的大事。"

三人又仔细谋划起来,直到窗纸发白……

太阳在难熬的等待中落下了西山,夜幕降临了,夜色愈来愈浓。下弦月在企盼中挂上了树梢,被一层薄云笼罩着,月光暗淡。

夜色中站着三队军人，人人手中持枪，每人胳膊上缠着白毛巾。路宝安、吴俊河、王得胜并排站在队前，晚上的行动除了他们的二十几个心腹兄弟知道，其他人还蒙在鼓里。可三个排的九个班长都是他们的心腹，因此，他们有把握打赢这次仗。路宝安威严地训话："今晚的行动是上峰的指令，要绝对地服从！三排由吴排长指挥，二排听王排长指挥，一排我带领。临阵逃脱者，军法从处！听清楚了么？"

"听清楚了！"

路宝安转脸看了一眼吴、王二人。吴、王二人点点头。路宝安一挥手："出发！"

三支队伍如同三条出洞的蛇，疾速钻进了县城的几条小巷……

南关保安团部大门前空荡荡的，白日的威严被夜幕笼罩着，一盏马灯悬挂在门楣上，虽昏黄微弱，却也醒目。两个站岗的团丁，一个倚着门框打盹，一个吸烟提神。

路宝安的人马隐蔽在拐弯处一个黑暗的角落。他俯身察看了半天，给身旁的两个班长耳语了几句，便带着两个随从大摇大摆地朝大队部径直走过去，边走边哼着秦腔。

吸烟的团丁看到有人来了，急忙掐灭烟，拉着枪栓喝问："口令！"

"平安。"

"无事。"

路宝安三人到了大队部门口。打盹的团丁已灵醒，两人都认出了他："路连长，是你呀。"

“王班长,是你俩的班?”路宝安掏出香烟一人递上一支。

“这么晚了来大队部干啥?”

“大队长打来电话,让我赶紧来大队部一趟。”

王班长疑惑道:“今晚好像大队长没在大队部住?”

“不会吧,他打的电话我还能听错。”路宝安划着火柴给王班长点烟,同时给两个随从一个眼色。

王班长俯首去吸烟,冷不防被人从后面勒住了脖子。另一个岗哨也被擒住了。三人把两个岗哨绑住塞进哨房里。王班长嘴巴塞着一团破布,眼睛直瞪路宝安,他实在没料到祸起萧墙。路宝安说了一句:“得罪二位了。”锁上了哨房门。

路宝安一声呼哨,潜在暗处的队伍便立刻冲了过来,扑进了大队部。

大队部只有一个排的兵力,而且警备排这些团丁大多是有靠山的,平日里骄横跋扈,一旦真有什么事全都脓包了。路宝安没费多大劲就把大队部控制了。他把这些人的枪缴了,关在一个闲置的仓库里。为首的史排长被从被窝里拉出来,没明白是怎么回事,揉着惺忪的睡眼对路宝安说:“路连长,你们这是开的啥玩笑嘛!”

一个班长大声嚷嚷:“你们吃了熊心豹子胆了,敢下我们警备排的枪!”

路宝安身旁一个心腹班长闪身过去扇了那个班长一个嘴巴,呵斥道:“再胡吱哇,就熟了你的皮!”

一屋的人见此情景,都鸦雀无声了。史排长灵醒过来,扭脸一看,只见窗口伸进来两挺机关枪,惊得打了几个尿战,出了一身的冷汗。

路宝安沉着脸说:“史排长,只要你的人不出声,我不会伤弟兄们一根毫毛的。”

史排长哑了似的，鸡啄米般地连连点头。

路宝安锁住了仓库门，这时已有人救出了吴俊海。吴俊海见到路宝安大惊：“宝安兄弟，这回咱们可真的犯下了死罪！”

“大哥，别说这话。我和俊河、得胜把队伍拉出来了，咱跟狗日的姜浩成拼个鱼死网破！”

“这可不是姜浩成的事了，这是造反哩！”

“造反也是他们逼出来的。大哥，快走吧！这里不是说话的地方。”

吴俊海明白事已至此，已无退路，只有跟着路宝安一伙往外撤。忽听有人大声喊叫：“俊海哥，快救我！”

吴俊海一惊，疾回首，借着灯光看见双喜趴在铁窗口冲他大声喊叫，急忙对路宝安说：“快，把这间禁闭室的门打开。”

路宝安急忙打开禁闭室的门。双喜出了禁闭室，一把拉住吴俊海的手：“俊海哥！”

吴俊海又惊又喜：“双喜，咋是你！他们说关了一个疯子，我还当是真的。”

双喜咬牙骂道：“他们是一伙疯狗，见谁都咬哩。”

“他们为啥抓的你？”

“都是让姜浩成害的！”

“咋的，你也招了姜浩成的祸？”

这时外边响起了枪声。路宝安疾喊一声：“快走！”

吴俊海和双喜情知此处不是说话的地方，赶紧跟着一伙人马就往外撤。

其时，吴俊河的人马也顺利地夺到了马匹。几个马夫好梦未醒，糊里糊涂地做了俘虏，被捆了手脚，嘴里塞进破布，反锁在屋里。就在他们从马厩往外牵马时，一匹黑马认生，尥起了蹶子，牵马的兵丁一惊，马缰脱了手。那马狂奔起来，惊动了不远处陆志杰连的哨兵。哨兵连喊数声："干啥的?"没人应声，却分明看见一队人影在马厩里急速走动，情知不妙，便鸣枪示警。路宝安他们听到的枪声就是陆连的哨兵打的。

枪声一响，陆连炸了营，团丁们不知出了啥事，摸着枪往外就冲。陆志杰一手提着盒子枪，一手扣纽扣，疾问哨兵出了啥事。哨兵指着马厩方向："报告连长，有人偷马！"

陆志杰借着月光仔细一看，果然有人偷马！当即下令捕捉盗马贼。那边吴俊河听见枪声，大惊失色，急忙指挥着人马往西关口撤退。

平日里刘旭武都住在保安大队部。他是雍原人，当兵吃粮二十多年，由班长干到保安大队长，得罪了不少人，仇家很多，他一直心怀恐惧，提防着有人打他的黑枪。因此，他把住处选在了保安大队部。大队部有一个排的兵力站岗放哨，想来是个十分安全的地方。新近，他纳了一个小妾，小妾和原配闹不到一块儿，整天价吵吵闹闹，他便在东街买了一处住宅，把小妾搬过去住。他也隔三岔五地去跟小妾亲热一回。

这一夜，刘旭武在东街小妾处宿眠。前半夜，他自然跟小妾美美玩了一回男人和女人的游戏。交过子夜，他如同卸了套的耕牛，倒在小妾身边呼呼大睡。

忽然，窗外有人大声喊叫："大队长！大队长！"

刘旭武被惊醒，恼怒地呵斥道："喊叫啥哩！"

窗外报告道:“大队长,吴俊海连哗变了,劫了大队部,还抢了马匹!”

刘旭武忽地披衣而起,起了一身的鸡皮疙瘩:“真有此事?”

“大队长,你听听枪声!”

刘旭武睡意全消,只听外边的枪响如同爆豆,不由得变颜失色,抓起桌上的盒子枪,顾不上身边的小妾,赤着脚就出了屋。只见陆志杰和他的两个贴身马弁站在门口,一脸的焦急之色。原来,陆志杰已经搞清楚不是盗马贼盗马,而是吴连哗变了。他感到事态严重,命令连副带队追击,自己亲自来给刘旭武报告情况。他在大队部没找到刘旭武,便来这地方找。刘旭武买房纳妾是公开的秘密,他自然知道。

刘旭武到底是行伍出身,虽惊慌却并不是束手无策,当即下令道:“陆连长,你们连尾随追击,三、四连左右夹击!务必把他们围住,不能让他们跑了。”

“是!”陆志杰转身离去。

刘旭武赶紧穿好衣服,带着两个马弁直奔县府。他忽然想到了姜仁轩。他估计到吴连哗变跟吴俊河与姜浩成械斗之事有关,真怕兵变伤了姜仁轩父子。若真是这样,他吃不了可得兜着走。

此时,姜仁轩早已被枪声惊醒。他不清楚发生了什么事,披衣站在窗前往外眺望,一脸的狐疑之色。这时张秘书慌慌张张地跑进来禀报:“姜县长,出大事了!保安大队的一个连哗变了!”

姜仁轩十分震惊:“消息可靠么?”

“可靠。我刚才在县府门口见到了陆连长,是他亲口告诉我的。”

“是哪个连?”

"吴俊海的二连。"

"刘大队长知道了么?"

"知道了。他已经命令陆志杰的一连尾随追击,三、四连左右夹击围截。"

姜仁轩点了一下头,忽然意识到了什么,急问道:"浩成哩?"

张秘书一怔,嗫嚅道:"少爷可能在……在不思蜀酒楼。"

姜仁轩跺了一下脚,恨声骂道:"这个不成器的东西!"

这时门外响起了急促的脚步声,姜仁轩大惊,手伸进衣兜,握住衣兜里的小手枪。

"仁轩兄,"刘旭武一脚踏进屋门,"你这里没事吧?"

姜仁轩暗暗地松了一口气:"没有事,没有事。"他从衣兜里摸出手绢拭了拭额头沁出的冷汗,问:"吴俊海连哗变了?"

刘旭武点头。

"因何而变?"

"估计跟吴俊河与浩成械斗有关。哗变士兵劫了大队部,救走了吴俊海,还抢了马匹枪支弹药。"

"真是胆大妄为!"

"我已命令三个连出击围截,务必把他们追回来……"

刘旭武话未说完,姜浩成深一脚浅一脚走了进来。他看见父亲和刘旭武,大不咧咧地问道:"爹,大队长,哪达打枪?好热闹哩。"

姜仁轩的脸色很难看:"你干啥去了?"

"朋友请我去喝酒……"

"你看看你!还像个军人么?还像个男人么?"

张秘书和刘旭武及两个马弁这时都看清姜浩成穿着女人的红

花内衣，忍俊不禁偷着乐。

“不成器的东西！”姜仁轩狠狠给了儿子一个耳光。

姜浩成被扇懵了，捂住腮帮子发呆。刘旭武急忙上前劝阻：“仁轩兄息怒，浩成还年轻，难免有点儿荒唐，你也不必过分责备。”

姜仁轩怒而不息：“都是他招惹的祸。我的脸让他丢尽了！”

刘旭武又劝慰了一番，留下两个马弁保护姜仁轩，自己亲自去督战。

姜仁轩却拒绝了他的好意，言道：“旭武老弟，你的好意我领了。我这里有张秘书就行了，你把浩成也带上，务必把哗变的士兵追回来。他们若不肯回来，就以军法论处。”

刘旭武带上姜浩成等一干人急奔西街……

县城西门外二里处有一座大庙，庙里供奉着送子观音。送子观音的香火向来很盛，前来上香的几乎全是女人。可这一夜却闯进一伙军人，他们当然不是香客，而是借此地暂做栖身之处。

一盏马灯映照出昏黄的光。送子观音端坐在莲台上，面含微笑，垂目俯视着香案前的一伙军人。他们灰眉土眼，人人都是一脸的焦急不安。为首的几个眉头紧锁，大口抽烟。庙外枪声不绝于耳。

路宝安他们当初救人心切，虽周密谋划，却智者千虑，终有一失：谁都没考虑到救出人后该往何处撤兵。现在后有追兵，前有兵力左右夹击阻截，他们陷入了两难的困境，一伙人心急如焚，却又想不出什么好主意。队伍该往哪里撤呢？

吴俊河先开了口：“往南撤吧！到了终南地面就好办了，一抬腿就进了终南山，就是来一个师的人马也把咱球咬不了。”

路宝安摇头：“刘旭武如果穷追不舍，咱们只怕连渭河也过不去。”

吴俊海吐了口烟:“那就往北撤!”

在一旁呆立的双喜立刻说:“对,往北撤,咱们干脆把队伍拉到陕北去!”

吴俊河一怔,问:“把队伍拉到陕北干啥去?”

“咱们投红军去!”

吴俊海眼睛一亮:“这倒是个好主意。”随即又摇头说:“不行,追兵就在屁股后边跟着,只怕跑不出百十里地咱就垮了。”

路宝安也说:“陕北那地方我去过,穷苦得很,根本就不是养人的地方。”

吴俊河急道:“那咱上哪达去?”

没人吭声,沉默。烟味呛人。

枪声愈来愈近,愈来愈烈。

哨兵进来急报:“连长,追兵已到了西关!”

又有人仓皇进来报告:“连长,王排长已经和三、四连交上了火,他让咱们赶紧撤!”

路宝安和吴俊河都急了,齐声道:“大哥,快拿主意吧!”

几个心腹班长都眼睁睁地望着吴俊海。吴俊海猛地甩掉烟头,一脚踩灭:“往北撤,钻北山!告诉弟兄们能扔的都扔了,轻装前进!”

队伍迅速撤离古庙,往北疾进。王得胜的二排做掩护,且战且退。

东方露出鱼肚白,一道土岭横在了眼前。吴俊海停住了脚,队伍随即停在了他身后。吴俊海望着眼前的大岭,疑惑道:“这好像是卧牛岗吧?”

双喜在一旁肯定地说:“是卧牛岗。”他两进两出卧牛岗,对这一带地形是熟悉的。

吴俊海一惊:“咱们咋跑到这达来了！这是匪窝哩!”

路宝安说:“咱们绕过去。”

吴俊河说:“那就要掉头往南。”

吴俊海紧锁眉头:“往南是一马平川,没有隐蔽藏身的地方。刘旭武如果穷追不舍如何应战?”

众人无语,大口抽烟。

双喜突然开口:“咱们干脆上卧牛岗去。”

吴俊海讶然道:“你是说咱去投郭鹞子？他可是土匪哩!”

双喜道:“勉从虎穴暂栖身嘛,先躲过这一劫再说。”

路宝安也说:“大哥,双喜兄弟这个主意不错。如果咱上了卧牛岗,谅他刘旭武也不敢追上岗去。”

吴俊河也开了口:“咱们现在到了这一步田地,管他啥土匪洋匪哩,只要能活命就行。”

吴俊海咬牙跺脚道:“上卧牛岗!”随即又忧心道:“就怕郭鹞子不肯收留咱。咱们以前打死过郭鹞子的人哩。”路宝安不以为然地说:“他也打死过咱们的人哩。那是两家交兵,各为其主。郭鹞子若是真计较这些,就不是条汉子。”

吴俊海还是有点儿迟疑不决。

双喜毛遂自荐:“俊海哥,我上山去求郭鹞子。”

吴俊海愕然地望着双喜:“你去求郭鹞子？你认得他?”

“不光认得,还跟他有点儿交情哩。”

“你跟他有啥交情?”

“一两句话说不清楚,回来我再给你细说吧。”

吴俊海点点头，拍着双喜的肩膀，看了一眼身后疲惫的士卒，声音沉重地说："双喜兄弟，这七八十条性命可就交给你了。你赶紧去吧，快去快回，我等着你的好消息。"

双喜明白事不宜迟，不再说啥，转身疾步上岗。

第十二章

郭生荣向来有早起的习惯。他麻明即起，在院子先练一趟拳脚，随后舞刀，待舞罢刀，就日出东山了。此时，他正在舞刀，但见寒光闪闪，呼呼有风，却不见人影。他正舞在兴头上，一喽啰匆匆进来禀报："荣爷，秦双喜上岗求见。"

郭生荣收住刀，很不高兴地说："前几天他下岗去了，咋又来了？"

"他说有紧要事要跟你说。"

"我跟他说过了，他的人情我还了，往后有啥事不要再找我。让他走吧，我不见。"

喽啰刚要退出，秀女笑道："当家的不要小肚鸡肠，见见他吧。"

郭生荣冲喽啰挥挥手："那就叫他进来吧。"转脸对着秀女疑惑道："一大早他上岗来干啥？"

秀女说："十有八九有啥事求咱。"

"他的球事我再也不管了……"

正说着话，双喜进了院子，冲郭生荣夫妇抱拳施礼："荣爷！夫人！"

几天不见，双喜换了个人似的，衣衫褴褛，蓬头垢面，形同乞丐。郭生荣夫妇着实吃了一惊，讶然地看着他。郭生荣上下打量着他："你咋弄成了这个样子？"

"唉，一言难尽……"

秀女动了恻隐之心，让双喜进屋说话。进了屋，秀女又倒了一杯水给双喜。双喜顾不上喝水，开口就说："荣爷，我有事求你哩。"

郭生荣冷冷道："我不会再帮你的。"

双喜一怔，想起了上次下岗时郭生荣曾给他说过，以后有啥事不要再来找他，适才情急，他早就把这话忘了。依着他的脾气，应立马转身走人，可他想到吴俊海正眼巴巴地等着他的好消息，便没有了脾气，人在屋檐下，怎能不低头。他赔着笑脸，厚着脸皮说："荣爷，我知道你大人大量，不会跟我计较的。"

郭生荣没有吭声，嘴角叼上一根卷烟。秀女在一旁问道："你有啥难场事？"

双喜看到事情有转机，急忙把吴俊海等兵变的原委经过说了一遍，临了再次恳求："现在追兵在后，我们势单力薄，前来投靠荣爷。乞望荣爷收留。"

郭生荣听罢，仰脸哈哈大笑，闹得双喜莫名其妙。忽然，郭生荣收住笑声："你知道么，保安大队是我的死对头，吴俊海打死过我手下的弟兄，这会儿送上门来，我正好收拾他！"

双喜急忙说："荣爷说这话有失英雄肚量。吴俊海以前跟你作对，那是人在江湖，身不由己。现在他落了难前来投靠你，是把你当英雄豪杰看。荣爷不收留他倒也罢了，若是落井下石，岂不让江湖中人笑掉大牙，也毁了你一世英名。"

郭生荣拧起眉毛："吴俊海把我当英雄豪杰看？"

“荣爷在江湖上的名气大得很,谁敢不把你当英雄豪杰看！吴俊海虽在保安大队做事,可私下一直对人说荣爷是条好汉。”

郭生荣哈哈大笑起来:“你这个学生娃娃还真个会说话,书没白念。”

“荣爷过奖了。”双喜一拱手,“事不宜迟,乞望荣爷收留。”

郭生荣乜斜着眼,捻着胡须说:“秦少爷不会有诈吧？你们把队伍带上山来,再把我一口吃掉！想得真美呀。”

双喜急了:“我若说半个‘谎’字,就遭天劈五雷轰!”

郭生荣仰面哈哈大笑,猛地又收住笑,眼里射出阴鸷的凶光:“凭啥要我相信你?”

秀女也说:“我们咋能知道你说的不是谎话?”

双喜的脸涨得血红,把胸脯拍得震天响:“你们拿我做肉票！我拿我的人头做担保!”

郭生荣冷笑道:“哼,你的头能值几个钱!”

双喜一怔,随即嘿嘿冷笑:“我原以为荣爷你是个英雄豪杰,才让他们来投奔你。没想到你也是个小肚鸡肠的人。我是瞎了眼睛,认不得人。”说罢转身就走。

郭生荣猛喝一声:“站住!”

双喜站住了脚。

“把你的话再说一遍!”

双喜毫无惧色:“我瞎了眼睛,看错了人!”

郭生荣的脸色急剧地变化着,由血红变得铁青,由铁青变成黑紫。忽然,他哈哈大笑起来:“你一个乳臭未干的崽娃子也敢跟我玩激将法!”

双喜道:“谁跟你玩激将法！有道是,将军额前能跑马,宰相肚里能撑船。你有将军宰相的肚量么？你是个小肚鸡肠的人！你跟梁山上的王伦一样，容不下人，怕他们上山抢了你的位子。”

秀女和几个喽啰见双喜如此无理，都有了怒色。郭生荣面无表情，猛地挥了一下手。一个彪形喽啰扑上来就扭双喜的胳膊，双喜这时已置生死于度外，侧身闪过，一个扫堂腿过去，彪汉不备，扑倒在地。又有两个壮汉冲上去，俩斗一。双喜拳脚并用，出手如电，拳打东西，脚踢南北。几个回合下来，两个壮汉倒在地上半天爬不起来。

双喜瞪着郭生荣："荣爷，你也太不仗义了。"

郭生荣却笑了："果然身手不凡。就凭你一下打倒了我三个弟兄，你求的事我答应了。"

双喜愕然地望着郭生荣，一时没明白过来。秀女在一旁笑道："卖啥瓷，还不快过来谢我们当家的。"

双喜这才醒过神来，急忙拱手相谢："多谢荣爷！"

这时，邱二急匆匆走了过来，在郭生荣耳边低语道："大哥，保安大队的一股人马反水了，现在跑到了岗下。他们狗咬狗，咱们趁这个机会吃掉反水的这一股。"

郭生荣摆摆手："我已经答应秦双喜了，收留他们上岗。"

邱二惊愕地看着郭生荣。

"老二，你安排两队人马埋伏在上岗的路口，刘旭武胆敢上岗，就给他点颜色瞧瞧。"

邱二还想说啥，见双喜瞪眼看他，心里明白，郭生荣拿定了主意，再说啥也无济于事，跺了一下脚，转身就走。郭生荣叫住了他："老二，你和双喜下岗去迎接客人，埋伏的事我另让人去。"

早霞如血，浸染着荒原土岭。

黄土高原的地形主要是黄土梁峁和沟谷川道。站在梁峁上眺望，几乎所有的岭一样平。那些黄土梁峁遮蔽了人们的视线，在梁梁峁峁的北坡和阳坡常常有大片的树林。梁梁峁峁之间便是沟谷川道，沟谷川道大多夹一溪瘦水，瘦水几乎都有一条土道相伴。土道两边是田地，田地里的庄稼长得比梁峁上的庄稼好得多。霞光泼洒下来，给沟谷川道、梁梁峁峁涂染上瑰丽的色彩，把荒原土岭变成一幅引人入胜的油画。

吴俊海的人马在卧牛岗的沟谷中休息，士兵们横七竖八地躺在草坡上，一夜边打边跑，实在太疲惫了。现在若有一支队伍前后夹击，这些士兵十有八九会成为尸体。

吴俊海大口抽烟，一手叉腰，似一头困兽来回地走动着，不时地向岗上张望，一脸的焦急不安。路宝安和王得胜等人侧立一旁，一口接一口地抽烟，似乎在比赛谁抽烟抽得最凶。南边土梁上传来了枪声，刚才吴俊河带着二排去接替王得胜排打掩护，看情景是和追兵接上了火。

王得胜急了：“大哥，咱们另想办法吧。”

路宝安忧心忡忡地说：“秦双喜会不会把咱们丢在这里，自个儿去逃命了？”

吴俊海摇头，断然道：“双喜不是那样的人。你们别看他年纪轻，文文静静的，骨子里却是一个真正的汉子。”

路、王二人不再说什么，都伸长脖子往岗上眺望。岗坡上长满了树木杂草，看不清什么。南边梁峁上的枪声响得更紧了，如同爆豆一般。吴俊海甩了烟头，额头沁出了细密的汗珠。

忽然，王得胜叫道：“有人下来了！”随即拔出了枪。

一伙人一惊，都拔出了枪，引颈张望，只见双喜带着一伙人走下岗来。吴俊海把枪插回盒子，以手加额："老天爷，有救了！"疾步迎上去。

双喜也快步走过来。到了近前，吴俊海急问："谈妥了么？"

"谈妥了。"双喜笑脸做介绍，"这位是邱二爷。邱二爷，这是吴连长。"

"邱二爷！"吴俊海给邱二拱手施礼。

"吴连长！"邱二拱手还礼，"荣爷让我前来相迎，请各位上山。"

"多谢荣爷和邱二爷。"

"吴连长不要客气，请弟兄们上山吧。"

吴俊海当即命令队伍上卧牛岗，随后又命令传令兵传令，让吴俊河排火速撤回。

吴俊河排刚一撤离峁梁，刘旭武的人马就尾随追了过来。前哨班的团丁跑来报告："报告大队长，吴俊海的人马上了卧牛岗。"

刘旭武勒住马缰，举起望远镜，只见断崖绝壁横在眼前，满目苍凉；山腰斜坡乱石挤叠，如狼牙虎齿，瞧不到上山的路径；山腰上长满了灌木，枝叶茂密，被劲风吹得摇摇晃晃，发出浪涛般的吼声，似乎隐藏着千军万马。

良久，他放下望远镜，命令道："停止前进。"

姜浩成忙问："大队长，不追了？"

刘旭武没理姜浩成，他骨子里瞧不起这个"衙内"。他把望远镜递给身边的陆志杰："前边就是卧牛岗，是郭生荣的匪窝。"

陆志杰举起望远镜刚要观察，姜浩成一把抢了过去，边看边道："咱们把队伍开上去，把狗日的匪窝端了！"他想趁这个机会报被绑票之仇。

陆志杰心里老大不高兴,讥讽道:“姜副官,那就带队伍往上冲吧,我当二梯队,大队长给咱打掩护。”

姜浩成没听出陆志杰话语的味道,信以为真,向刘旭武请缨出兵。刘旭武本想训斥他几句,可又一想,不好得罪他,缓和了一下口气说:“卧牛岗岭高沟大,一夫当关,万夫难开。若是郭生荣设下埋伏,咱可就全军覆没了。”

“这么说,只有撤兵了?”

陆志杰冷笑道:“姜副官,是听你的,还是听大队长的?”

姜浩成瞪了陆志杰一眼,却不再说什么。刘旭武掉转马头,大声命令:“撤!”

其时,郭生荣等一干人站在山神庙前的台阶上,迎接吴俊海的人马。吴俊海老远看见一伙人簇拥着一个虬髯壮汉和一个俊俏的少妇,便知道他们就是郭生荣夫妇,快步向前抱拳施礼:“荣爷！夫人！吴俊海见礼了。”

秀女含笑点点头。郭生荣捻着胡须呵呵笑道:“听双喜说,你是他的师兄。吴富厚是你啥人?”

“是我的父亲。”

郭生荣仔细打量吴俊海:“怪不得我看你有点眼熟,原来你是吴富厚的后人。像,像!”

“荣爷认得我父亲?”

“认得,认得。你父亲是条汉子,我敬重他。你年纪轻轻就当上了连长,也是不凡啊。”

吴俊海红了脸面:“荣爷说这话真让我羞愧。如今我落魄到了这一步田地,简直就像丧家之犬。”

郭生荣说:“胜败是兵家常事嘛。再者说,不能以一时成败论英雄。你年轻有为,来日方长哩。"

"荣爷这么高看我,真让我汗颜。"吴俊海随即把路宝安、王得胜、吴俊河等人介绍给郭生荣。

郭生荣哈哈笑道:"都是一伙虎将哩。走,到大堂里说话。"

一伙人跟着郭生荣进了山神庙。分宾主坐下,吴俊海说着哗变的原委经过,郭生荣骂道:"狗日的姜浩成真不是个东西,那天就该撕了他。"

这时,喽啰们摆上了酒宴,郭生荣请吴俊海一伙入席。郭生荣夫妇、邱二与吴俊海兄弟、路宝安、王得胜、双喜坐在首席。酒宴是山寨上的高规格,大盆盛肉,大碗装酒,十分丰盛。郭生荣端起酒碗:"这碗酒为各位弟兄接风洗尘。"仰脸一饮而尽。

众人也一饮而尽。

郭生荣笑道:"各位随意吃吧。"夹了一片红烧肉送进嘴里。

吴俊海等人虽肚中饥渴,但都吃得很节制,尽量不让自己露出狼狈的吃相。

少顷,郭生荣笑着,看似很随意地问:"俊海,你手下有多少人?"

吴俊海答道:"上岗时清点过,还有七十二个弟兄。"

"多少杆枪?"

"每人手中都有家伙,还有十几匹马,三挺机关枪。"

郭生荣笑道:"咱们山寨一下添了这么多弟兄,这么多枪,真是大喜事啊。来,干了这一碗!"

众人喝了碗中的酒。

郭生荣吃了一口菜,忽然又问:"俊海,你看这些人马应该咋安置?"

吴俊海一怔，急忙说："一切听从荣爷安排。"

"你想咋安置哩？"

"荣爷在上，一切都听从荣爷的安排。"

郭生荣笑道："那好吧，你带来的弟兄都归你管，编为第三大队，你是大队长，你的三个排长都是中队长，先驻在后岗山寨。你看咋样？"

吴俊海起身冲郭生荣躬身拱手："多谢荣爷！"

"坐下，坐下，酒桌上别这么多礼数。后岗山寨简陋了些，都是窑洞。其实，窑洞比瓦房好，冬暖夏凉，你说是么？"

吴俊海连连称是。

郭生荣又说："后岗山寨极为重要，有你的人马驻扎在那里我也就放心了。咱们卧牛岗地势险峻，一夫当关，万夫莫开。退一万步讲，就是官军攻上岗来，前后岗为犄角之势，相互增援，也能破敌。"

吴俊海起身打了个立正："俊海一定尽职尽力，守住后岗。"

郭生荣捋着胡须笑道："俊海果然是个真正的军人。坐下，坐下说话。"随即又敛了笑纹，咳嗽一下，威严地往下扫视了一眼："吃了这桌酒席，往后咱们就成了一家兄弟，在一个锅里搅勺把，有盐就咸着吃，没盐就淡着吃。凡事都要拧成一股劲，相互照应，不能面上笑哈哈，肚子里又在捣鬼。如果谁日鬼捣棒槌，别怨我手下无情！"说着，郭生荣端起酒碗："来，我再敬各位兄弟一碗。"一饮而尽。

众人都喝干了碗中的酒，唯有邱二浅浅抿了一口。

第十三章

卧牛岗后岗是个小村,有十来户人家。这些人家的户主几乎都在郭生荣手下吃粮听差,闲时当土匪,忙时收庄稼。

小村东边是一面土崖,土崖上挖着几排窑洞,错落有致。吴俊海的人马就驻扎在这几排窑洞中。虽然十分简陋,倒也十分清静。吴俊海对这个住处十分满意,可俊河等人常有怨言。

一日,他们坐在窑洞里说闲话,吴俊海笑道:“荣爷真是大人有大量,他没有把咱弟兄们分开,还给咱们安排了这么个清静的地方。”

吴俊河嘟囔道:“这是个啥鬼地方,出门就跳崖,把人憋都憋死了。”

王得胜也说:“啥清静地方,比住庙还清苦。”

吴俊海道:“咱如今落了难,能有这么个地方落脚还弹嫌啥哩,再者说,咱弟兄们厮守在一起也是大好事。”

路宝安吸着烟半晌说道:“郭生荣那人城府很深,只怕往后会一口一口把咱吃掉。”

吴俊海不以为然地说:“你别老往瞎处想嘛。”

"防人之心不可无。江湖险恶,咱得防着点儿。"

吴俊河咬牙道:"他真要敢对咱下手,咱就先抄他的老窝。"

王得胜附和道:"俊河说得对,都到了这一步田地,还怕个球。"

吴俊海忽地坐直身,眼睛警惕地望着窗外,压低声音告诫几位弟兄:"千万不敢胡说,更不敢胡来! 咱现在是寄人篱下,凡事都要小心一点儿,你们记下了么?"

路宝安点点头,吴、王二人也相继点头……

就在吴俊海等人商谈时,邱二来到郭生荣的住处。郭生荣躺在卧榻上抽大烟,秀女在一旁给他点烟泡。他有时抽两口大烟,但没有多大的瘾。

邱二面色沉重地坐在椅子上,郭生荣抬眼看了他一下:"老二,你也来一口?"

邱二摇头。小玲送上茶水,又悄然退下。

"老二,有啥事?"

邱二没吭声,端起桌上的茶杯,喝了一口,又放下了。

秀女说:"老二,你有啥话就说,别藏着掖着。"

邱二这才开了腔:"大哥,那样安置吴俊海他们怕不妥吧。"

"咋不妥?"

"他们人多枪也多,还有三挺机关枪哩,万一变了心,咱咋收拾哩?"

郭生荣口没离烟枪。秀女笑问:"依你说咋办好?"

"应该把他们分开。"

"你就不怕他们起疑心?"

邱二一怔,他没有想到这一点。

郭生荣坐起身,嘿嘿一笑:"老二,心急吃不了热豆腐,好东西咱得一口一口慢慢吃。”

秀女笑道：“老二，你咋就聪明一世，糊涂一时哩。”

邱二看看郭生荣，又望望秀女，恍然大悟，拍着后脑勺连声说：“我糊涂，我糊涂！”

郭生荣对秀女笑道：“老二灵醒了！”

三人都大笑起来……

郭生荣与吴俊海各怀叵测之心，双喜却举棋不定。他原本想去陕北，中途去找吴俊海借盘缠，却发生如此变故，这是他始料不及的。既然上了卧牛岗，就该去看看玉凤和小翠。

这天中午，郭生荣传令，让吴俊海等人前去山神庙议事。吴俊海叫双喜一块去，双喜无心留在山上，因此不想去。但又一想，何不趁此机会去看看玉凤和小翠，便答应了。

来到前岗，正走之时，忽然有人喊叫：“秦大哥！”双喜扭脸一看，是小翠，大喜过望，急忙抽身走过去。

到了跟前，小翠埋怨道：“你来了咋不来看看小姐和我？我们又没得罪你呀！”

双喜赔着笑说：“真是对不起，今儿个我就是想抽空来看看你们哩。小姐这会儿在哪里？”

小翠笑了起来。双喜莫名其妙，猛回首，郭玉凤不知什么时候站在了他的身后，满脸含笑地看着他：“上岗来还躲着我，架子不小哩。”

双喜苦笑道：“你这是骂我哩。我这回上岗来简直就像一条丧家之犬。”

“那你咋不先来找我？信不过我？”

“不不,不是信不过你,一是事急,二是不想让你作难。”

“听说姜浩成把你关进了大牢?”

“那狗东西翻脸不认人。”

“哪一天再抓住他,非扒了他的皮不可。”

“唉,真是珠宝好识,肉蛋难认啊!”

“这回上山来还走么?”

“我还真的不知道何去何从。”

小翠在一旁笑道:“我替你拿主意,别走了,咱们这回真成了一家人。”这时,就听有人叫喊:“双喜! 双喜!”

双喜应声转脸,只见吴俊河走了过来。

“大哥叫你快走哩。”吴俊河一双眼睛直往玉凤身上瞅,面现惊讶之色。

玉凤见他目光不善,瞪了他一眼。他慌忙移开目光又往小翠身上瞅。小翠也瞪眼瞅他。

“有空我就去看你们。”双喜挥手告别。

“双喜,那两个女子是谁哩?”吴俊河追着双喜问,一双眼睛一个劲儿地往后瞅。

双喜看他那式子,心里好笑,便开了个玩笑:“是我表妹。”

吴俊河有点儿不相信:“真个是你表妹?”

“看你这话问的,哄你能当饭吃?”

“两个都是你表妹?”

“两个都是。”双喜笑了一下,大步向前走去,把一头雾水的吴俊河扔得老远。

从卧牛岗撤兵回来,刘旭武窝在大队部,很少出门。吴俊海连哗变对他的刺激和压力很大。他一直觊觎县长这个位子，姜仁轩即将离任，他认为雍原县县长非他莫属。却在这个节骨眼儿上出了这档子事，岂不是给他的光脸上抹屎么！

今儿个刘旭武心情稍好一些，便去了东街小妾的住处。那小妾原是烟花女子，很会卖弄风情，一头扎进刘旭武的怀中就撒娇卖弄风骚，刘旭武心中那点儿不痛快霎时跑到爪哇国去了。当下就宽衣解带和小妾倒在床上颠鸾倒凤，布云播雨。正在得意之时，贴身马弁在窗外疾叫："大队长！大队长！"

刘旭武很是恼火，没有停止动作，怒斥道："喊叫啥哩！"

"姜县长让你赶紧去一趟！"

刘旭武失去了兴致，骂了一句："真扫兴！"想从小妾身上下来。小妾搂住他的腰不松手，一个劲儿地给他骚情，他便追问一句："姜县长没说有啥事？"

"啥事倒没说。看情形姜县长要去省城上任。"

刘旭武一把推开小妾，急忙穿衣服。出门没几步，他又折身回来，从床下拉出一个皮箱，让马弁扛上。小妾急了眼，不顾羞耻，光着屁股跳下床抱住皮箱不许扛。马弁见此情形哪里还敢扛，只是瓷着眼看光屁股女人。刘旭武十分恼火，抓住小妾的胳膊想把她拉开，小妾却抱着皮箱不松手，嚷道："这是我的，不许拿！"

刘旭武表面上很温和很好说话，其实骨子里十分蛮横凶悍。此时他火冒三丈，双手一使劲，把小妾扔到了床上，骂道："啥是你的？连你都是老子的！老子想咋就咋！"转脸见马弁双眼发瓷，气得在马弁屁股上踢了一脚："狗日的看啥哩，还不扛走！"

马弁醒过神来，急忙扛起皮箱，跟在刘旭武屁股后边直奔县府。

县府院子停着一辆黑色小汽车，张秘书正指挥着几个人往汽车上搬东西。刘旭武跟张秘书打声招呼，就匆匆进了客厅。姜仁轩在客厅独自喝茶，见他进来，埋怨道："旭武老弟，你跑到哪达去了？让我好等。"

刘旭武脸红了一下，急问："你这就走？"

姜仁轩点点头。

"谁来接任？"

"孙世清孙副县长接任。"

"孙世清！"刘旭武的脸色一下变得很难看。

姜仁轩说道："我找你来，就是告知你这件事的。这次保安大队哗变的事对你十分不利。我原本推荐你接任，上峰不但没同意，还训斥我没有知人之明，把我弄得很尴尬。"

刘旭武长叹一声："唉，我是流年不利！只怕再没有出头之日了。"

姜仁轩走过来，拍拍他的肩膀："旭武老弟，别说丧气话，先忍一忍吧，等过了这个关口，我会在上峰面前替你美言的。"

"那就太谢谢姜厅长了。"

"别这么叫，还是以兄弟相称吧。"

"我可就高攀了，仁轩兄！"刘旭武摆了一下手，让马弁把皮箱扛进来。

姜仁轩看着皮箱，已心明如镜，却故意问道："旭武老弟，这是何意？"

"仁轩兄走得太匆忙，小弟来不及准备，这点东西不成敬意，请仁轩兄笑纳。"

姜仁轩板起了脸："旭武老弟，你怎么也来这一套？我是什么东西也不收的。”

刘旭武急忙道：“仁轩兄误会了。我虽是你的属下，但和你情同手足。现在仁兄要离我而去，小弟送点东西为仁兄饯行不为过吧。”

“也罢，我收下。旭武老弟，下不为例。”

“下不为例，下不为例。”

姜仁轩递给刘旭武一支烟，又划着火柴给他点着。刘旭武有点儿受宠若惊。姜仁轩徐徐吐了口烟，说道：“旭武老弟，再告知你一件事。”

刘旭武禁不住心头一悬，神经也绷紧了，不知又有啥坏消息，忙问：“啥事？”

“省府发来公文，要各县查烟禁烟，杜绝毒品泛滥。以往这件事都是保安大队直接插手，这回你得想办法把这件事办漂亮，挽回点面子，我也好在上峰面前替你说话。”

“我立刻下令查封关闭县城的烟馆。”

姜仁轩点点头，随即又说：“不能把目光只放在县城。”

刘旭武有点儿不明白姜仁轩的意思，困惑地望着他。

“据说北乡一带有人私种大烟，而且面积不小。如果能铲除毒品源头，可是立了一件大功。”

刘旭武来了精神：“我立马派人前去察看，如果情况属实，一定严惩不贷。”

上次姜浩成被绑票，郭生荣开口要两万大洋的赎金，刘旭武动用了一部分军饷和征收来的税款准备送卧牛岗赎人。就要动身之际，姜浩成突然回到了县城，刘旭武大喜过望，私吞了这笔款子。适才他送给姜仁轩的礼箱中装着五千块大洋。他一直在找机会填补这笔亏空。现在机会来了,借查烟禁烟之机,捉刀的手使劲刮一刮,一个乡多刮出两三千块大洋不成问题,全县二十二个乡,少说也能多刮出四五万大洋来。想到这里,刘旭武满脸泛起了笑纹。

姜仁轩瞥了他一眼,似乎看穿了他的心思,说道:“旭武老弟,北乡一带民风剽悍,下手不能太狠,千万不要激起民变。”

“仁轩兄放心,我一定把这件事办得漂漂亮亮。你就静候佳音吧。”

送走姜仁轩,刘旭武立马派了几个精明强干的细作前往北乡一带察看。当天傍晚,几个细作回来报告,说是秦家埠北去五里的赵家洼、黄家沟、罗家崖等村子都有人种植大烟;尤以赵家洼为最,二十来户人家的村子,几乎家家户户都种了烟。刘旭武拍桌叫了声:“好!”他本想让办事稳当的陆志杰带人去铲除烟苗,征收罚款,可觉得这件事不难办,不如把这个功劳让给姜浩成,将来也好在姜仁轩面前邀功。

第二天,刘旭武召来姜浩成,让他带上大队部的警备排前去北乡赵家洼一带查烟,临了推心置腹地说:“浩成,这件事事关重大,千万不能办砸了。兵变一事闹得咱俩都脸上无光,这回说啥你也得给咱弄点儿脸面回来。”

姜浩成拍着胸脯说:“大队长放心,区区小事,手到擒来。”

刘旭武笑道:“我等着你的好消息。”

第十四章

赵家洼嵌在渭北高原的一个皱褶里，坐北向南的坡崖上挖了几排窑洞，错落有致，住了二十来户人家，一律的穷家小户。川道以及周围沟沟洼洼的土地倒还不少，可地主姓秦。赵家洼十之八九是秦盛昌的佃户。今年这些佃户都种了大烟（罂粟）。自晚清到民国，上边三令五申禁种大烟，却屡禁不止，究其原因，是腐败所致。想当年林则徐销烟虎门，不仅洋人反对，而且也得罪了朝廷，结果壮志未酬，反让洋人打开了国门。民国政府也深知大烟祸国殃民，严令禁种禁吸。"经"是好经，却让下边的歪嘴和尚念瞎（坏）了。每年禁烟，地方官吏带领军队、警察以禁烟为名，行敲诈勒索之实。凡行了贿的，烟苗安然无恙。否则，不是捆绑、吊打，就是毁苗罚款，闹得人心惶惶，怨声载道。

赵家洼地处偏僻，又在山沟沟里，禁烟喊了好些年，但地方官吏从没干涉过这个地方，似乎赵家洼是化外之民。正应了那句话：天高皇帝远。人穷极了，就会铤而走险。种一亩大烟的收入可顶种十亩粮食的收入，因此，赵家洼的农户抱着侥幸心理，孤注一掷全都种植了大烟，渴望获得暴利。

大烟虽是毒品，却长得分外妖娆：青翠碧绿的秆儿，叶形如芥菜叶，花形如棉花花。每到开花季节，红红白白的一片，香气扑鼻，飘出好几里地。烟花一败，露出棉桃般的嫩苞，日渐肥大。待成熟之际便可割烟。割烟一定要选好时机，早晚有露水，不利烟膏凝结，雨雾天则更不行。最好的时辰是在白花花的太阳当头照着的时刻。这时，用一种月牙形的小刀轻轻划破烟骨朵儿，乳白色的汁液就会渗出。太阳一晒，汁液便凝成黑糊糊状，用刀子刮在盒里便是大烟膏了。割烟的季节，烟地里热闹得赛集市，各色小贩都在地头大声吆喝叫卖。刮烟的用一刀子烟便能换来许多美味可口的东西和所需之物。

赵家洼沟沟洼洼种满了罂粟，刚刚下了一场透雨，烟地里一片翠绿。小满刚过，烟花已败，肥实的烟骨朵儿挺立枝头，丰收在望。早熟的品种已能开割，地主们在地里忙着割烟，闻讯赶来的小贩车推肩挑着货担，摆在地头大声叫卖。

太阳快到头顶，沟道里开来了一队团丁，为首的年轻军官骑一匹高头大马，相貌堂堂。他手挥马鞭，指指点点，趾高气扬。一旁的是个瘦猴，骑着一匹灰驴，点头哈腰地冲着骑马的谄笑。眼尖的瞧见，大声喊："粮子（当兵的）来了！粮子来了！"

一村的男女老少都慌了，不知道往哪里躲才好。霎时间，村里乱作一团，呼儿唤女、扶老携幼，到处乱窜，闹得鸡飞狗跳。那队团丁没有进村，径直奔烟田而去。众人见粮子没有进村，倒也镇定下来，拥在村口瞧稀罕。突然有人叫道："不好，粮子是查烟来了！"急向自家烟田跑去。

大伙儿醒悟过来，全都慌了，再也顾不得身家性命了，急忙奔向各自的烟田。那队团丁到了地头解下武装带冲进烟田见蕾就抽,刹那间就抽打倒烟秆一大片。乡民顿时哭喊起来:“老总,求求你们……这可是我们全家人的饭食啊……”跪在地边冲团丁们磕头作揖。

团丁们无动于衷,依然挥着武装带乱抽,烟田似乎是他们的练武场。骑灰驴的瘦猴官儿哈哈笑着双腿一夹,抖动缰绳驰进烟田。那灰驴在烟田里四蹄撒欢,瘦猴官儿挥舞马鞭胡乱抽打。人驴所到之处,烟苗倒下一片。一个叫赵民娃的年轻汉子急了眼,扑过去拽住了瘦猴官儿的一条腿。那瘦猴官儿冷不防一下子被拽下了驴背。他恼羞成怒,爬起身来举起马鞭没头没脑地抽打赵民娃。赵民娃被打急了,猛地挥拳还击,瘦猴官儿捂着眼睛惨叫起来。那瘦猴官儿是警备排排长,名叫史长命,当即叫喊起来:“反了！反了!”

姜浩成不知出了啥事,急忙带人过来,忙问怎么回事。史长命捂着眼睛,一指赵民娃:“姜副官,这个刁民要造反！你看,把我的眼睛打瞎了!”

姜浩成大怒:“翻了天了！把这个刁民给我往死地抽!”

立即有几个团丁跑过来,几根皮鞭没头没脑地抽打下来。赵民娃抱着头满地乱滚,身上血迹斑斑,惨不忍睹,最终躺着不动了……

秦盛昌得知赵民娃被打死的消息已是午后。他刚刚睡醒午觉,端起水烟袋想抽袋烟提提神,满顺匆匆走了进来:“老爷,出事了!”

“出啥事了?”

“赵家洼的赵民娃让查烟的团丁打死了。”

秦盛昌大惊:“你听谁说的?”

“民娃他爹赵三老汉专程来给咱告知这事。”

“赵三老汉人呢?”

“他在前院。”

秦盛昌起身来到前院。赵三老汉坐在厦房的台阶上低头抹泪,吴富厚在一旁好言安慰。听到脚步声,老汉抬起头叫了声:“秦掌柜!”就泣不成声了。

赵三老汉给秦家扛过多年活,十分勤谨厚道。秦盛昌对他印象颇佳,此刻见他如此这般模样,大动恻隐之心:“三哥,你家的事我知道了,已经这样了,你也别太难过了。”随即吩咐满顺:“到太太那里取二十块大洋来。”

片刻工夫,满顺取来了钱。秦盛昌把钱给了赵三老汉:“三哥,先把娃的后事办了,其他话过后咱再说。”

赵三老汉千恩万谢地走了。

秦盛昌恨声骂道:“这伙王八蛋!民娃犯了法,有国法治他的罪哩,凭啥把人往死里打!简直是一伙土匪!”随后又埋怨吴富厚:“我不是跟你说过了,查烟的来了在一品香好好招待招待。那是一伙疯狗,油了嘴就不会下口咬人了。”

吴富厚说:“这回他们下来没跟谁打招呼,径直就去了赵家洼,还有黄家沟、罗家崖几个村子。”

“这么说他们这回要动真格的了?”

“只怕他们还会来找咱昌盛堂的麻烦。”

“咱昌盛堂怕啥?咱又没种烟!”

“可咱是地主呀。”吴富厚拿出一张纸来,双手呈给秦盛昌,“这是他们在街头张贴的布告,我让人揭下了一张。”

秦盛昌展开布告,只见上面白纸黑字写得清楚:

布　告

鸦片乃毒品，祸国殃民，政府明令禁种禁抽，却有不法乡民，视政府禁令如儿戏，依然种植，实乃刁顽。凡种烟乡民，限期三日之内铲除烟苗，并每亩罚款三十块大洋。以儆效尤。如违抗不从者，严惩不贷！

切切此布。

雍原县保安大队

民国二十六年×月×日

秦盛昌半晌无语。吴富厚说："老哥，常言说得好，防人之心不可无。咱得做点准备才是哩。"秦盛昌点点头。

半下午时分，又有消息传来：查烟的团丁把种烟的户主都抓了起来，说是交清了罚款才放人。

少顷，十几个乡绅陆续来到秦家。他们都是秦家埠及周围各个村寨的富家大户。这些大户人家并不种植洋烟，可他们的佃户都种了洋烟，户主被抓家属哭哭啼啼地找上门来求救。他们是佃户的掌柜，当然不能袖手旁观，再者也于心不忍，便来找秦盛昌相商。秦家家大业大，掌柜秦盛昌德高望重，出言极有影响力，是这伙乡绅的首领。

秦盛昌把众乡绅请进客厅，刚刚落座，满顺又进来禀报说秦家种烟的佃户在前院厦房，求见掌柜。秦盛昌吩咐满顺安排茶饭好生招待他们，稍后他就见他们。

满顺走后，老乡绅杨洪儒就说："盛昌老弟，今年这事蹊跷，他们是来者不善啊。"

以往禁烟的下来，走村转乡气势汹汹，但很少动真格的，只是虚张声势。他们使的是敲山震虎的手段，那些种烟户闻讯赶紧送帖迎请。他们一到村口，就被烟户迎进家院，一顿好吃好喝之后，带他们到沟沟梁梁转转，然后特意把他们请到小块烟田里，当着他们的面套牛插铧，耕铲烟苗。他们不等烟苗全部耕铲完，就随主家返回家院。此时主家不仅端吃端喝，又有银洋送上，让他们满意而来，又满载而归。可今年却不同，他们毫不张扬地就下了乡，而且动真格的，又打又抓又罚，一时间闹得人人自危，惶惶不可终日。

秦盛昌问道："你们找没找联保的汪主任？让他出面求求情。"

杨洪儒说："找过了。人家不但不给汪主任脸面，还把汪主任训了一顿。如今汪主任闭门不出，说是没脸见人。"

秦盛昌不禁一愣：汪主任是联保主任，也算是这一方的父母官，跟县长、保安大队队长也说得上话，咋就让人训了一顿？

"禁烟的头头是谁？"

"保安队的副官，姓姜，二十啷当岁，牛逼得很。听说他爹就是前任县长，现在当厅长了。"

秦盛昌有点明白了，原来是个衙内，怪不得这么牛逼哄哄的。

杨洪儒愤然道："从古到今都是打了不罚，罚了不打。他们又罚又打是何道理？"

另一个王姓乡绅说："他们打得又重罚得又狠。一亩烟罚三十块大洋，一亩烟能卖几个钱？烟苗都铲了，拿啥交罚款？这不是把人往绝路上逼么！"

张家寨的一位乡绅说："他们还要征收去年的尾欠，现时离下镰割麦还有半月时间，许多小户人家都揭不开锅了，哪有钱交尾欠？兔子急了也要咬人哩！"

吴富厚在一旁说："赵家洼的赵民娃都让他们打死了。再这么罚下去,说不定还会逼出几条人命哩。”

正说着话,满顺失急慌忙地跑了进来,说是又出了事。秦盛昌忙问是啥事,满顺一着急结结巴巴地说不出个囫囵话。吴富厚递给他一杯凉茶,让他喝口水慢慢说。

原来警备排在乡公所设点征收去年尾欠的税捐,附近村堡的乡民慑于警备排的威名,也看得出他们是来者不善,强忍苦痛,挑着从牙齿上刮下来的粮食(以粮代税捐)纷纷前来交纳去年欠交的税捐,没料到团丁们玩起了“撒勺子”的把戏。埠西街的汤大老汉挑来三斗小麦,只量了两斗半。老汉不服气顶了团丁几句,被团丁以“抗税抗捐”抓了起来。

满顺临了说道:“他们分明是敲山震虎,杀鸡给猴看哩。”

有人长叹一声:“苛政猛于虎啊!”

众乡绅摇头叹息。秦盛昌捻着胡须不语,脸色很难看。

杨洪儒有点儿急了:“盛昌老弟,你说句话呀。”

王乡绅也说:“盛昌兄,你德高望重,替大伙到县府去求个情,铲除烟苗佃户们就认了,罚款的事能不能给免了?”

张乡绅跟着说:“请求县府把去年的尾欠也免了吧,就是不免,麦收后再征吧。”

秦盛昌沉吟半晌,道:“依我之见,咱们联名写个东西呈上去,也许能管用。”杨洪儒以拳击掌:“这个主意好!盛昌老弟,你笔头功夫好,就能者多劳吧。”

秦盛昌当下取出文房四宝,捉笔写联名信。

姜浩成让史长命带一个班留下,继续征收罚款和去岁的尾欠,自己带着两个班押着抓来的人回县城去交差。临行时,他对史长命说："把事一定要办漂亮，可别给我丢脸。"他说这话是有原因的。

不久前的一个傍晚，北关卖凉皮的张来福的媳妇走亲戚回来，走到胡同口跟史长命打了个头撞。史长命刚从酒馆出来，醉眼看见穿红挂绿的女人，把握不住自己，搂住女人亲了嘴还要脱裤子。女人大声喊叫起来。当下冲过来几个好管闲事的人扭住史长命就是一顿痛打，随后把他送到保安大队部要讨一个公道。是时，刘旭武不在，姜浩成出面，平息了这件事。他让众人先回去，这事交给他来处理，说着抬手就扇了史长命两个耳光。

众人散去，姜浩成对史长命道："史排长，别怨我打你，众怒难犯，我不得不做做样子。往后你干这等事可得避避人。"

史长命站在那达有点儿发呆。他一时弄不明白姜副官给他说这话是啥意思。

"你走吧。"

这句话史长命听清楚了，可他还是不敢走。他原本想着至少要吃二十军棍，可只挨了两个耳光，实在有点儿不可思议。

"咋的，你还等着大队长回来吃军棍！"

史长命这才如梦初醒："多谢姜副官放我一马。"

姜浩成笑了一下："别客气，往后我也有用得着史排长的地方。"

史长命急忙说道："姜副官如果有要我帮忙的地方就言传一声，我若要说个不字就不是人养的。"

姜浩成哈哈大笑……

此时，姜浩成说出的话似乎对史长命不放心，史长命有点儿急眼了，拍着胸脯说："姜副官放心，我一定把事办漂亮！"

史长命等人住在张保长家，吃饱喝好后，倒头就睡。一觉睡到日上树梢，又好吃好喝一顿，便起身去征催罚款。他们瞄准的第一个目标是赵家洼。

来到赵家洼，街道上看不到一个人影。一只游狗瞪着眼看这群不速之客，刚要吠上几声，似乎发现这群不速之客与众不同，不是良善之辈，夹住尾巴溜之大吉。

史长命带人径直闯进赵三老汉家中。赵家仅有两间茅草屋和两孔窑洞，空荡荡的院子用芦席搭了一个灵棚，一口棺材置放其中。民娃的妻子带着一双弱女幼子为丈夫守灵。她的嗓子早已哭哑，一双儿女满面都是泪水，前来吊丧帮忙的亲友人人都是泪水盈眶。

民娃的兄弟熊娃红着眼睛劝慰嫂子："嫂，你别难过了，我哥该上路了。"随即招呼前来帮忙的亲友抬棺材出殡。

这时史长命一伙走了过来。早饭张保长给他们上的西凤酒，他们都多喝了几杯，满身酒气，脚步踉跄。史长命满嘴喷着酒气，瞪着眼睛喝问："当家的呢？"

赵家近门子的一个中年汉子急忙上前，赔着笑脸递上香烟："老总，请抽烟。"

史长命接过烟看了一眼，扔在脚地，一脚踩了个稀巴烂，随后从衣兜掏出"大前门"给嘴角叼上一根，吸着，斜着眼问道："你是当家的？"

赵熊娃阴着脸走过来："干啥哩？"

史长命乜斜着眼上下打量着熊娃："你是赵民娃的啥人？"

"我是他兄弟，你有啥话就说。"

"那好，你哥种了二亩五分烟，每亩罚款三十块大洋，一共罚款七十五块，交钱吧。"史长命把手伸到了熊娃的鼻子底下。

赵熊娃当下气得浑身打战，直想一拳平了这个瘦猴的面目。可他还是强压住心头的怒火，冷冷地说：“这个屋里你看啥值钱就拿啥吧。”

史长命一怔，随即吼道：“狗日的犯了王法，还这么牙硬！”

这时赵三老汉从墓地回来，见此情景，急忙推开熊娃，上前求情：“老总，求你宽限几日。我们一时半晌实在拿不出钱来。”

“拿不出钱来？”史长命踢了一下棺材，冷笑道，“哪来的钱买棺材?!”

“这都是秦家埠秦掌柜施舍的。”

“秦掌柜是你爹还是你爷？他施舍你？哄鬼哩！”

“真格是秦掌柜施舍的，不信老总去问秦掌柜。”

“你还敢跟老子磨牙！今儿个你就是偷就是抢，也要交上罚款！”

民娃媳妇闻言，悲从中来，掩面大哭。

史长命却踱步过去寻开心：“你这哭丧的遮住脸干啥？”

一个团丁嬉笑道：“只怕是干号没眼泪吧，怕人看见笑话。”

史长命笑道：“你说她干号没眼泪？”

那团丁嘻嘻一笑：“有没有眼泪，排长揭开布巾一看就知道了。”

史长命一把揭开了民娃媳妇遮面的布巾，不禁一怔，讶然道：“布景好得很么！”转脸对赵三老汉嬉笑道：“你还说没钱哩，这不是钱串串么！把她卖到县城不思蜀酒楼，交了罚款还有余头哩！”说着伸手就捏民娃媳妇的脸蛋。

民娃媳妇又恨又羞，扇了史长命一个耳光。史长命先是一怔，随即醒过神来，咬牙道：“你这个臭娘儿们还敢打我！”

一个团丁在一旁嬉笑道:“打是亲骂是爱嘛,她是看上你了。”

史长命狞笑道:“依你这么说她是看上我了?”

其他团丁也嘻嘻哈哈跟着起哄:“看上了！看上了!”

史长命一脸的坏笑:“你们把我说得心里直痒痒哩。”

又有团丁起哄:“史排长,心里痒痒就让她给你挠挠。”

史长命猛地扑过去,搂住了民娃媳妇,就势亲了一下。民娃媳妇气急了眼,在史长命胳膊上咬了一口。史长命痛叫了一声,松开了民娃媳妇。民娃媳妇痛失丈夫,又受欺辱,悲愤交加,一头撞在民娃的棺材上。

“嫂子!”熊娃呼叫一声,急忙抱起嫂子。民娃媳妇满面是血,看了兄弟一眼,头歪在了一边。

此情此景,就是铁石人也会肝肠寸断,就是棉花豆腐人也会热血喷涌。熊娃放下嫂子的尸体,慢慢站起身,牙齿咬得咯嘣响,一双拳头攥成了铁榔头。

“史长命,今儿个不送了你狗日的丧,我就不姓赵!”熊娃骂着,拳头就抡了过去。史长命的鼻血唰地流了下来,他怪叫一声,伸手就在腰间摸枪。熊娃眼疾手快,又一拳打在史长命的胸脯上,他仰面朝天倒在了脚地,吼叫起来:“你们几个瓷锤,还不给我上!”

团丁们一窝蜂似的扑了上来。熊娃大吼一声:“跟狗日的拼了!”顺手操起了一根扁担挥舞起来。来赵家帮忙的亲友族人早都怒火填胸,发了一声喊,操起镢头、铁锨、杠子、谷杈一拥而上。团丁们虽然都背着枪,却没料到事情突变,枪在手中都不如烧火棍,根本无法抵抗。一伙人发了疯红了眼,手中的家伙没头没脑地往下砸,一班团丁片刻工夫倒在了地上。史长命先是傻了眼,随即醒过神来。他脑袋还算灵醒,知道今儿个的事闹大了,三十六计,走为上策。他拔腿就跑，只恨爹娘少生了两条腿。

一伙人待停住手时，才发现那班团丁没有出气的了，都傻了眼。赵熊娃醒过神来，红着眼睛拍着胸脯说："你们都甭怕，天大的事我一个人顶着！"

赵三老汉这时也灵醒过来："没你们的事，大伙赶紧走吧。"

赵家近门子的中年汉子说："往哪达去哩？出了这么多人命，咱就是躲到老鼠窝人家也会寻咱偿命哩。"

众人都怔住了。有两个胆小的汉子蹲在脚地，抱着脑袋哭开了。一时间众人惶然不知所措。

良久，赵三老汉仰天长叹："唉，只有这条路了。"

熊娃急忙问："爹，哪条路？"

"你带着大伙儿上卧牛岗投奔你郭大叔去。"

熊娃一怔，呆眼看着父亲。

"打死了保安队这么多人，人家能饶过咱？只有上卧牛岗才有活路哩。"

中年汉子也说："熊娃，三叔说得对，只有这条路可走了。"

赵三老汉对儿子又说："你赶紧收拾一下，带着娃娃和大伙走。"

"爹，你咋办？"

"别管我。我老了，死活够本。"

"爹，我不走！头割了也就碗大个疤嘛！"

"你要是赵家的后人就赶紧走！"

熊娃还是梗着脖子站着不动。他放心不下白发苍苍的父亲啊。

"熊娃，爹求你了，赶紧走吧！你哥你嫂已经殁了，咱赵家可不能断了后啊！再说，还有这一伙人，他们可是为了咱家才闯的祸，你总不能让他们白白送掉性命呀……”赵三老汉说着已老泪纵横。

熊娃心软了，叫了声：“爹！”双膝跪倒在父亲面前，泪如泉涌。

赵三老汉拭了一把泪：“赶紧带上娃娃走吧！”

民娃的一双儿女跪倒在爷爷面前，泣不成声。赵三老汉摸摸孙女的头，又摸摸孙子的头，挥手道：“走吧，走吧！”

熊娃咬牙一跺脚，把从史长命的腰间拔出的手枪插在自己腰上，抱起一个孩子，手牵一个孩子，大吼一声：“走！”

一伙人捡起团丁的枪，跟随在熊娃的身后。

赵三老汉手扶门框，泪眼送儿子和孙女孙子以及众人远去。许久，他仰天长叹一声：“老天爷呀，你咋就不给我留条活路呀！”

第十五章

一大清早，满顺赶着轿车送秦盛昌、杨洪儒、王万祥去县城。他们三个带着北乡众乡绅写的联名信去为民请命。中午时分，他们到了县府。县府的秘书接见了他们，他们呈上联名信。秘书展信细看，不觉念出了声：

呈为责罚、赋税过重，民众不堪其苦。恳请责而不罚并免征去岁粮赋尾欠，以苏民困而培国本，恭请转呈事。以粮从地出，赋由田起，古今中外莫不皆然。在平时则省耕省俭，尤有补助之规，遇荒年则免税免租绝无征收之举。故尧水九年，汤旱七载而不病者，其所以恤民艰培国本，法至良政甚善也。自民国十八年年馑之后，本县北乡一带十室九空，虽经几年休养生息，然民气一直未苏，常常半年糠菜半年粮，以求活命。渴望温饱乃乡民昼夜之盼，因此铤而走险种植鸦片，实非民众所愿。政府禁烟，乃治国之良策，责令种植户铲除烟苗亦英明举措，乡民颗粒无收乃自取其祸。然民以食为天，现已无粮可食，嗷嗷待哺，若再重罚，岂不是雪上加霜。再者，政府又要征去岁粮赋尾欠，值此青黄不接之际，民众尚难温饱，哪有余钱交赋税？我等痛乡民之艰难，伤故里之丘墟，用最涕泣陈词代民请命，恳祈政府对种烟户责而不罚，并免征去岁粮赋尾欠，以苏民困而固邦基。是否有当不胜屏营待命之至。

谨呈县长孙。

雍原县北乡民众代表

秦盛昌（签字）

杨洪儒（签字）

王万祥（签字）

民国二十六年×月×日

秘书看罢联名请命信，感到事关重大，让他们在客厅等候，拿着联名信上楼去了。

三人拘谨地坐在客厅等候，面面相觑，沉默无语。墙上的挂钟嘀嗒嘀嗒不紧不慢地走动着，令人心烦难熬。不知过了多久，县长孙世清从楼上走了下来。三人急忙站起身，躬身相迎。孙世清点点头，示意他们坐下。

孙世清是陕北榆林人，说话鼻音很重。他来雍原任职不足半年，对当地的民风民俗不甚了解。他在省城民政厅当过秘书，文事出身，耿介正直。水清则不养鱼。他来雍原任职不善与人交往，因为耿介又得罪了不少人，因此，县府许多人对他敬而远之，甚至怀恨在心。

孙世清原本不想接见秦盛昌等人。禁烟征税都是政府的法令，岂能违抗！这些来为民请命的想来也不是什么好人。可他看了呈文，被那文采打动了心。他没想到，穷乡僻壤还有这等有才华的人。

孙世清点燃一支烟,问道:“谁是秦盛昌?”

秦盛昌欠身答道:“在下便是。”

“呈文是你写的?”

“是的。”

孙世清点点头,心里不免有点失望。假若秦盛昌是个年轻人,他会起用他做秘书的。可惜秦盛昌已是五十出头的人,比他还年长许多,他在心里为秦盛昌惋惜。

孙世清把秦盛昌打量一番,又把目光转向另外两位。杨洪儒急忙起身自我介绍:“老朽杨洪儒。”

王万祥也赶紧道:“我叫王万祥。”

“坐下说话吧。”孙世清坐在上首的位子上,“三位的大名我早有耳闻,只是未曾谋面。三位都是我县的乡绅名流,本县的治安还要仰仗你们支持。”三人异口同声道:“一定支持,一定支持。”

随后,秦盛昌率先开口:“孙县长,我们呈上的联名请求信您过目了吧?”

“看过了。”

“乞请孙县长网开一面。”

孙世清拉长了脸:“你们可知道国家法度?政府三令五申不许种植鸦片,他们却置若罔闻,视政府禁令如儿戏,是何道理?”

三人见孙世清发了脾气,一时都不敢吭声。

孙世清又训斥道:“鸦片乃毒品,泛滥成灾,祸国殃民,若不严禁,如何了得?!”

秦盛昌壮着胆说:“孙县长教训得极是。我们虽愚钝,但也略知国家法度。只是乡民们也有苦情。”

“什么苦情?”

“自民国十八年年馑之后，北乡一带十室九空。虽经几年休养生息，但乡民的日子还是很苦，常常是半年糠菜半年粮。他们想吃饱肚子，这才铤而走险出此下策。现在收获在望，却铲除烟苗，使他们颗粒无收。若再重罚，岂不是雪上加霜！”

孙世清恨声道：“治理乱世刁民，就必须用重典！”

秦盛昌道：“县长此言差矣，他们不是刁民，是贫民啊。”

杨洪儒和王万祥都连声说：“是贫民，是贫民。”

“依你的意思怎么办？”

秦盛昌道：“恳望政府体谅乡民们的苦情，责而不罚。乡民们一定会感恩戴德，遵守国家法度。”

杨洪儒和王万祥都欠身同声说：“恳请孙县长网开一面。”

孙世清吸着烟，半晌不语。

秦盛昌趁机又说：“孙县长，北乡一带，民风向来剽悍，若是逼急了，说不定会激起民变。”

孙世清一怔，随即拉下了脸：“你威胁我？！”

秦盛昌急忙说：“孙县长误会了。秦某知道孙县长为官清正，爱民如子，因而斗胆说出实情，还望孙县长三思而后行。”

杨洪儒和王万祥异口同声道：“请孙县长三思而后行。”

孙世清沉吟半晌，道：“政府若是网开一面，你们能否保证来年不再有人种植鸦片？”

三人站起身，同声道：“我们愿以身家性命做担保！”

“那好，你们先回去吧，三天后我给你们答复。”

秦盛昌又说：“孙县长，我们还有一事相求。”

孙世清不高兴了：“还有什么事？”

“请政府免征去岁尾欠。”

“种田纳税，古来皆然，岂能免征？”

“北乡一带，土地贫瘠，十年九旱，向来民不聊生，眼下距下镰割麦尚有半月有余，可各村堡早已十室九空，哪里还有钱交税？还望孙县长体恤民之艰难，免征去岁尾欠。”

杨、王二人也一齐哀求。

秦盛昌又道：“保安大队的警备排在乡公所设点征收税捐，要‘撒勺子’的把戏，闹得民怨沸腾。”

孙世清一怔，瞅着秦盛昌：“撒勺子？何谓撒勺子？”

秦盛昌从口音中听出孙世清是陕北人，不谙雍原之事，便把“撒勺子”给他解释了一番。

雍原向来是以粮代税捐，且不用秤称，而是用斗量。团丁在用斗量粮食时，故意把粮食撒在地上，还把高出斗的部分用木尺刮掉，落地的粮食不许交税捐的拿走，全部归收税捐者所有。众人把团丁这一恶劣行径称为“撒勺子”。

孙世清听后愣了半晌，似有不相信：“真有此事？”

“孙县长若是不相信，可以亲自下去查看。”

孙世清脸色难看起来：“岂有此理！”大口吸起烟来。良久，他口气缓和了许多：“征税收捐之事也不是我说了能算，但可暂缓征收。我马上呈文把你们所报的困难上报省民政厅，请求免征去岁尾欠的税捐。”

秦盛昌等三人连声道谢，刚要动身离开，刘旭武带着几个随从匆匆走进来，后边跟着头缠绷带的史长命。孙世清瞧见他的脸色很不好看，十分诧异：“刘大队长，有什么事？”

“北乡赵家洼的一伙刁民抗税不交，聚众闹事，打死了禁烟征税的官兵。”

孙世清大惊失色:“消息属实?”

刘旭武平日里跟孙世清有点不和,此时在气头上,便没有好言语:“莫非我在说谎?”扭头道:“史排长,你给孙县长说说。”

“孙县长,你可得给我做主啊……”史长命扯着哭腔加盐调醋地说,“赵熊娃一伙刁民聚众造反,把禁烟征税的弟兄们都打死了,他们还说要打到县城来……”

“简直是犯上作乱!”孙世清跺着脚道,“这可如何是好?”

刘旭武冷冷道:“孙县长,我是特地来向你请示的,该如何处置那伙刁民?”

孙世清半晌无语,大口抽烟。他刚刚接任,就遇上了这样棘手的事,一时还真没有什么主意。俄顷,他抬眼看着刘旭武:“刘大队长,依你之见呢?”心里说,这事是你保安大队办的,咋整的咋收拾去吧。

刘旭武到底是个武夫,恨声说:“凡聚众闹事的都抓起来,以命抵命!”

孙世清一怔,道:“这样恐怕不妥吧。”

“不妥? 有啥不妥的?”刘旭武瞪起了眼睛,“难道孙县长要等到刁民们打到县城来再动手?”

孙世清不吭声了,大口抽烟。

秦盛昌在一旁听得清楚,沁出了一身的冷汗。他实在没有料到事情竟然闹到了这一步,急忙上前说:“孙县长,再抓人只怕事情闹得会更糟。”

刘旭武瞪眼看着秦盛昌。秦盛昌斗胆又说:“这件事一定事出有因,草率行事只怕会激起更大的民变。”

刘旭武脸上变了颜色:“你是个干啥的? 敢说这样的话!”

“刘大队长，我叫秦盛昌，是秦家埠人。赵家洼的赵民娃是我的佃户，禁烟的团丁前天打死了他，想来民变之事可能与民娃之死有关。请大队长详察后再做定夺。”

孙世清把联名信递给刘旭武：“你看看吧，他们是来为民请命的。”

刘旭武看罢联名信，冷笑道：“原来那伙闹事的刁民是你唆使的！”

秦盛昌一怔，顶撞道：“刘大队长你咋这样说话？你可不能诬陷好人！”

“好人？你唆使佃户种植鸦片，目无国家法度，你是好人么?！我看你就是刁民的头！先把他抓起来！”

几个随从如狼似虎地扑过来，扭住了秦盛昌。秦盛昌没料到刘旭武竟然抓他，气得浑身筛糠嘴唇哆嗦，却一句话也说不出来。杨、王二人大惊失色，急忙向孙世清求情。孙世清也是一惊，却一时不知该怎样开口才好。

刘旭武冷笑道：“孙县长，对待这伙刁民不可有妇人之仁。”随后呵斥杨、王二人：“再胡搅蛮缠把你们也抓起来。”一挥手，命令随从押上秦盛昌就走。

姜浩成和史长命带着人马气势汹汹地直奔赵家洼。白花花的太阳当头照着，街上别说人影，连只鸡也看不到。家家户户紧闭着街门，无声无息，似乎无人在这里居住。

荷枪实弹的团丁冲进了赵三老汉家中。赵家院子空荡荡的，民娃灵堂前的白纸幡被风吹得哗哗作响，一副棺材和七八具尸体制造出令人毛骨悚然的恐怖气氛。几只不知死活的鸡在院中觅食。突然闯进一伙凶神恶煞，吓得鸡们四处乱飞。

团丁们望着院中横七竖八的尸体怔住了，禁不住都打了几个寒战，不免兔死狐悲。俄顷，姜浩成瞪着发红的眼睛喝令一声："搜！"

团丁们四处乱搜。一个团丁变颜失色地从屋里跑出来："姜副官，屋里有……有……"语不成句。

姜浩成带人冲进了屋。赵三老汉吊在屋梁上，已死多时。姜浩成转身出了屋，脸色如同毛铁，气急败坏地喊道："把村里的汉子全抓起来！"

然而，村里的青壮年汉子和年轻女人都跑光了，只剩下了老汉老婆儿。姜浩成先是一怔，随即跺着脚喊："烧！放火烧光这伙刁民的窝！"

团丁们有点儿迟疑，史长命捡起一把笤帚，浇上油点燃，逢茅棚就点。

霎时，赵家洼浓烟滚滚，火光冲天。白花花的太阳在火光中黯然失色……

姜浩成回到县城已是黄昏时分，刘旭武正在大队部焦急地等他。刘旭武原以为查烟禁烟是小菜一碟，杀鸡焉用牛刀，把这事交给姜浩成去办，顺便狠捞一把，把亏空的军饷和税款都补上，也好掩住孙世清等人的耳目。他万万没有料到，姜浩成把事办砸了，还被一伙刁民打死了一个班的团丁。他在肚里直骂姜浩成是个废物，成事不足，败事有余。

等姜浩成来到大队部时，刘旭武已经冷静下来。事情已经出来了，肯定瞒不住。上次士兵哗变，这次又发生了民变，上司会对他怎么看？他必须把这事推到姜浩成身上，让姜浩成兜着走。他老子毕竟是财政厅副厅长，一定会大事化小，小事化了的。

姜浩成报告说，赵家洼的青壮年汉子都跑了。这在刘旭武的意料之中。姜浩成又说，他让史长命放了一把火把赵家洼烧了。刘旭武着实吃了一惊，心里骂道："这狗日的尽胡整哩。"却面无表情。

姜浩成骂骂咧咧地说："都是一伙刁民，不给点颜色瞧瞧，他们也不知道马王爷是三只眼！"

刘旭武拍了一下他的肩膀："浩成，你又走了一步错棋。"

姜浩成一怔，瞪眼看着刘旭武："咋的是错棋？"

"你去北乡时，我再三叮咛你，那地方山穷水恶，刁民辈出。你要谨慎行事，不要激起民变。可你没有约束住手下的人，打死了赵民娃……"

姜浩成急忙说："人是史长命打死的。"

"可你是带队的长官。"

姜浩成张口要分辩，刘旭武摆手拦住了他："这是第一步错棋。你留下史长命征收罚款，史长命打仗还行，但有勇无谋，且有好色的毛病，你没有知人之明，用人不当，这是第二步错棋。你去抓犯上作乱之徒，他们既然逃走，你应该撤兵回来，另做商议，咋能放火烧了村子？这与土匪的行径有何异处？若是谁把这事报告上去，如何是好？"

姜浩成呆住了，意识到事情不妙，禁不住打了个寒战。

刘旭武长叹一声："唉，一步走错，满盘皆输。上次兵变就因你而起，当时许多人都对你有怨言，我硬是压住了。这次查烟我着实是想让你立上一功，将功补过，挽回点面子，给你上爬再搭起梯子。

没料到你把事情办成了这个样子,让我如何收拾?”连连摇头。

姜浩成的脸变成了猪肝色:“大队长,这事咋能全怨我哩,是你让我狠狠收拾那伙刁民的。”

刘旭武不急不恼,拍了拍姜浩成的肩膀:“别上火,你听我把话说完嘛。你干得有点过火,可那伙刁民种植鸦片,犯上作乱,这责任是谁的呢?”

“是谁的呢?”

“你说是谁的呢?”

姜浩成呆眼看着刘旭武,半晌,终有所悟:“治安归咱管。乡民目无国家法度,种植鸦片,犯上作乱,是县府方面教化无方,责任是县府的。”

“这就对了。”刘旭武阴鸷地笑了,“浩成,你去省城一趟,跟你爹说说这事,让他在上面吹吹风,该谁的事谁扛上。”

姜浩成的神经松弛下来,咬牙低声道:“大队长,我把一摊稀屎全都铲到孙世清的屁股底下。”

刘旭武笑而不语。

“我明天就去省城。”

刘旭武点点头。

第十六章

夕阳透过窗口，照着秦家上房东屋。秦杨氏躺在炕上闭目养神，脸上平静如水，可心里十分焦急不安。当家的和杨、王二位乡绅一大早就去了县城，可现在还没有回来，是不是出了什么事？这段时间家里接二连三地出事，不由得她胡思乱想。

忽然，院子里响起了沉重、杂乱、急促的脚步声。秦杨氏心忽地一悬，睁开眼睛。丫鬟菊香匆匆跑进来禀报："太太，杨掌柜和王掌柜回来了。"

秦杨氏坐起身，一怔，忙问："老爷呢？"

菊香摇头："我没见着老爷。"

秦杨氏脸色大变："快请两位掌柜屋里说话。"

杨洪儒和王万祥踉踉跄跄地进了屋，一屁股坐在椅子上。秦杨氏一边示意菊香倒茶拿烟，一边忙问："二位回来了，我们当家的呢？"

"唉，一言难尽！……"杨洪儒连连摇头。

"咋了？"

王万祥也叹气道："唉，盛昌兄让刘旭武抓起来了！"

秦杨氏闻言，脸色变得灰白："为啥呀？"

王万祥说："赵家洼的赵熊娃带着一伙人打死了禁烟的一班团丁，刘旭武说盛昌兄是主使人……"

秦杨氏"啊"了一声，身子往后就倒，众人慌了手脚，抚胸的抚胸，掐人中的掐人中。良久，秦杨氏苏醒过来，睁眼看看周围的人，对媳妇碧玉说："快去叫你吴大叔来。"杨、王二位见无大碍，起身告辞。

片刻工夫，吴富厚疾步进了屋，来到炕前，俯下身子急问："大嫂，你这是咋了？我给你叫同济堂的崔先生瞧瞧。"

秦杨氏摇摇头，说："我百不咋，就不要叫崔先生了。"顿了一下又说，"兄弟，你大哥又出事了。双喜不在家，我一个妇道人家主内主不了外，还得劳你出马。"

"大嫂，你咋说见外的话。有啥事你就吩咐吧。"

"明儿个你去县城一趟，摸一摸情况。"

"大嫂放心，明儿个清早我就去县城。我找俊海俊河兄弟俩，让他们托托关系，一定想法把大哥救出来。"

翌日清晨，吴富厚就去了县城。吴富厚到了县城径直去保安队找儿子和侄子。站岗的团丁竖眉立目，问他是吴俊海吴俊河的什么人。吴富厚发觉事情不对劲，多长了一个心眼，说是吴俊海兄弟村子的人，他家里人托他给他们兄弟捎个话，让他们兄弟抽空回家一趟。那团丁冷笑说："你回去给他家里人说，要找吴俊海兄弟俩就到卧牛岗去找。"他心里一惊，忙问是怎么回事。那团丁不耐烦了，让他赶紧走，不然的话就要把他当土匪抓起来。

离开保安大队，吴富厚去县城的一个熟人处打探消息，这才知道俊海兄弟俩出事了。他呆住了，心里乱成了一锅粥。许久，他才镇静下来。俊海兄弟俩的事情已经那样了,他们上了卧牛岗投到郭生荣的门下也无性命之虞,自己鞭长莫及管不上他们,随他们去吧。秦家的事他不能不管,掌柜的被关了,少掌柜的不在家,自己受太太之托,需忠人之事。那个熟人又告诉他,秦掌柜等人关押在保安大队的拘留所。那个熟人的内侄恰好在拘留所那边当个小头目,便带着吴富厚去拘留所。吴富厚给熟人的内侄塞了几块银圆,小头目有几分为难,可还是让他们主仆相见了。

一夜之间,秦盛昌似乎苍老了几十岁,头发胡子都乱糟糟的,也白了不少,跟先前判若两人。吴富厚疾步上前,一把抓住他的手,叫了声:"老哥!"声音竟有点哽咽。

秦盛昌倒还平静:"兄弟,家里的一摊子事就交给你了。"

吴富厚连连点头:"老哥,你身体咋样?"

"还好。"

"我大嫂让我来看看你,给你带了点儿衣服和吃的。"吴富厚把一个花布包袱递给秦盛昌。

秦盛昌接过包袱:"你大嫂她好吧?"

"好着哩,就是惦记你。老哥你也别太心焦,我这就找人托关系把你保出来。"

秦盛昌愤声道:"别求人,我倒要看看他们能把我关多久!"

"老哥,你和谁赌气哩?你聪明一世,咋又糊涂了?常言说,民不和官斗。咱能斗过当官的?斗过政府?"

秦盛昌骂道:"狗屁当官的!狗屁政府!全是一伙混账王八蛋!"

站在一旁的团丁呵斥道:"不许大声喧哗!"

秦盛昌怒目瞪团丁,吴富厚急忙劝道:"老哥,你息息火。他们无非是想要钱,钱是人身上的垢痂,生不带来死不带去。你想开些。"

"我不是舍不得钱,我是觉着憋屈。"

"别憋屈,你就当给了龟孙子。"

这时那个小头目匆匆进来了,说是有人来了,让吴富厚赶紧走。团丁把秦盛昌押回拘留所,吴富厚喊了一声:"老哥,多保重!"只觉得眼眶发潮。

小头目说:"听我姑父说,你是吴连长的父亲?"

吴富厚点点头。

"吴连长是个好人,我在他手下当过班长。秦掌柜的事不大,无非是花些钱的事。破财消灾嘛,你说是不是?"

"你说得对,我回去就筹钱。还请你看在俊海的脸面上,照顾照顾秦掌柜。"

"这个自然。只要我在这里当差,就不会让秦掌柜吃亏的。"

吴富厚连声道谢。离开了拘留所,他风风火火地就往回赶。回到秦宅,他向秦杨氏禀报了情况,说是只要肯花钱,啥事都能化解。秦杨氏忙问:"不知他们要多少钱?"

吴富厚摇摇头:"他们没有说多少。"

秦杨氏叹气道:"唉,只怕这回又要摔断钱串子了。"

"我请张保长去探探水?"

秦杨氏点点头。

第二天,张保长去了一趟县城,带回话来,说是秦家交五千块大洋罚款就放人。原来刘旭武抓了秦盛昌就觉得不妥:秦盛昌是北乡大户,在那一带极有声望,若是闹不好会激起更大的民变。因此,张保长前来求情,刘旭武便顺水推舟,让秦家交罚款就放人。

秦杨氏当下就筹齐了款子，让吴富厚和满顺赶着轿车去县城。保安大队这一回倒言而有信，拿了钱就放人。吴富厚让满顺把轿车停在拘留所门口，吴富厚进去接人。拘留所关押着几十号人，乱哄哄的比牢房还糟。那个头目果然对秦盛昌十分关照，把他关在隔壁的一间小屋。

吴富厚扶着秦盛昌出了小屋。秦盛昌不让吴富厚搀扶，下台阶时脚下一绊，幸亏吴富厚手疾眼快扶住了他。秦盛昌打了个趔趄，身子靠在了吴富厚身上才没有倒。

吴富厚忙问："老哥，没事吧？"

秦盛昌咳嗽着，摇摇头。满顺见状急奔过来，俩人把秦盛昌扶上轿车。满顺一甩鞭子，红毛骡子长嘶一声，蹄声踏响了街道。

轿车出了县城，在土道上颠簸起来。秦盛昌又咳嗽起来。吴富厚急忙边给他捶背，边对满顺叫道："满顺，赶慢点儿。"

满顺慌忙勒了一下缰绳，轿车缓缓而行……

夕阳磨上山尖，轿车进了秦宅大门，在正房台阶前停住。喜梅、碧玉等人簇拥着秦杨氏下了台阶，来到轿车跟前。轿帘挑起，吴富厚和满顺搀扶秦盛昌下来。众人看见秦盛昌的模样都着实吃了一惊：几天工夫，他变得使人不敢相认。

"当家的……"秦杨氏叫了一声，泪水泫然。

"爹！"喜梅和碧玉同声叫道，都泪水盈盈。

"老爷！"菊香也直抹眼泪。

秦盛昌笑着脸："哭啥哩嘛，我这不是好好的么……"忽然弯腰大声咳嗽起来。

众人皆惊，忙扶秦盛昌进屋，安顿他在炕上躺下。秦杨氏赶紧打发人去请同济堂的崔先生。

不大的工夫，崔先生请来了。崔先生微闭双目给秦盛昌诊脉，秦杨氏、碧玉、喜梅和吴富厚等人侍立一旁。

崔先生诊完脉，拈着胡须笑着说："秦掌柜，你这是肚里窝着一股气，以致胸闷气短，引起肺燥咳嗽。我给你开个方子，吃上几服，把胸中之气疏导排解出来，就没啥事了。"

秦盛昌点点头。

崔先生来到客厅，开了个药方给秦杨氏。秦杨氏接过药方，忐忑不安地问："崔先生，我们当家的病不要紧吧？"

崔先生说："秦掌柜是个英雄人，受不得羞辱。他这是肚里窝着火窝着气，气火攻心，引起周身不舒。若能平息了火气，自然就无事了。若息不了火气，就有麻烦了……"

"那这药方……"

"药还是要吃的。可这药只治标不治本，关键是要劝秦掌柜想开些。话是开心的钥匙，比药更管用。"

秦杨氏连连点头，随即给女儿说："喜梅，快给先生谢礼。"

喜梅送上医资。

崔先生接过医资，躬身施礼："多谢秦太太！"告辞出了秦宅。

吃了崔先生几服药，秦盛昌的咳嗽止住了。秦杨氏又请来崔先生。崔先生换了个方子，让多抓几服。秦杨氏便每日煎药熬汤，侍候在丈夫身边，无话找话给丈夫解闷。

这一日，秦盛昌躺在炕上闭目养神，秦杨氏坐在床边给他轻轻打扇。秦盛昌忽然睁开眼睛："你去把富厚给我叫来。"

"有紧要事么？"

秦盛昌点点头。秦杨氏看出当家的心事沉重，急忙起身去叫吴富厚。片刻工夫，她回来了，身后紧跟着吴富厚。秦盛昌示意吴富厚坐到他跟前。吴富厚便在炕沿坐下。

“兄弟,我怕是不行了……”

吴富厚大惊,急忙安慰:“老哥,你咋说这话,谁还没个头疼脑热的,吃儿服药就没事了。”

秦盛昌苦笑道:“但愿没事就好。”

“不会有事的,不会有事的。”

“兄弟,你再辛苦一趟,说啥也要给我把双喜找回来。万一我一口气上不来,连个给我摔孝盆的都没有……”两颗老泪从秦盛昌的眼窝滚落出来。一旁的秦杨氏早已泪水洗面了。

吴富厚赶紧说:“老哥,你千万不要胡思乱想。我立马就去找双喜。”

秦盛昌点点头:“那崽娃若不肯回来,你就给我把他的腿打断,雇辆车拉回来!”

“双喜他听我的话,一定会回来的。”

赵熊娃把侄儿侄女送到嫂子的娘家安顿停当,带着一伙人上了卧牛岗。见了郭生荣,他双膝跪在脚地大放悲声。郭生荣见此情景,便知他家里出了事,扶他起身,细问根源。熊娃泣声把保安大队禁烟打死兄长,又上门催收罚款,欺辱嫂嫂,嫂子不甘受辱,以死相争,他忍无可忍率众打死那伙团丁之事一勺倒一碗给郭生荣说了一遍。

郭生荣起初咬牙切齿大骂保安大队,后来听到熊娃率众打死了一班团丁,连声叫好。他在熊娃肩膀上拍了一巴掌,说道:“干得好,就得给狗日的点儿颜色看看。你说,找叔来干啥?”

“我想跟叔干,混口饭吃。”

郭生荣和赵三老汉是姑表兄弟。他知道表兄是个安分守己的庄稼汉,胆小也怕事。自上山为匪后他不再与表兄往来,怕连累了表兄。此时熊娃来要入伙,他不禁一怔,问道:“你来卧牛岗你爹知道么?”

“就是我爹让我来投靠你的。赵家洼没侄儿的活路了。”

郭生荣不禁喟然长叹:“唉,兔子逼急了也要咬人。好,叔收下你了!”

“侄儿还带了十几个弟兄。”

“叔都收下了,咱卧牛岗正缺人哩。你带来的弟兄们就归你管。”

“叔,侄儿当不当头目都没啥,就想让你替我出出这口窝囊气。”

“你想咋?”

“是保安大队一个叫姜浩成的领人来催款禁烟,都是他造的孽。我要把姓姜的那驴不日的头旋下来当尿壶!还有一个叫史长命的排长,那驴熊是头上长疮,脚底流脓,瞎(坏)透了!”

“你知道姓姜的是谁么?他是原先那个姜县长的后人。”

熊娃咬牙切齿道:“他就是天王老子,我也要旋他的头当尿壶!”郭生荣捻着胡须,半晌不语。他知道再要擒住姜浩成不是件易事。

就在这时,赵家洼又有人跑上岗来,哭诉姜浩成带人烧了村子,赵三老汉自缢身亡。熊娃闻讯,顿足捶胸,放声大哭:“爹,是我害了你呀……”

其他十几个弟兄也都大放悲声。郭生荣的眼珠子红了,一拳砸在桌子上:“驴不日的姜浩成,这回非熟了他的皮不可!”又劝慰众人:“你们都别难过了,我替你们出这口恶气!”

当下郭生荣就要带人袭击雍原县城,擒拿姜浩成。邱二出来劝阻:“大哥,这事须从长计议,不可操之过急。”

郭生荣愤然道:“不给狗日的点儿颜色看看,狗日的还不知道马王爷长的是三只眼!”

邱二说:“刘旭武一伙这些日子正到劲头上,只怕咱占不了便宜哩。”

这话更让郭生荣上火:“我就爱吃硬核桃! 吃软蛋柿还让人说我牙口不好。”

秀女也出来劝阻:“当家的,老二的话不无道理。瞅机会咱再报这个冤仇。”

“你们谁也别劝我,不给我表哥报这仇我睡不安稳。”

秀女见劝他不住,便让邱二占上一卦。邱二当即取出他的家什,如法炮制,随后打开小盒,依次取出铜钱排列在桌上。只见第一枚铜钱背面朝上,第二、三、四枚铜钱正面朝上,第五、六枚铜钱背面朝上。秀女急问卦象如何。

邱二捻着焦黄稀疏的胡须说道:“这是推车掉耳之卦,卦象中下。”随即念出几句口诀:“推车掉耳路难行,心有打算力不能。君子占此琐碎卦,纵无灾害也暂穷。”

秀女说:“这么说这个卦不吉利。”

郭生荣道:“老二,再来一回!”

邱二便重占一回,依次排开六枚铜钱,竟然清一色字面朝上。邱二捻着胡须半晌不语。郭生荣忍耐不住,问道:“咋样?”

邱二道:“这是饿虎得食之卦。”随即又念出几句口诀:“肥羊失群入山岗,饿虎碰到把口张。适口充饥真喜欢,君占此卦大吉昌。”

郭生荣大喜,以拳击掌,叫了声:“好卦!”

秀女疑惑道:“那头一回咋不吉呢?”

郭生荣说:“头一回不算数。”

邱二明白,郭生荣决心已下,不好再说啥。恰在这时,吴俊海来了,听说郭生荣要攻打县城,当即请缨要打头阵。上岗以来他寸功未立,心里有点儿不安,此时听说姜浩成如此胡作非为,顿时气就不打一处来。郭生荣大喜过望,拍着吴俊海的肩膀说:“有你助我一臂之力,一定能大获全胜!”

这时,熊娃等人都哭着要打头阵。郭生荣说:“你们跟着我打北门,俊海他们打南门。咱们左右夹击,让他们顾头顾不了尾。”

众人都叫:“好!”

翌日中午早早地会了一顿餐,饭后一律卧床休息,傍晚时分郭生荣带着人马下了岗。子夜时分偷袭县城的战斗打响了。按预定谋划,郭生荣领一拨儿人马攻打北门,吴俊海一伙攻打南门。守城的团丁仓皇迎敌,刘旭武和孙世清等一伙头头脑脑都慌慌张张登上了城头。他们都看得清楚,来敌攻势十分凶猛,保安大队因无准备,虽居高临下占地势之利,但已露败迹。孙世清从没经见过打仗,见此情景,干搓着手连声道:“这可如何是好!这可如何是好!”

刘旭武到底是个行伍出身,心虽惊慌但还没有乱方寸。他趴在城头察看了一会儿,扭头对孙世清说:“孙县长,你出面先稳住匪兵,给我争取半个钟头的时间,我就能保住县城。”

孙世清忙问:“怎样才能稳住匪兵?”

“不管怎样支招,只要能拖住匪兵不攻城就行。”

孙世清眉头一皱,计上心来,当即让秘书挑起一块白布,左右摇晃。刘旭武急忙抽身去调兵遣将。

火光中城下的人看得清楚,见有白旗晃动,郭生荣命令停止攻击。这时就听城头有人喊话:“城下的英雄好汉听着,孙县长有话给你们说!”一连喊了好几遍。

郭生荣使了个眼色,身边的赵熊娃答了话:“有话就说,有屁就放!”

孙世清斗起胆子站起身问道:“各位豪杰,你们黉夜攻城是为何事?”

赵熊娃问道:“你是孙世清吗?”

“我是孙世清。”

“你为啥要抓北乡的乡亲?”

“他们种植鸦片。鸦片乃毒品,祸国殃民,政府明令禁种,他们犯了国法。”

“团丁打死人犯不犯法?”

“当然犯法。”

“你咋不治他们的罪哩?”

“哪个团丁打死了人?你说出来,如果属实,我立即法办。”

“是史长命那个驴熊打死了我哥,欺辱我嫂,还逼死了我爹!”

“你是哪个村的?叫啥名字?”

“我是北乡赵家洼的,叫赵熊娃。”

“赵熊娃,你说的这事我明儿个就给你查,如果属实,一定严惩不贷。”

“咋不属实?!我哥都死了好几天了。”

“我不能听你的一面之词,还需要调查调查。”

赵熊娃还要说啥,被郭生荣推到了一边去。郭生荣亮着嗓子说:“孙世清,我没工夫跟你谝闲传磨牙!你扯长耳朵听着,一、立马放了被抓的百姓;二、交出姜浩成和史长命两个驴熊;三、保安大队的人往后不许再祸害百姓。”

“这位好汉,请问你是谁?”

“你别管我是谁,你就说答应不答应?”

“这事我一人做不了主,好汉容我点儿时间,明日儿我一定给你答复。”

郭生荣猛地警觉了,高声叫道:“孙世清,你跟你爷玩起了花招,今晚夕我要踏平雍原县城!”急令攻城。

孙世清慌了神,不知如何是好。恰巧,刘旭武把警备排调了过来,孙世清忙向刘旭武问计。刘旭武眼珠子一转,低声道:“孙县长,他说啥你就答应啥,把他拖住就行。”

孙世清急忙朝城下喊:“好汉慢动手,有事咱们好商量。”

郭生荣喊道:“爷说的钉子就是铁打的,没啥商量的!”

孙世清道:“也罢,我答应你,明儿个就放关押的人;保安大队那边我也马上传令,不许他们再祸害百姓。”

郭生荣怒声喝道:“孙世清,我要你立马先把史长命和姜浩成交出来!”

孙世清道:“好汉别上火,我已下令逮捕这两个人。一旦逮住就交给你处置。”

郭生荣有点迟疑,邱二在一旁提醒道:“大哥,孙世清这个老狐狸给咱上眼药哩,他是在拖延时间哩!”

郭生荣醒悟过来,高声叫道:“孙世清,你甭给我眼里揉沙子!我限你五分钟内交出史长命和姜浩成,你若不肯,你爷我今晚夕就要踏平雍原县城!”

孙世清额头沁出冷汗，忙问刘旭武怎么办？郭生荣的喊话刘旭武听得清清楚楚，他的防御安排还没有到位，如若再不想办法拖住郭生荣，可就功亏一篑。他的眉毛拧成了两团墨疙瘩，一双狡黠的眼珠子滴溜溜地乱转。忽然，他的目光定住了，落在了身旁史长命的身上。史长命一直偷瞧着刘旭武，他吃不住刘旭武那刀刃子似的目光，禁不住打了个尿战，颤着声说："大队长，郭鹞子那狗日的胡诈唬哩，他攻不破县城……"

刘旭武没吭声，目光从史长命身上移开。这时，就听城下郭生荣在叫喊："孙世清，你撕长耳朵听清了，我数十下，你若再不把史长命和姜浩成交出来，我就攻城了！一、二、三……"

刘旭武转过目光，恰好孙世清的目光刚从史长命身上撤回来，正好相遇。两双目光一碰，都明白了对方的用意。刘旭武点点头，孙世清喝喊一声："把史长命拿下！"几个团丁扑过去擒住了史长命。史长命一边拼命挣扎一边扯着哭腔喊："孙县长、刘大队长，你们不能卸磨杀驴呀……"

孙、刘二人向来对史长命没有什么好感，再者，兵临城下火烧眉毛，只有丢卒保车这条路可走了，二人都黑丧着脸，一语不发。史长命转脸看见姜浩成，声泪俱下："姜副官，救救我吧……"

姜浩成在一旁目睹突如其来的变故，惊出了一身的鸡皮疙瘩。他真怕孙、刘二人连他也拿下，哪里还肯替史长命求情。这时，城下郭生荣已经数到了"九"，孙世清急忙喊："城下的好汉，千万别动手，我们马上把你们要的人交出来！"随即命令两个团丁押着史长命送出城外。

"孙县长、刘大队长，饶命啊！……"史长命拼命挣扎，哭号声撞破夜色，十分瘆人。

兔死狐悲,姜浩成落下了惊恐的泪水。刘旭武猛地低声喝道:“瓷锤,还不赶紧布置火力?!”姜浩成这才幡然醒悟,急忙向一旁的炮楼匆匆跑去……

两个团丁押着史长命出了城,边走边喊:“甭开枪！我们交人来了!”到了近前,几支火把围上来,有人认得史长命,大声禀报:“荣爷,是史长命这个驴熊!”

郭生荣在众人的簇拥下走了过来,瞪着史长命连声冷笑:“你驴熊叫史长命？哼,你爹你妈给你把名字安错咧!”

“荣爷,饶命……”史长命浑身筛糠。

郭生荣环目四顾,厉声喝问:“姜浩成哩?!”

其中一个团丁答道:“姜浩成跑咧,正在搜捕。一旦抓住,马上送来。”

郭生荣似有不信。史长命忽然歇斯底里地狂喊:“荣爷,我要立功赎罪!”

郭生荣瞪眼问道:“你能立个啥功?”

“他哄你哩,姜浩成就在孙世清身边,他们合伙骗你想拖延时间……”

那团丁大骂起来:“史长命,你这个王八蛋,我日你八辈子先人哩！……”

郭生荣勃然大怒,拔出手枪对准那团丁的脑袋扣动扳机,一梭子弹全打了出去。他转过脸冲着史长命“嘿嘿”狞笑。史长命吓青了脸,变腔变调地喊:“荣爷,我可是立了功赎了罪……你可不能打死我呀……”

郭生荣只是冷笑,并不吭声。

忽然,有人高叫一声:“史长命,拿命来!”

史长命一惊，急回首，只见一个壮小伙扑到了他跟前，他认出是赵熊娃，浑身一哆嗦，把一泡尿全撒在了裤子上。赵熊娃咬牙切齿道："你个驴不日的东西，咋不撒欢了?!"

"熊娃爷，饶了我吧……"

"现在叫爷哩，迟了！饶了你驴熊，我给先人上坟点纸都点不着！"赵熊娃一咬牙，把手中一把短刀插进了史长命的胸膛。史长命还想说啥，那话还没到嗓子眼，就被涌出喉咙的鲜血淹没了……

剩下的那个团丁眼见情形不妙，撒腿就跑，没跑出几步就被乱枪打死了。

郭生荣猛喊一嗓子："弟兄们，冲！"

喽啰们高声叫喊着，蜂拥而上。

此番攻势更猛。赵熊娃带人强攻，架云梯登城。此时刘旭武已急令城内所有团丁上城，且增添了火力，并让人拉来了十几桶汽油和许多捆棉花。阻击的火力较先前强了好几倍，且不是盲目乱打乱射。赵熊娃报仇心切，丢剥了衣衫，赤膊上阵。他带着一伙人爬上云梯，眼看就要登城了，刘旭武使出了绝招，给棉花浇上汽油，点燃了往云梯上扔。霎时云梯陷入火海之中。幸亏赵熊娃撤得及时，但头发眉毛全被烧焦了。几个腿慢的喽啰把命丢了。一时间城下火光冲天，郭生荣的人马全都暴露出来，根本无法靠近城墙。这时传令的喽啰来报告，说是南门那边也攻得不顺利，吴俊海亲自带人登城都未成功，而且伤亡也不少。郭生荣恨得直咬牙，还要命令喽啰往上冲，邱二忙劝阻："大哥，硬拼不得，伤亡太大，撤吧！"

郭生荣抬头看一眼东方，已露鱼肚白色，天一亮对他们更加不利。他一拳砸在旁边的树干上，喊了一声："撤！"

回到岗上，郭生荣让邱二设下伏兵，以防刘旭武趁势攻打卧牛岗。刘旭武哪里还敢追击，见郭生荣的人马撤退了，他才感到身上的衣衫被冷汗湿透了。他暗暗庆幸，若不是孙世清使出诈降一招，拖延时间，并抛出史长命丢卒保车，他的脑袋恐怕今晚夕就被郭生荣当球踢了。

这次偷袭县城失利，卧牛岗折了些人马，皆因赵熊娃引起。可郭生荣并没因此怪罪熊娃，反而对他宠爱有加。他把熊娃带来的人和自己原先的一班卫士编成一个队，做他的卫队亲兵，并让熊娃当队长。那天晚上，他亲眼看见熊娃作战十分勇敢，是个舍生忘死的汉子。他就喜欢这样悍不畏死的汉子，而且熊娃还是他的表侄，他身边就需要这样的贴心卫士。

郭生荣对赵熊娃的宠信引起了路宝安等人的强烈不满。他们经常在吴俊海面前说："咱们是后娘养的，人家根本就不信任咱。"每逢这时吴俊海就大声呵斥："把嘴闭紧，把这话给我烂在肚里！"心里却对郭生荣也很不满意，有了离开卧牛岗之意。

第十七章

月光如银,泻满大地。岗上的原野沐浴在一片月光之中,四周的树木静静地挺立着,繁茂的枝叶制造出一种黑暗和静谧,充满着浓烈的浪漫与神秘的气氛。

一条如蛇的小道从林中蜿蜒出来,铺满了月光。双喜踏着月光朝前岗走去,他借此良宵去看望玉凤和小翠。

吴俊海不知从什么地方钻了出来,站在他面前,含笑问道:“双喜,干啥去?”

双喜一惊,看清是吴俊海,随口道:“不干啥,随便转转。你干啥哩?”

“我也随便转转。”其实,吴俊海每晚都带着几个心腹放暗哨,他还真怕郭生荣对他下黑手,防人之心不可无嘛。

“双喜,是不是去找郭小姐?”

双喜红了脸面,不好意思地挠起了后脑勺。双喜跟吴俊海说起过与玉凤相识的经过,听话听音,吴俊海从双喜的讲叙中听出了许多味道,他们俩都有爱慕对方之意。昨天去前岗,他远远瞧见玉凤和双喜说得很亲热,更加确定了他的看法。此时他见双喜去前岗,知道是去看郭玉凤。

吴俊海在双喜胸脯上亲昵地打了一拳,笑道:“亏你还是个男子汉哩,这有啥不好意思的。”

“俊海哥,你笑话我哩。”

“哥没笑话你,哥羡慕嫉妒你哩,郭小姐是个天仙似的美人儿,你可要抓住战机,尽快把她干掉!”

双喜吃了一惊:“干掉?”

“就是把她麻利地弄到被窝里呀。”

双喜的脸更红了:“俊海哥,胡说啥嘛,咱咋能干那号事哩……”

“别跟我装傻了。要赶紧下手,当心煮熟的鸭子飞了。”

“鸭子还没下锅哩。”

“那就赶紧下锅呀。兄弟,哥跟你说正经话,你能把郭小姐弄到手就算给咱立大功了。”

“这话是咋说的?”

“你如果成了郭生荣的乘龙快婿,往后咱们就不用提心吊胆地过日子了。”

双喜听不明白,瓷着眼睛看吴俊海。

吴俊海在他背上拍了一巴掌:“看我干啥?赶紧去吧。”

“俊海哥,那我走咧。”

跟吴俊海分手后,双喜快步向前岗走去。忽然,他瞧见前边影影绰绰有个人影。他没在意,只管走自己的路。

前边的人影是吴俊河。吴俊河在县城待久了,一点也耐不住寂寞,这些日子把他憋坏了。为了解心烦,他白天满坡地打野鸡。今天,他打了两只野鸡,晚上独自在窑里喝酒,桌上的两瓶酒都空了，两只野鸡也只剩下了骨头。

已是夏日，窑里很闷热，加之酒力攻心，吴俊河浑身直冒汗。他敞开胸怀，喝干杯中的残酒，起身出了窑洞。窑外月色很好，晚风拂面，十分凉爽惬意。他已有了七八分的醉意，脚步蹒跚，一双醉眼漫无目的地四处张望，捏细嗓子含混不清地唱秦腔花旦。

远处的屋子透射过来明亮的灯光，他一边哼哼唧唧地唱着，一边深一脚浅一脚地朝灯光走去……

灯光之处乃是玉凤住的闺房。屋里虽亮着灯光，却是空屋。这几日不见双喜来前岗，玉凤心里很是烦闷。她见今夜月色很好，跟小翠说了声："出去转转。"转身出了屋。小翠疾步跟随，忘了吹熄屋里的灯。

玉凤信步漫游，不觉往后岗走去。小翠惊问道："小姐，你要去后岗？"

玉凤猛然醒悟过来，收住脚步，沉默不语。小翠看出她的心思，说："小姐，明儿个我去后岗把秦大哥叫来？"

玉凤道："叫他干啥？"

小翠笑道："我就说小姐想他哩。"

"鬼女子，又胡说八道了！"玉凤被小翠说穿了心思，红了脸，扬手要打小翠。

小翠笑着躲开："我还要骂他哩。"

玉凤问道："骂他啥哩？"

"骂他忘恩负义，骂他让小姐害上相思病，也不来看看小姐。"

"你再胡说八道，我就不理你了。"

"好好，我不说了。"

主仆二人说说笑笑返身往回走。四野极静，只有夏虫在丛林野草中浅吟低唱。月光升上头顶，美如玉盘，如水的光华倾盆洒下来，把山野映照得如白昼一般。玉凤驻足仰面，禁不住赞叹一声："今晚的月亮比中秋节晚上的月亮还要圆。"却听不见小翠的回应声，急回首，只见小翠急匆匆往路边的树林中钻，忙喊道："小翠，你干啥去？"

"解手。"

玉凤不禁哑然失笑，站在那里等小翠。

半晌，不见小翠出来，玉凤以为她解大手。又等了半晌，还不见小翠出来，玉凤有点儿不耐烦了。她刚想开口喊叫，却听见树林中有响动声，顿时警觉起来，叫喊一声："小翠！"朝响动声奔了过去。

原来小翠小便罢，站起身刚要提裤子，一抬头却看见一个男人站在她面前一个劲地傻笑。她吓傻了，张大着嘴巴却喊不出声来，泥塑木雕一般。那男人一步一步朝她逼近，贪婪的目光紧盯着她，脸上的笑怪模怪样的，嘴里吞咽着吐沫。她猛地警觉过来，急忙提裤子，可已经迟了一步，男人扑了过来。她哪里肯受凌辱，乱抓乱挖，乱蹬乱踢，男人一时不能得手。两人一个企图征服对方，一个拼命挣扎要摆脱对方，因此把动静闹得很大。玉凤赶到时，男人骑在小翠身上，用双腿紧紧夹住小翠的两腿，两只手压住了小翠的两只胳膊。小翠大口喘气，已无还手之力，羔羊渐落饿狼之口。目睹此情此景，玉凤勃然大怒，猛扑上去。

那男人眼看着羊落虎口，面露快意的凶笑。他俯下头想亲一下那张樱桃小口，就在这时，他的后衣领突然被什么东西抓住了。他十分气恼，想回头看看，头刚一偏，却有什么东西砸在了头上，力虽不怎么大，却打得很是地方，正中太阳穴。他只觉得眼前的美女变成了无数个，而且有金灯银灯晃动。他心里却还明白，知道遭人暗算了。是谁敢暗算他？真是吃了熊心豹子胆！他心头怒火燃起，转身想奋起还击，他觉得他应该能战胜对方。可不容他转过头，又有一拳打了下来，还是头一拳打击的地方。眼前的美女消失了，一片金灯银灯乱转，手脚也不听使唤，面条般使不上劲。接连又是几拳打下来，金灯银灯都不见了，他眼前乌黑一片，腿似乎被抽走了筋，一摊泥似的软在脚地。

小翠爬起身，整好衣衫，叫了声："小姐！……"已是泪水满面。玉凤轻轻扶住她的肩膀，问道："他没有咋样你么？"

小翠摇头。

"别哭了。"玉凤替小翠拭去脸上的泪水，随后踢了一脚地上的男人，骂道，"起来，别装死狗了！"

男人没有动。

"死了？我下手不重呀。"玉凤试了一下男人的鼻息，"还有气哩。"

这时，小翠已稳住了心神，问道："小姐，把这驴熊咋处置？"

"先看清白这驴熊是谁。"

林中月光太暗，根本看不清楚，俩人便拽住男人的两条腿，把他拖死狗似的拖出了树林。外边月光如水，小翠眼尖，认出了他："小姐，这家伙是秦大哥带上山的人。"

玉凤也认出了吴俊河，就是那天老往她和小翠身上瞅的那个男人。当时她就觉着那对目光不怀好意。果然如此！顿时她怒气不打一处来，使劲踢了吴俊河一脚。吴俊河哼了一声。

小翠叫道："小姐，他活过来了！"往后跳开一步，一把掣出手枪。

玉凤也往后退了一步，拉开架势，怕吴俊河跃身而起。可吴俊河只是呻吟，并没有起来。

“小姐，咋处置他？”

“毙了！”

小翠对吴俊河恨之入骨，等的就是这句话，举起手枪就要动手。玉凤一皱柳眉，说道：“拉到树林里去，别脏了这地方。”

小翠拽着吴俊河的腿又往树林里拖。吴俊河拼命挣扎，但力不从心。

这时双喜奔了过来，见此情景，吃了一惊。原来他去了玉凤的住处，屋门洞开，亮着灯光，主人却不知去了何处。他心中狐疑，出了院门，不见玉凤主仆的影子。他很是扫兴，正想返身回后岗，忽听这边有响动声，便信步走了过来。

吴俊河瞧见双喜，拼命喊叫：“双喜，快救我！”

双喜这才看清小翠拖的人是吴俊河，越发地吃惊，急问：“小翠，这是咋回事？”

小翠不吭声，只是往外拖，脸色很不好看。吴俊河疾叫起来：“双喜，快救救我！”

双喜拦住了小翠的去路：“小翠，你要干啥？”

“我要毙了这个臭男人！”

双喜大惊失色：“你可不要胡来，他可是我的弟兄。”

小翠瞪起了眼睛：“狗屁弟兄，猪狗不如的东西！”

双喜的脸涨得通红。他意识到吴俊河一定是冒犯了玉凤和小翠，急忙把求救的目光落在玉凤身上：“郭小姐，到底出了啥事？给我说个明白呀。”

玉凤冷冷道：“你去问他。”

双喜把目光转向吴俊河:“俊河,你到底干了啥事?”

吴俊河这才开了腔:“我多喝了几杯,把小翠当成了不思蜀的窑姐。可我把她没咋样……”

小翠气愤地踢了他一脚:“你还想干啥事?我看你是活颇烦了!”说着又要把吴俊河往外拖。

吴俊河又叫喊起来:“双喜,快救我!”

双喜明白了。他恨声道:“俊河,你看你干的啥事?太不像话了!”

“我是多喝了几杯……”吴俊河打了个嗝儿,酒气熏人。

双喜又把目光转向玉凤,恳求道:“郭小姐,他是喝醉了酒,饶了他这一回吧!”

玉凤冷脸道:“你看你都交了些啥朋友?狗屁王八蛋!”

小翠也数落说:“跟这东西交朋友,你也不嫌寒碜!”

双喜满脸发烧,犹如挨了两个耳光。他真想找个老鼠窝钻进去。吴俊河看出事情不妙,急忙喊道:“双喜,看在俊海哥的面上救救我吧!”

双喜再三向玉凤恳求,玉凤不语。双喜拉下了脸皮:“郭小姐,他是我师兄的堂弟,你就饶他一命吧。我求你了。”

玉凤还是不语。双喜急了:“郭小姐,你若不答应,我就给你跪下了。”说罢,推金山倒玉柱跪在了玉凤面前。

玉凤一怔,急忙去拉双喜:“你这是做啥哩嘛!”

“你不答应饶他,我就不起来。”

“好好,我答应你。你起来吧!”

双喜这才站起了身。

玉凤道:“死罪免了,活罪难饶!小翠,给他点儿教训,让他也好长长记性,免得他狗改不了吃屎。”

小翠唰地拔出匕首,割下了吴俊河的左耳朵,出手之快,令人猝不及防。吴俊河捂住左颊,疼得惨叫一声。

双喜惊得目瞪口呆……

昨晚巡夜,吴俊海睡得很晚,麻明时他才上了床。他刚刚迷糊过去,就被脚步声惊醒。他忽地坐起身,抓起手枪,跳下炕往外就冲。军人生涯使他时刻保持着高度的警惕。

天刚大亮,早霞透过林梢泻满窑洞前的场地。只见吴俊河踉踉跄跄地朝这边奔来,他身后跟着双喜。吴俊河看见堂兄,放声大哭:“大哥!……”

吴俊海把枪插进腰间,看见堂弟的半张脸被污血浆了,大惊失色:“俊河,这是咋的了?”

吴俊河只是呜呜地哭。双喜站在一旁也不吭声,一脸的晦气之色。吴俊海觉得其中必有蹊跷,便问双喜:“这到底是咋了?”

双喜还是不吭声,狠狠地把脚下的一块卵石踢飞了。

路宝安和王得胜闻声都出了窑洞,瞧见吴俊河的模样都吃了一惊。路宝安眼尖,发现他的左耳没了,惊问道:“俊河,你的耳朵咋了?”

吴俊海刚才只看到了血迹,路宝安这么一问,才发现吴俊河没了左耳,急问到底是咋回事。吴俊河不吭声,哭声更大了。吴俊河原本也是条硬汉,此时窝囊得只会哭,实在让人莫名其妙。吴俊海火了,问双喜:“双喜,俊河的耳朵到底是咋了?”

“让人割了。”

吴、路、王三人都懵了,面面相觑。谁吃了熊心豹子胆,敢割吴俊河的耳朵？谁有多大的本事，能割了吴俊河的耳朵？吴俊河可是个敢在老虎口里拔牙的角色哩！

吴俊海怒声问道："是谁割了他的耳朵？"

双喜没好声气地说："你问他。"

吴俊河垂着头，只是呜呜地哭。吴俊海十分恼火，铁青着脸，跺着脚呵斥道："哭啥哩嘛，你还像个男人么！"

路宝安也道："俊河，到底出了啥事，你说话呀。"

王得胜皱着眉说："俊河，平日里你硬得跟一截红冈木似的，姜浩成那个硬核桃你都敢咬着吃，今儿个咋窝囊成了这个熊相！有啥事你就说嘛，谁要欺负了你，我豁出去这一百多斤也要替你出这口气！"

吴俊河揩了一把脸上的泪水，这才开了口："昨晚上我多喝了点儿酒，出去转悠……我也弄不明白，咋的就把小翠当成了不思蜀的窑姐儿……"

吴俊海连连跺脚："你看你干的这叫啥事！女人拉屎尿尿你也看，还抢人家！你也不嫌埋汰！"

吴俊河嘟哝说："我也把她没干啥……"

"你要真个把她干啥了，恐怕吃饭的家伙早叫人当球踢了！"

路宝安为吴俊河抱打不平："不就那么点儿球事么，那丫头下手也太黑了。"

王得胜粗鲁地骂道："就是把她日了怕啥？不就是一个丫头么！"

双喜在一旁听不下去："你们说啥混话哩?！小翠虽是个丫头，可玉凤把她当亲姐妹哩。俊河千不该万不该，不该干这糊涂事。"

几个人都一怔，呆眼看着双喜。少顷，吴俊海说："双喜的话有理。这事都是俊河的错。”

路宝安还是愤然不平地说:“不管咋说也不该割俊河的耳朵,亏那丫头想得出来!”

王得胜又骂:“那狗日的娘儿们是成心给咱弟兄们难看哩,真是个女土匪!”

吴俊海沉默不语。

路宝安又说:“一个丫头都敢这么撒歪,咱弟兄们往后咋在卧牛岗上混事哩!”

吴俊河抹了一把脸上的血和泪,泣声道:“大哥,往后我还有啥好脸在江湖上混哩!你可得给我做主呢。”

吴俊海铁青着脸说:“你们说这事咋办?俊河干的这熊事输了大理,别说割了他的耳朵,人家就是旋了他的头,我都无话可说。”

王得胜愤然道:“这么说咱就咽了这口窝囊气?”

“你说咋办?”

“咱们去找郭生荣评评理!”

吴俊海冷笑道:“评理?强奸他女子的丫头你还有了理?要是郭生荣手下的人干的这事,八个脑袋都搬了家!你们可能都听说过,郭生荣有个侄子叫龙娃,是他的贴身马弁,还救过他的命,可就是老大管不住老二,把夫人身边的丫头给收拾了,硬是叫那个俏娘儿们给毙了。”

这件事在卧牛岗传得沸沸扬扬,他们几个自然都知道,一时都哑了声。吴俊海扫了他们一眼又说:“昨晚还多亏双喜的面子大,不然的话,俊河的命就保不住了。咦,双喜哩?”他环目四顾,不见双喜的人影。

路宝安说:“刚才还在哩,可能回窑睡觉去了。”

“你俩弄点儿药给俊河包扎一下，凡事有我哩，可不许胡来！”

吴俊海叮咛罢，转身去双喜的窑洞。他心里清楚，双喜向着玉凤和小翠。他心里也恨俊河太荒唐。

双喜躺在床上，双手枕在脑后，睁着眼睛呆看窑顶。他原来有个打算，去陕北太远，不如干脆投到保安大队，跟吴俊海当兵。现如今国共合作了，不管去哪里投军都一样。保安大队虽说是地方武装，却也是国民政府的军队。再者说有吴俊海做照应，难处也会少一些。没料到吴俊海出了事，自己也遭不测，无奈之中又上了卧牛岗。昨晚，他去看望玉凤和小翠，没想到看到了那一幕。吴俊河的下作行为让他不齿，而玉凤和小翠的凶狠更令他吃惊。他意识到自己陷入了一个可怕的境地。刚才路、王二人和吴俊海兄弟谈论昨晚的事，他转身走开了。他不愿掺入他们与郭生荣父女之间的矛盾之中。有道是：“鸟随鸾凤飞腾远，人伴贤良品自高。”和路宝安、王得胜、吴俊河搅和在一块儿能有啥出息？思前想后，他去意已决。吴俊海推门进来，叫道：“双喜！”

双喜坐起身：“大哥，坐吧。”

吴俊海坐下身，掏出烟递给双喜一根。双喜从没抽过烟，可接住了烟，抽了起来，辛辣的烟味呛得他咳嗽起来。咳嗽罢，他又大口抽起来。

“兄弟，你心里不畅快？”

“俊海哥，我想走哩。”

吴俊海一怔：“你到哪达去？”

“我跟你说过，我本想去陕北找我的同学谋个事，路过县城想跟你借点儿盘缠，没想到出了这么大的事。现在事情过去了，我该走了。”

“我想留你和我们一块闯世事哩。”

双喜闷头抽烟。

“哥知道你雄心大,不愿当草寇。哥也不愿当草寇,这是被逼无奈了。兄弟,宝安、得胜和俊河都是粗人,打仗行,谋事上差池些。你留下给哥当个参谋,咱找个合适机会把队伍拉出去大干一场,兴许还会闯出点儿名堂来哩。”

少顷,双喜抬起头来:“俊海哥,我还是想走哩。”

吴俊海拍拍他的肩膀:“兄弟,你再好好想想吧。”他抽了口烟,岔开话题:“俊河惹下那祸事,你看该咋收拾?”

“你看咋收拾呢?”

“我想听听你的主意。”

“俊海哥,这事怨俊河,郭小姐和小翠也有点儿残,可如果是他们手下人干的这事,割下的肯定不会是耳朵。”

吴俊海点头:“昨晚夕要不是你去得及时,俊河可就没命了。上回你救了我们七八十号人,这回又救了俊河一命,真不知咋谢你才好。”

双喜摆摆手:“俊海哥,这话你就别说了。俊河太粗、太野,往后你要把他管紧点,再出点儿啥事命可真就保不住了。”

吴俊海连连点头:“你看这事算不算完?”

“俊海哥,你这话是啥意思?”

“我怕郭生荣父女因这事给咱穿小鞋。”

“我估计郭生荣还怕你因这事怀了二心哩。惹出一只老虎两家都怕哩!”

“这可如何是好?”

“俊海哥,你要主动一些。”

“咋个主动法?”

“你亲自去向郭生荣道歉请罪,争取大事化小,小事化了。”

“这倒是个好主意。”

第十八章

吃罢早饭，玉凤带着小翠来到父亲的住处。郭生荣也刚吃过饭，坐在太师椅上消消停停地吸烟。秀女不知干啥去了，没在屋里。郭生荣看到女儿，很是高兴。玉凤在父亲对面的椅子上坐下，小翠侍立一旁。郭生荣发现女儿的脸色很不好看，问怎么了。玉凤便把昨晚间发生的事说了一遍。

郭生荣心里咯噔了一下，却不动声色，吹掉烟灰，漫不经心地问女儿："这么说你把他的耳朵割了？"

玉凤愤然道："我原本要毙了他。是秦双喜再三替他求情，我才饶了他一命。"

郭生荣皱了一下眉："你不该下手太残。"

小翠急忙说："是我动的手，不怨小姐。"

郭生荣摆了一下手："没你的事。玉凤，这事你做得欠考虑。吴俊河若是咱们的人，你割下他的头都不为过，他狗日的该死！可他是吴俊海的兄弟，又是刚上岗入伙的，闹不好会生出事端的。"

"爹，那王八蛋真不是个东西！"

"男人么，免不了荒唐。"

“爹！……”玉凤不高兴地瞪了父亲一眼。

“别生气了。”郭生荣笑着拍了拍女儿的头，“回去该干啥就干啥去吧。这事你就甭管了，我来处置。”转头又对小翠说：“这事你也别往心里去，我会为你做主的。”

“是，老爷。”

玉凤和小翠走后不久，秀女回来了，郭生荣便把这事给秀女说了。秀女笑道：“玉凤咋比我还手残。那个吴俊河把小翠也没干啥么，就把人家的相破了。下手也太狠了些。”

郭生荣说：“想当年，你不是把龙娃都一枪崩了。”

秀女说：“我那是杀鸡给猴看哩。这事跟那事不一样，吴俊海他们刚上岗，他们还跟咱不是一心哩，就怕因这事闹出点儿事来。”

“我还真有点儿担心哩。你说咱该咋办哩？”

“得防着点儿。”

“把老二叫来说道说道这事？”

秀女点头。

郭生荣喊来贴身马弁：“叫邱二爷马上来！”

不大的工夫，邱二来了。郭生荣又把昨晚发生的事给邱二说了一遍，临了说：“凤娃这事做得欠妥。老二，你看这事咱该咋收场？”

“大哥是咋想的？”

秀女说：“你大哥想听听你的主意。”

“这事明摆着是他们理屈。若是咱手下的人，剐了他也是活该，凤娃割了他的耳朵是手下留了情。可是吴俊河是吴俊海的兄弟，会不会闹出点儿事来……”邱二捏着下巴思忖着，半晌，说，“我看咱们表面上啥也不动，暗地里严加防范，看他们咋办。”

秀女说:“你是说以不变应万变?”

邱二点头:“我就是这个意思。你们看呢?”

秀女笑道:“我们也是这个意思。”

“这叫英雄所见略同。”郭生荣阴鸷地笑了起来。

邱二笑了一下,捻着焦黄的胡须,眼珠子慢慢地转动着。郭生荣知道他又有鬼点子了,问道:“老二,你还有啥好主意?”

邱二捻着胡须慢慢悠悠地说:“想当初咱跟随张化龙闹起义,是要成就一番大事业。可恨天不保佑咱,使咱沦落为寇。我知道大哥你虎瘦雄心在,一直在等待时机再显神威。咱卧牛岗占着天时和地利,缺的就是人和。咱得在人和上下点儿本钱。”

郭生荣瞪着眼睛看邱二,示意他快点说。

“我原本怕吴俊海一伙上岗来胡生六趾,鹊巢鸠占。现在我也看明白了,吴俊海是个厚道人,他手下的几个弟兄虽不是良善之辈,但都听他的吆喝,也肯替他出力卖命。咱给他们点儿恩惠,笼络住他手下的弟兄,他们就会听从咱们的指挥。当今乱世,谁手中有枪有人马谁就是英雄,谁就能干大事。”

郭生荣连连点头:“老二,往下说,往下说。”

“大哥,这事咱得想个妙法,不光要化干戈为玉帛,还要借此机会收买吴俊海兄弟的心,让他们死心塌地跟咱们干。”

“把你的主意说出来。”

邱二干咳了一声:“大哥,你听过王昭君和番的故事么?”

郭生荣一怔,沉吟半晌,道:“你是说把小翠许配给吴俊河?”

“我正是这个主意。那吴俊河肯定对玉凤和小翠恨之入骨,咱如果把小翠许配给他,不就化干戈为玉帛了。吴俊海是个重义气的人,他见咱不但不怪罪他,反而让他兄弟得了个俊媳妇,肯定十分感激咱,甘愿为咱出力卖命。这弟兄俩归顺了咱,路、王二人岂能有二心？再者说,小翠做了吴俊河的媳妇,那边有个风吹草动啥的肯定会给咱通风报信的。这叫美人计。”

“美人计,”郭生荣以拳击掌,“这个主意好!”忽然他想起龙娃和小玲的事,斜着眼看秀女。秀女看了他一眼,半晌开了腔:“你别看我,我没啥说的。拿一个女人换七八十号人马,这个主意也就是老二想得出来。”

“嫂子,你是骂我哩。”

“我不是骂你,你是为山寨着想嘛。”

“嫂子,你同意了?”邱二很是惊喜。

秀女点点头:“当家的,这事你最好跟小翠先说说。”

邱二不以为然:“跟她说啥哩,她的命还是大哥救的,大哥的话她敢不听?”

郭生荣也哈哈笑道:“女儿家迟早都要嫁人,嫁谁不都是嫁嘛。再说那吴俊河长得也不赖嘛,算得上个美男子。”随后又叹息道:“可惜龙娃是个麻子脸,龙娃若要有吴俊河的相貌,小玲就会给他做媳妇的。”

三人一时都不再说什么……

中午,邱二陪着郭生荣在山寨四处散步。他俩看似游玩,实则是暗布岗哨,严加防范。布置完毕,他俩回到议事堂品茗闲谈,忽有喽啰进来禀报,说吴俊海求见。郭生荣和邱二相对一视。郭生荣问道:“他带了几个人?”

“没带人,就他一个。”

“请他进来。”

片刻工夫吴俊海进了议事堂，冲郭、邱二人抱拳施礼：“荣爷！邱二爷！”

郭生荣满脸堆笑，一指身边的椅子：“俊海来了，坐吧。”

吴俊海立而不坐。

郭生荣一怔，说道：“立客难打发，坐下说话嘛。”

吴俊海还是站着没动。

“俊海有事吧？我在这里多有不便。”邱二放下茶杯，起身要走。

吴俊海急忙阻拦：“邱二爷，别走，你在这里正好。”

郭、邱二人狐疑地看着吴俊海，尽管他俩都做好了准备，可还真弄不明白吴俊海的葫芦里到底卖的什么药。

“我是特地来向荣爷请罪的。”吴俊海说着朝郭生荣躬身拱手。

“请啥罪？”

“昨晚夕俊河多喝了几杯，得罪了小翠。俊海是来代他向荣爷请罪的。”

郭生荣佯装不知：“俊河咋的得罪了小翠？”

“俊河酒醉干了糊涂事，错把小翠当成了妓院的窑姐儿……”

郭生荣哈哈笑道：“我当是啥事哩。年轻人嘛，难免干点儿荒唐事，不算个啥嘛。”

“荣爷真是大人有大量。”

“坐，坐下来说话嘛。”

吴俊海这才坐下身：“都怪我对下属管束不严，请荣爷代我向小姐和小翠姑娘道个歉告个罪。”

郭生荣佯装糊涂：“玉凤没难为俊河吧？”

“小姐已经惩治了俊河。”

“咋惩治的？”

“割耳以儆效尤。”

“这丫头咋能如此!”郭生荣佯怒,“真是胆大妄为! 我一定要教训教训她!”

吴俊海急忙说:“荣爷息怒。俊河冒犯了小姐的人,小姐没有杀他已经是手下留情了。荣爷就不必指责小姐了。”

郭生荣叹道:“俊海,我就这么一个闺女,她从小殁了娘,凡事我都顺着她。唉,都是我把她惯坏了。”

“小姐并没有做错啥,都是俊河的不是,他也认了错,我关了他的禁闭。”

“玉凤做得太过分了,失了咱们弟兄的和气。回去后把俊河放了,这么点儿屁事不算个啥。你再跟俊河说说,让他甭往心里去。”郭生荣转脸又对邱二说,“老二,你给王先生说一声,让他去后岗一趟给俊河看看伤。”

邱二点点头。这时喽啰送来午饭,有肉有酒。郭生荣邀吴俊海一块吃饭:“来来来,咱们喝一杯。”

三人入座。吴俊海率先举起酒杯:“这杯酒我替俊河谢罪。”

郭生荣笑道:“你咋这么多的礼数。”

邱二笑道:“礼多人不怪嘛。”

三人大笑,一饮而尽。

郭生荣忽然问道:“俊海,你见过小翠么?”

“见过。”

“你看她相貌如何?”

吴俊海一怔,不知郭生荣问这话是何意,不敢贸然回答。郭生荣哈哈笑道:“说嘛,好就好,不好就不好,怕啥哩嘛。”

吴俊海看出郭生荣没有什么恶意,便笑道:“小姐身边的人还能有错,貌似天仙。"

"把她给俊河做媳妇,你意下如何?"

吴俊海又是一怔,疑惑道:"荣爷说笑话哩。"

"不是说笑话,是实在话。"

吴俊海哪里肯信,不知郭生荣的葫芦里到底卖的啥药,惶然不知所措。邱二在一旁说道:"咋的,你觉得小翠配不上俊河?"

吴俊海慌忙说:"邱二爷你也说笑话了,是俊河配不上小翠。"

"这么说你是答应这门亲事了?"

吴俊海看看邱二,把目光落在了郭生荣的脸上。郭、邱二人都笑脸看着他,并无半点歹意,可他心中还是疑惑不定。

邱二笑道:"这是打着灯笼都难寻的大好事哩,你还疑惑啥哩。"

吴俊海醒悟过来,明白了他们二人的用心所在,也觉得这是个两全其美的好事,可还有点儿放心不下:"不知小翠姑娘是否愿意?"

郭生荣笑道:"这事我替她做主,老二保个大媒。"

吴俊海喜笑颜开,急忙起身,冲郭生荣抱拳施礼:"多谢荣爷!"

邱二笑道:"不谢我了?"

吴俊海又朝邱二施礼:"多谢邱二爷!"

三人又是一阵大笑。

中午的阳光很灿烂,透过树木的枝叶,把斑斑驳驳的光点洒满了院子的角角落落。小翠在竹竿上晾晒刚洗出的衣服,几只灰鹁鸽落在她身边觅食。屋里飘出悠扬婉转的口琴声,余音袅袅。

双喜走进院子,脚步声惊飞了鹁鸽。小翠转过脸来,看见他并不感到惊讶。双喜问道:“小姐呢?”

小翠指了指屋子,张口要喊,双喜急忙摆手拦住她。他已经拿定主意要离开卧牛岗,尽管吴俊海诚心诚意地挽留他。他看得出吴俊海想干一番大事,他的帮手差得太远。那三个如果只是粗野倒也罢了,他们三个只会玩邪的,根本不足与谋。他原本对玉凤有留恋不舍之意,不忍离去,可昨晚发生的事令他生畏:一个女儿家竟然如此心狠手辣,尽管吴俊河冒犯了她,也不该下此残手呀;假若自己以后稍有不慎,得罪冒犯了她,她会怎样对待自己呢?想到此,他的心寒了。可不管怎么样,玉凤还是有恩于他,临别之时,他得给她说一声。

双喜轻步进了屋。玉凤站在窗前吹口琴,似乎没有发觉他进来。他静候在一旁。玉凤吹的是古曲《高山流水》。她的吹奏技巧进步得很快,跟他不差上下,把这首古曲吹得荡气回肠,如诉如怨,使人百感交集。他被琴声感染了,一时竟不知身在何处。

一曲终了,玉凤转过身来:“来了,坐吧。”

双喜惊醒过来,由衷地赞叹道:“你吹得真好。”

“还不是跟你学的。”玉凤说着,倒了一杯茶给他。

双喜接住茶杯,看一眼玉凤。玉凤正含情脉脉地看着他,他心里怦然一动,对她的怨恨不翼而飞。他呷了一口茶,稳稳神,满怀歉疚地说:“前天晚上让你受惊了,真是对不住你。”

“这事咋能怨你哩。”

“是我把他们带上山的……”

“那也怨不着你。”

“我真没想到他会那么下作……”

“算了,别再提这事了。”玉凤岔开话题,“住在后岗那边习惯么？干脆搬到前岗来吧。”

“我是随遇而安，住在哪达都习惯。”

“还是搬过来吧，住在你原先住的地方，清静一些。我还想跟你再学学吹口琴。”

双喜面泛难色，欲言又止。玉凤看出他的神色不对，不禁一怔：“你找我有事？说吧。”

“没啥事，我是来向你辞行的。”

玉凤愕然：“辞行？”

“我想明儿个下山，特地来给你说一声。”

“还要去陕北？”

双喜点头。

“我还以为你这回上岗就不走了呢，没想到你还要走。你是嫌我们是土匪吧？”

双喜不知说啥才好，只好钳口不语。

“我知道你不愿与我为伍。你是昌盛堂的少爷，我是土匪的女子，本来就不是一条道上跑的车。”

“郭小姐，你误会了……”

玉凤摆手拦住他的话，轻叹一声：“你啥也别说了。你走吧，走得越远越好，最好让我别再看见你……”说着，含嗔带怨地看了他一眼，转身出了屋。

双喜呆了，木桩似的戳在那里。

小翠跑进屋来，嗔道：“你说啥了，把小姐都气哭了！”

双喜越发呆了：“我没说啥呀，就说我要下山。”

“你还要说啥哩？你呀，真是根木头！”小翠转身又跑出了屋。

双喜呆立半晌，来到院子。玉凤主仆二人脸色都不好看，没人理睬他。他很是尴尬,迟疑半晌,问道:“听说荣爷把小翠许配给了吴俊河?”

玉凤和小翠都瞪着眼看他。玉凤怒声问道:“你听谁说的?”

“是俊海亲口给我说的。现在后岗都传开了,嚷嚷着要给俊河办喜事哩。”

玉凤和小翠都惊愣得瓷了眼。

“我还以为你们知道这事哩。”

突然,小翠哇的一声哭了。玉凤稳住神,搂住小翠的肩膀安慰说:“小翠,先别哭,咱把事情弄清白再说。”

“小姐,你得替我做主……”小翠拭去脸上的泪珠。

“你放心,这事有我哩。”玉凤扭脸又问双喜,“吴俊海说是我爹答应他的?”

双喜点头。

“我找我爹去!”玉凤抬腿就走。

玉凤风风火火闯进议事堂,郭生荣正和邱二及路宝安谈论什么事,说到得意处,郭生荣仰面哈哈大笑。玉凤高叫一声:“爹!”

郭生荣笑脸道:“凤娃,你有啥事?”

“我问你件事。”

“啥事?坐下说吧。”

玉凤立而不坐:“听说你把小翠许配给了吴俊河,有这事么?”

郭生荣笑道:“有哩。这不,宝安已经把聘礼送来了,择个吉日就成亲。”

玉凤跺脚道:“爹,这事你咋不问我哩!”

“你一个女娃娃家管这事弄啥呀。过一会儿,我让人把聘礼送到你那达去,你跟小翠说一声,让她好好打扮打扮。这可是大喜事哩。”

邱二和路宝安笑着脸同声道:“是大喜事,是大喜事。”

玉凤又使劲一跺脚:“这事不成!”

郭生荣脸上的笑纹僵住了:“咋不成?”

“小翠不愿意!”

郭生荣又笑了:“女娃娃家羞脸大,她能说她愿意？凤娃,你别管这事了。”

“爹,小翠真的不愿意,她现时哭得跟泪人一样。”

郭生荣还是笑着脸:“俗话说得好,落第举子笑是哭,出嫁女子哭是笑。俊河钢板板小伙一个,长得也不赖,是个打着灯笼也难找的好女婿。小翠是笑哩。”

玉凤气得连连跺脚:“爹,别说小翠不愿意,我更是不愿意!”

郭生荣一怔,愕然地望着女儿。

“吴俊河是个啥熊东西！癞蛤蟆还想吃天鹅肉,也不尿泡尿照照自个！小翠就是跳进沟里也不嫁给他!”

郭生荣脸色变得铁青,愣了半晌,突然破口大骂:“滚！你给我滚出去!”

玉凤没想到父亲能这么骂她,先是一呆,随后头也不回地出了议事堂。

郭生荣对脸色很难看的路宝安说:“你回去跟俊海说,这事就这么定了。我让老二择个吉日把小翠嫁过去。”

路宝安嗫嚅道:“小姐她……”

郭生荣不高兴了:“咋的,你信不过我?”

路宝安急忙说:“荣爷一言九鼎,我咋能信不过。”起身告辞回后岗去了。

第十九章

玉凤回到住处，小翠正眼巴巴地等着她，见她脸色很不好，知道事情不妙，泪水一下子就涌出了眼眶。

“小翠，我对不住你……”玉凤话未说完，泪水也夺眶而出。

双喜这时早已理出了头绪，明白郭生荣使的是美人计，企图化干戈为玉帛，彻底笼络住吴家兄弟为自己出力卖命。细细想来，郭生荣使的这一手还真是个高招。若是小翠愿意嫁给吴俊河，那真是两全其美。可现在看来，小翠根本不愿意嫁给吴俊河。这也难怪小翠，那天晚上吴俊河的作为也太下作，而且小翠割了他的耳朵，已经留下了祸根，还怎好做夫妻？郭生荣刚愎自用，一言既出，岂能收回。从玉凤的神态上看，她是碰了钉子。这可如何是好？双喜不知该怎样劝慰她们主仆二人，在一旁急得干搓手。

少顷，玉凤拭去泪水：“小翠，别难过了，我送你下山。”

小翠愕然地望着玉凤。

“我不能眼睁睁地把你往火坑里推。”

小翠喃喃道：“下了山我上哪达去呢？”

玉凤转念道：“你跟秦大哥到陕北去吧。”

小翠看一眼双喜，双喜面泛喜色："这倒是个好主意。"

小翠转眼问道："小姐，那你呢？"

"你俩走吧，别管我。"

"那咋成，咱们都走吧。"

玉凤苦笑道："你俩是逃婚，又没人逼我，我跑啥哩。再说，这里是我的家，我还真舍不下这地方。"

小翠说："你不走，我也不走。我说过的，我这辈子不离开小姐。"

就在这时，两个喽啰抬着一个大礼箱走了进来。玉凤问他们来干啥，为首的喽啰说："小姐，这是吴俊海他们给小翠姑娘送来的聘礼，荣爷让送到这边来。"随后又说："荣爷说后天是小翠姑娘的大喜之日，让小姐赶紧准备准备，免得到时手忙脚乱。"

玉凤皱着眉，挥挥手，轰苍蝇似的让两个喽啰赶紧走。两个喽啰走后，三人望着礼箱发呆。许久，玉凤开了口："小翠，你还是跟着秦大哥走吧。"

小翠摇头。

"我跟你说实话，我爹打定的主意谁也改变不了，他是拿你做人情笼络吴俊海兄弟哩。"

"小姐，我也看清白了。"

"那你咋不走？难道你愿意嫁给吴俊河？你跟秦大哥快走吧。"

小翠抬眼看着双喜，半晌无语。她打小做了童养媳，后来舍命逃出了牢笼，心灵深处对男人有一种厌恶之感，暗暗发誓：今生今世绝不再嫁人！可自见到双喜后，她心中的堤坝崩溃了，原来男人中也有可爱之人。可她十分清楚小姐更是喜欢秦大哥，她怎么可能去跟小姐争这个男人？再者说，她怎么能争得过小姐呢？她打定主意，永远把这个秘密珍藏在心中。没料到平地起风雷，老爷让她嫁给吴俊河，这真是乱点鸳鸯谱，此时此刻她真想跟双喜一走了之。可她转念又一想，如果她真的和双喜走了，小姐会怎么样呢？她这条命是小姐救的，她虽然斗大的字不识半升，却懂得知恩图报这个理。她说啥也不能做对不起小姐的事。可是，让她嫁给吴俊河，她实在不愿意，和一个她厌恶的男人过活一辈子，她想都不愿想。想当初她就是不愿嫁给那个傻男人才逃出来的。在她看来吴俊河还不如那个傻男人哩。可郭生荣打定的主意谁能改变得了?!

该咋办呢？她想到了死。那年要不是小姐救她，她早就喂狼了。这几年她是活多余的呢。想到这里，她绾在肚里的疙瘩解开了。

双喜说道："小翠，跟我走吧。"

小翠呆眼看着他，半晌，摇摇头。

"你难道真的愿意嫁给吴俊河？"

小翠咬了一下嘴唇，说："我愿意。"

玉凤和双喜都是一怔，愕然地看着小翠。

"我这条命是小姐和老爷给的，老爷要我嫁谁我就嫁谁。我要这么不明不白跟着秦大哥走了，别说对不起老爷和小姐，也要连累秦大哥的清白。我不做不忠不义的人……"小翠说着已泪流满面。

"小翠，我的好妹子……"玉凤把小翠搂在怀中，眼里泪光盈盈，"这可就委屈了你……"

小翠抹去泪水，换上笑颜："小姐，后日就是妹子的喜日，你赶紧替妹子张罗吧。"

玉凤连连点头。

小翠又对呆立一旁的双喜说："秦大哥，喝了我的喜酒你再走吧。"

双喜哪里能不答应?!

两天后是一个阳光灿烂的日子。一大清早，吴俊河就骑着高头大马来前岗接新娘。小翠换上一身嫁衣，红袄绿裤，打扮得十分光鲜漂亮。郭生荣很看重这件事，带着秀女前来给小翠送行。邱二等大小头目紧随其后。小翠见郭生荣夫妇来了，急忙出屋相迎。郭生荣笑道："小翠，今儿个是你的大喜之日，我给你道喜来了。"

"多谢老爷。"

"往后有啥难场事就来找我，我可一直把你当我的女子看哩。"

"我记着老爷的好处哩。"

秀女走上前拉住小翠的手，关切地说："到了后岗可不比咱前岗，凡事都要多长几个心眼儿。心慌了，就回前岗来住。"

小翠点头，眼里有了泪光。

门外响起了唢呐声。岗上喽啰中三教九流的人都有，邱二把他们召集起来，把这个场面弄得红红火火异常热闹。乐手们欢快地吹奏着《迎亲曲》，腮帮子鼓得圆圆的。喽啰们围在一旁看热闹，大声地笑着闹着。

小翠听见唢呐声，浑身一颤，脸带悲戚之色，呆望着墙壁。玉凤不知何时站在她身边，轻唤一声："小翠!"哽咽得说不出话来。俩人手执着手，泪眼相望，无语凝噎。

外边的唢呐吹得更欢快更热闹了，那是催促新娘子上花轿哩。

邱二过来笑道："大喜的日子高兴才对哩，看你姐妹俩咋闹得跟生离死别似的，好像往后再也见不上面了。"

郭生荣哈哈笑道："小翠，你到后岗要是过不习惯，就跟俊河一块儿搬到前岗来住。"

这时，吴俊河走了进来。他穿一袭黑绸长袍，外套蓝绸马褂，头戴礼帽，帽边插花，身上斜披红绸，满面春风，眼角眉梢都是笑。他冲郭生荣和邱二抱拳施礼。那天吴俊海从前岗回去跟他说，郭生荣要把小翠许配给他做媳妇。他以为听岔了耳朵，根本不相信。第二天吴俊海准备了一份厚重的聘礼让路宝安送到前岗去，他这才相信大哥不是诳他。他万万没有想到能因祸得福，娶上如花似玉的小翠做媳妇。他高兴得好几个晚上都没睡着觉。此时此刻，他更是笑得合不拢嘴。

郭生荣在他肩膀上拍了一巴掌，笑着说："俊河，往后可不能欺负小翠，她可是我的干女儿哩。"

吴俊河傻笑道："我哪儿敢呀。"

郭生荣笑道："小翠，快上轿吧，新郎官等不及了。"

"小姐，你多保重！"小翠松开玉凤的手，脚步踉跄地往花轿走去，撩开轿帘，钻了进去。

唢呐吹起了长长的拖音，花轿被抬起，缓缓而行。玉凤急追到花轿跟前，大声喊道："小翠，明儿个我去看你！"唢呐声淹没了她的声音，不知道小翠听见了没有。

刚刚送走花轿，吴俊海骑马过来，请郭生荣夫妇和邱二等大小头目去后岗吃筵席。郭生荣夫妇推辞不过，带着邱二等一干人去吃筵席。吴俊海又请玉凤，玉凤推说身体不适，说啥也不去。她心里清楚小翠根本就不愿嫁给吴俊河，小翠分明是舍身报恩的。今儿个哪里是小翠的大喜之日，分明是她的悲伤断肠之日。她回到屋，心里十分难受，倒在床上用被单蒙住头。她不愿听见那令人心颤的唢呐声……

后岗一片喜庆气氛。吴俊海的全部人马都出动了，忙乎着给吴俊河办喜事。窑洞前的空场上用苇席搭起了一溜长棚，宴席摆了十几桌。早宴接着午宴，到掌灯时分才撤席散宴。送走前岗最后一拨儿客人已是二更时分。吴俊海怕俊河喝多了酒出洋相误事，再三叮嘱他少喝些。可此刻吴俊河也有了七八分醉意，走路步子都有点儿不稳。一伙喽啰嚷着要闹洞房。吴俊海替堂弟挡了驾："今晚就算了吧，明儿个再闹也不迟。"众喽啰这才回各自的窑洞睡觉去了。王得胜爱热闹，跟路宝安挤挤眼，示意一块儿去听吴俊河的房。听房是此地风俗，交好的朋友才最有资格听房，以示亲密无间。吴俊海是大伯哥，与此无缘，他笑了笑，回窑去睡觉。吴俊河步履蹒跚地进了洞房。洞房是一孔窑洞，粉刷得崭新，窑壁上贴着一个斗大的"囍"字，一对红烛流着热泪喜庆着整个窑洞。

吴俊河返身关上门，回身叫道："小翠！"

没人应声。

吴俊河打了个酒嗝儿，定睛细瞧，洞房里空荡荡的，不见新娘子的人影。他吃了一惊，揉了揉眼睛再仔细看，一对红烛的光焰把不大的窑洞照得通亮，就是看不到小翠。他额头沁出冷汗，酒醒了一多半。疾步走到床前，床上的红缎被下躺着一个年轻俊俏的女人。他悬着的心放下了，面泛喜色。新娘子困了，先他而睡了。

"小翠！"他叫了一声，充满着谄媚的温情。新娘子没理他。一定是生气了，嫌他慢待了她。

"小翠，别上气，我这就来陪你。"吴俊河说着三下五除二脱光了衣服，钻进被窝搂住新娘子就亲嘴。忽然他像被蛇咬了似的怪叫一声，光着屁股跳下了床。

路宝安和王得胜在窗外听房，忽听里边动静不对，隔窗喊叫："俊河。"

吴俊河打开门，满脸惊恐之色。路宝安和王得胜进了洞房，忙问出了啥事。吴俊河指着床："小翠她……她死了！"

路、王二人大惊失色，急忙上前细看，只见新娘子小翠和衣躺在床上，面色泛青，早已气绝身亡。

日上三竿，玉凤才从床上爬起来，昨晚她心情不好，子夜时分才合上眼。

她坐在梳妆台前，拿起木梳梳理秀发，脱口叫了声："小翠！"没有人应声。她这才醒悟到小翠不在了，禁不住轻叹一声，起身自己动手去打洗脸水。随后她又胡乱做了点儿饭，吃得没滋没味。

饭后，她又和衣躺在床上，心乱如麻。忽然，她想起昨天跟小翠说过，今儿个去后岗看小翠。按这一带乡俗，女子出嫁后三天回娘家，回娘家后娘家才能上女儿家门。小翠没有娘家，就算有娘家也是郭家。玉凤哪管什么乡俗，跳下床就出了屋。小翠这会儿说不定正眼巴巴地盼她去哩。

高原的秋色很美，沟沟洼洼、峁峁梁梁都被绿色涂染得很丰满，如同一个成熟美丽的女人。通往后岗的道路两旁长满茂密的杂草，叫不上名的野花怒放其中。蚂蚱在草丛中蹦，蝴蝶在花上舞，蝉在树上鸣，交织成一幅静中有动、动中有静的美丽画卷。玉凤无心欣赏秋景，打马匆匆而行。

忽然，一只野狐从树林中蹿出，玉凤的坐骑受了惊吓，前蹄腾空长嘶一声，险乎儿把玉凤掀下背来。玉凤急勒马缰，那野狐在眼前一晃，往草丛深处逃遁。几枝刚刚开放的野花被野狐折断枝头，落红纷纷坠下。玉凤朝野狐逃遁的方向啐了一口,说了声:“晦气!”稳住心神,抖动马缰,继续赶路。

人急马快,不大的工夫就来到后岗。大老远玉凤就看见吴俊海人马驻地的窑洞前拥着一堆人,父亲他们也在那里。她心中不免狐疑,父亲来后岗干啥?禁不住又快马加了一鞭。

玉凤没有看错,郭生荣夫妇和邱二等人早半个时辰到了后岗,是吴俊海亲自把他们请去的。昨晚吴俊海得知小翠的死讯,当时就惊出一身冷汗。他急忙起身去吴俊河的窑洞查看,新娘子小翠的尸体已经僵硬了。他忙问是怎么回事。吴俊河这时早就吓醒了酒,结结巴巴说不出个子丑寅卯来。

吴俊海怒目瞪着俊河:“你是咋闹的?逼出了人命!”

吴俊河急忙说:“大哥,我真个没逼她。我回到窑里她已经死了。”

还是路宝安心细,看出了名堂,说道:“大哥,不关俊河的事,看情形她是吞了大烟土。”

吴俊海仔细察看,果然如路宝安所说,小翠面色发青是吞烟土而死的。他干搓着手,连声说:“这可咋办呀?这可咋办呀?”

王得胜在一旁若无其事地说:“咋办啥,她要寻死咱们能有啥法。”

“你懂个屁!”吴俊海火冒三丈,“小翠虽是个丫鬟侍女,可郭玉凤跟她亲如姐妹,郭生荣也把她当干女子看哩。现在出了这事,你们让我咋跟郭生荣交代呢?”

那三人从没见吴俊海发过这么大的火,都呆了,也都意识到事情的严重性,一时都哑了。

许久,路宝安开口道:“大哥,事情已经这样了,你发火着急也没用，咱得想个善后处置的办法。”

“你说咋处置？”吴俊海瞪眼看着路宝安，他一时乱了方寸，完全没了主意。

“这事瞒是瞒不住的。依我之见，得赶紧给郭生荣说，最好把他请过来看看，免得咱说不清楚。”

吴俊海思忖半天，也想不出更好的办法，点头同意了。今天一大早，他就到前岗去请郭生荣。郭生荣问他有啥事，他支支吾吾不肯说出实情。郭生荣不高兴了。他心一横，把实情和盘托出。郭生荣当下脸色变得十分难看，带上秀女、邱二等人来后岗看个究竟。

来到吴俊河的窑洞，郭生荣夫妇和邱二都清清楚楚地看到，窑洞里的物件井然有序，没有丝毫打斗的痕迹。小翠穿戴一新躺在床上，除了面色和嘴唇发青外，面容十分平和安详，似乎在熟睡之中。看来，吴俊海他们没有半句虚言。如果硬要说小翠是被谁逼死的话，那个人就是郭生荣。

郭生荣阴着脸一语不发地出了窑洞。他十分恼火，恼火小翠给他丢了脸。他给了小翠多大的脸面，小翠却狗上锅台不识抬举。他在肚里狠狠骂道：“给脸不要脸，死了活该！”

秀女的脸色也很不好看。她早就预料到小翠嫁给吴俊河不会有好结果，却没有料到小翠会在洞房花烛夜寻短见，真是个刚烈的女子。她在心中为小翠惋惜。

邱二面无表情。让小翠嫁给吴俊河这个主意是他出的。他本是为卧牛岗的大局着想，可小翠却偏偏不肯就范。唉，女人家头发长见识短。他暗暗叹息。

吴俊海走过来，赔着小心问道：“荣爷，小翠姑娘的后事咋安顿?”

郭生荣没好气地说:“她嫁给了你们吴家,生是你们吴家的人,死是你们吴家的鬼。你们爱咋安顿就咋安顿,不必问我。”

就在这时玉凤来了,甩蹬离鞍,把马拴在一棵树上,走了过来。众人看见她都噤了声,呆眼望着她。她预感到了什么,扫了一眼众人,最后把目光落在吴俊河身上,锐声喝问:“小翠呢?”

吴俊河沮丧着脸,不知如何作答,干脆沉默不语。

“小翠呢?!”玉凤又问一声。

还是没有回答。

玉凤便朝那个窗子贴着“囍”字的窑洞走去。双喜急忙从人丛中走出来拦她。她圆睁凤眼看着双喜:“秦大哥,你给我说,小翠呢?”

“小翠她……”双喜嗫嚅着,眼里泪水盈盈。

玉凤看出不妙,一把推开双喜,疾步奔过去,一脚踏开那扇窑门,冲了进去。众人都把目光投射过去。

沉默,令人窒息的沉默。

突然,从窑里传出一声撕裂肝肠的哭喊:“小翠!……”

外边的人心里都是一颤。就连郭生荣的络腮胡也抖了几抖。

不知过了多久,玉凤刮旋风似的冲出窑洞,凤眼圆睁,柳眉倒竖,厉声叫道:“吴俊河,还我小翠妹子!”掣出手枪,直逼吴俊河。

吴俊河大惊失色,失声叫道:“不关我的事!”

“小翠是咋死的?”

“她是吞烟自尽的。”

“她为啥要自尽?”

“我不知道。”

"还不是你逼她嫁给你!"

"我没有逼她,是荣爷把她许配给了我……"

"你还敢强辩!不毙了你,小翠难以瞑目!"玉凤紧咬银牙,就要扣动扳机,吓得吴俊河面如灰土。

"凤娃!"郭生荣在一旁看得清楚,大叫一声,抢前一步,一把托起玉凤的胳膊。在此同时,玉凤手中的枪响了,子弹射向空中,惊得树梢上的麻雀扑棱棱乱飞。

吴俊海拭了一把额头的冷汗,长嘘了一口气。路宝安和王得胜也都松开了攥住枪把的手。吴俊河瓷在那里,半天魂都没归七窍。

郭生荣抢下女儿手中的枪。玉凤不甘心,还要找吴俊河拼命。郭生荣脸色铁青,喝令一声:"把她拉回去!"

赵熊娃和另外一个亲随走过来,架起玉凤就走。玉凤拼命挣扎,大声喊道:"爹,我恨你!"

吴俊海急忙上前说:"荣爷,不要难为小姐。"

郭生荣摆了一下手:"不关你们的事。"头也不回地走了。

第二十章

雍原县接二连三地发生劫狱、士兵哗变和民变等事件,咸宁专署和省府都十分震怒。幸亏姜仁轩从中多方周旋,把过失全都推到了孙世清的身上,并说孙世清教化无方,以致乡民不遵国家法令,种植鸦片,抗粮抗捐,扰乱社会治安;又说孙世清软弱无能,在匪兵攻城之时,不思以身殉国,竟然打出白旗,向匪兵投降,使党国官员颜面尽失;还说,孙世清在危急关头束手无策,把忠于党国的军官送入匪手之中,以至于丧命,使仇者快亲者痛;最后说,所幸保安大队长刘旭武在危难之时挺身而出,不顾个人安危,率兵出击,打退匪兵,才保住了雍原县城。

省府和专署派员下来调查。刘旭武从姜仁轩那里得到消息,早早做好安排。派员刚到雍原就被接到不思蜀酒楼下榻,所有花销不用派员操心。半个月后,派员回到专署省府。不几天,公函到了雍原,孙世清被降职处分,并调离雍原,刘旭武代理县长之职。

随后,又来了公函:为了加强地方治安,保安大队扩编,改为保安团。刘旭武摇身一变,由保安大队队长变为保安团长。雍原县的政务、军队他一手掌管,上马管军下马管民,真正成了雍原县的土皇帝。他深知这一切多亏了姜仁轩。他不敢食言，擢升姜浩成为团副。双方互得利益，皆大欢喜。

官做大了，自然是喜事，可也有烦心事。鉴于雍原县匪患猖獗，省府及公安厅严令刘旭武务必尽快肃清雍原境内的土匪，并安抚好百姓。

刘旭武自然不敢怠慢，再三斟酌，释放了关押的种烟户，以安民心。随后操练人马，筹集粮草，准备攻打卧牛岗。他心里明白自己的前程在此一举。如果能剿灭郭生荣，头上的乌纱帽就戴牢了；如果失利，或者全军覆没，这次没有哪个冤大头给他顶缸了，头上的乌纱帽不仅要掉，就是项上的脑袋恐怕也要掉。他十分清楚姜浩成是个酒囊饭袋，带兵打仗指望不上，但他凡事都要把姜浩成拉上。假若这次又遇不测，他不敢奢想拿姜浩成当冤大头顶缸，却想着拿姜浩成垫刀背。姜浩成自然不知道刘旭武的真心用意，只当是宠信他，高兴得一天到晚屁颠屁颠的，跟在刘旭武身后狐假虎威。

早有消息报上卧牛岗。郭生荣闻讯笑道："保安大队改成保安团，还是换汤不换药。刘旭武让姜浩成当他的副手是瞎了眼窝！那贼熊成事不足，败事有余。"

随后又有消息传来，说是保安团操练人马，准备攻打卧牛岗。郭生荣仰面哈哈大笑："刘旭武这回真要能把我的球咬了，算他狗日的牙硬哩。"

邱二道："大哥，来者不善，善者不来。咱可得趁早防着点。你看是不是趁这个机会把人马调整一下？"

"老二，你跟我想到一块儿去啦。"郭生荣捏着下巴说，"我原本想把小翠那丫头嫁给吴俊河，不动烟火把那一摊人马收拾过来，可小翠那丫头给咱不长脸。看来咱得动动脑筋，你有啥好法子？”

邱二捻着胡须说：“打肉就要从肋条处打。咱先把路宝安的人马调到前岗来，过些日子再把王得胜调过来。”

“办法倒是好办法，可吴俊海能答应么？”

“出了小翠那件事，吴俊海对咱们心中有愧。只要大哥你张口，吴俊海碍于情面肯定会答应的。”

郭生荣连连点头。

翌日，郭生荣在山神庙摆了一桌丰盛的酒席，把邱二、吴俊海等人请来商议军情。

酒过三巡，菜来五味。郭生荣看似无意地说道：“刘旭武的保安团一直想吃掉咱，昨儿个得到消息，他们近日又要来攻打咱卧牛岗。俊海老弟，你说说，咱该咋办？”

吴俊海答道：“布阵打仗，荣爷是行家里手。我哪敢在圣人面前念《三字经》。”

郭生荣说：“你是行伍出身，又当过保安团的连长，布阵打仗肯定有一套。再者，你对那边的情况熟悉。兵书上有句话是咋说的……”

邱二插言道：“知己知彼，百战不殆。”

郭生荣哈哈笑道：“还是老二的脑子好使。‘知己知彼，百战不殆。’这话说得好。俊海老弟你知己，也知彼，我想听听你的见解。”

吴俊海不好再推辞：“那我就在荣爷和邱二爷面前卖弄了。保安团共五个连和一个警备排，我们哗变后，还有四百多兵力。咱们的人马也就是两百多一点。他们是咱的二倍还要多，武器方面咱就更不胜他们。他们每个排都有机关枪。硬碰硬打，咱们是要吃亏的。可咱们占着地利，卧牛岗地形险要，易守难攻。依我之见，咱们按兵不动，以不变应万变。他们若要硬攻，他们在明处，咱们在暗处。咱们处处设防，他们肯定要吃大亏。”

郭生荣笑道：“俊海不愧带过兵打过仗，说得头头是道。我也正是这个主意。”

邱二也笑着说：“英雄所见略同嘛。”

其他几个头目也都笑脸附和：“英雄所见略同，英雄所见略同。”

吴俊海有点儿不好意思：“我是瞎说哩。”

郭生荣道：“俊海说得一满都对。不过，咱们也得防着点，‘大意失荆州’嘛。前岗是咱的窝巢，肯定是保安团的主攻目标，咱得加强人马防守。俊海，我得求你帮忙呢。”

“请荣爷吩咐。”

“我想把路宝安中队调过来，不知你意下如何？”吴俊海一怔。他没料到郭生荣走了这么一步棋，真让他猝不及防，一时不知如何作答，装作低头喝酒。郭生荣和邱二相对一视，邱二转脸冲吴俊海笑道：“俊海老弟，你不会认为荣爷在分散你的人马吧？”

吴俊海再不能装聋作哑了，咧嘴笑了一下：“邱二爷说笑话了。”

邱二又道：“卧牛岗到了紧要关头，你老弟可得出一把力呀。”

吴俊海面泛难色。自上卧牛岗后他寸功未立，那次打雍原县城自己虽然出了力，却吃了败仗，因此，他一直心怀不安。俊河闹出了那件荒唐事，虽说郭玉凤主仆下手残了些，可郭生荣却十分大度地把小翠许配给了俊河。洞房花烛夜，小翠吞烟自尽，郭生荣也没有怪罪他。细究起来，都是俊河惹的祸，他心中越发内疚不安。现在保安团要攻打卧牛岗，他理应尽力，没有理由不听郭生荣的调遣。可他实在又不愿把自己的人马分开。

郭生荣见吴俊海不吭声,大眼珠转了一下,摆摆手:“我这是强人所难。算了,刚才的话算我没说。”

邱二道:“上了卧牛岗就都是自家兄弟,哪能不听从大哥的调遣。”扭脸又对吴俊海说:“俊海老弟是军人出身,自然知道‘军人服从命令是天职’这个规矩。”

吴俊海抬起头,只见郭生荣等人的目光紧紧地盯着他。他的脸立时涨成了猪肝色,说了声:“行!”

“俊海果然是个爽快人!”郭生荣哈哈一笑,举起酒杯,“来,咱们干了这一杯!”

吴俊海回到后岗时,路宝安、王得胜和吴俊河聚集在他的窑里正等着他。他一进窑,那三个急不可耐地询问情况。他便把郭生荣要调路宝安的人马去前岗的事说了。当下就炸了窝,吴俊河瞪着眼睛道:“啥!他要把宝安哥的人调到前岗去!这不是剜咱的肉么!”

路宝安说:“我就料到会有这么一天哩。”

王得胜一拍桌子,梗着脖子说:“咱不听他的吆喝!”

吴俊海大口抽烟,心乱如麻。

吴俊河又说:“今儿个他把宝安哥的人调走了,明儿个再把得胜哥的人调走,后天再把我调走,到那时只剩下你一个光杆儿司令,人家想咋就咋!”

王得胜又拍了一下桌子:“说啥也不能让他把咱弟兄们拆散分开。”

吴俊海徐徐吐了口烟,说道:“你们以为我愿意?咱上了卧牛岗就得听郭生荣的调遣。再者说,俊河闹下那一河滩荒唐事,郭生荣并没有怪罪咱,现在保安团来打卧牛岗,咱们理应出力。你们说说,我有啥理由拒绝呢?”

路宝安说:“大哥,你太厚道了,也太相信郭鹞子了。他可是一直存心吃掉咱哩。俊河干的那事是有点儿荒唐,可小翠那丫头竟敢下残手割俊河的耳朵,是谁都咽不下这口窝囊气。我这几天想明白了,郭鹞子是怕咱反水,才把小翠许配给了俊河。这叫美人计,笼络咱哩!可小翠那丫头不给他长脸,吞烟自尽了。你看看那天那阵势,玉凤那丫头差点儿毙了俊河。”

吴俊海抬眼看着路宝安:“那天是郭生荣拦住了他闺女,他也没有怪罪咱们的意思。”

“大哥,你咋还不明白哩!那天玉凤那丫头要真开枪打了俊河,他们父女俩一个也不得活!我给得胜使眼色,一人打一个,拼个鱼死网破!”

吴俊海又大口大口抽烟。

路宝安又说:“大哥,闹出了小翠这事,郭鹞子嘴上不说,心里恨咱哩!”

吴俊河也说:“大哥,玉凤那丫头现在恨死我了。她残火着哩,说不定啥时候就会对我下毒手。这些天我老觉得自个儿在阎王门口打转转哩。”

王得胜这时愤声道:“咱们干脆‘猪八戒甩耙子’,不伺候这个猴了!”

吴俊河也恨声说:“对,咱们把人马拉走,自己干!”

吴俊海呵斥道:“别胡说!”

路宝安眼珠子转了半天,说:“我倒有个主意,就怕大哥不爱听。”

吴俊海道:“啥主意?你说说看。”

“这是步险棋……”路宝安把声音压得很低,“咱们干脆先下手为强,把郭鹞子的老窝端了,另谋出路。”

吴俊河和王得胜同声道:“这是个好主意!”

吴俊海把脑袋摇得像拨浪鼓:“不成不成,这不是窝里反么?让人拿尻子笑咱哩。”

路宝安道:“我就知道大哥不爱听。咱本来就跟郭鹞子不是同道人,啥窝里反不窝里反的。咱本是保安团的人,他郭鹞子是土匪,咱是专打他的!”

吴俊海说:“咱可是在无路可走时投了人家,人家对咱有恩有义哩。”

路宝安咬牙道:“大哥,量小非君子,无毒不丈夫。咱跟一个土匪讲啥义气哩!”

吴俊河恨声说:“哥,你咋这么死心眼儿哩!都到了这一步,咱不吃老虎,老虎就要吃咱哩!再待下去,我就把命丢在这达咧!”

吴俊海沉默不语,只是大口抽烟。

半晌,王得胜突然说道:“大哥,难道咱们要当一辈子土匪?”

这句话刺中了吴俊海的痛处。他原本的志向是一刀一枪拼个高职位,封妻荫子,光宗耀祖。没料到俊河捅了娄子,不得已上了卧牛岗,勉从虎穴暂栖身,根本就没想过当一辈子土匪。他在等待合适的时机。难道时机来了?

好半天,吴俊海抬起头来,看着路宝安问:“那往哪达退呢?”

上次哗变就是因为事先没有找好退路,才上了卧牛岗。

路宝安看来早已想好了退路,胸有成竹地说:“咱们把队伍拉到终南县去投田瑜儿。田瑜儿是一个师的番号,实际上只有一个团多一点儿兵力，正在招兵买马。再者，他和刘旭武一直不和。还有，我的一个表哥在田瑜儿手下当团副，咱们去投他，他一定会收留咱们的。”

吴俊海深思良久，说了句：“这是逼着我走这步棋哩。”

双喜躺在床上辗转反侧，难以入眠。他出身富家，自幼读书，接触的人除了家人，就是长工伙计和同学，对社会上的事不甚了解。西安事变后，他放下书本走上街头，对世事和政府有了点儿认识，但只在表面。这次离校返家的一系列遭遇，真正让他大开眼界，世事竟然如此复杂残酷，这是他做梦也没有想到的。他是个热血男儿，不甘心承继祖业，当个土财主。他意识到，在当今乱世，只有拿起枪杆子才可能成就大事业。逃婚离家的他原本打算去陕北参加共产党领导的队伍，后来一转念，国民党的队伍也名正言顺，为啥要舍近求远？干脆投国军算了，况且师兄吴俊海在保安团当连长，好歹也有个照应。没料到路遇玉凤和小翠，再次上了卧牛岗；随后又闹出了一河滩事来，让他三上卧牛岗。他也曾动了跟吴俊海闯世事的念头，可路宝安、王得胜和吴俊河的作为让他的决心动摇了，那三人根本就不是成大事的人。道不同，不足与谋。他准备离开卧牛岗，可有一种情愫一直拴住他的心。他对这个荒山野岭并没有什么留恋，他偏爱的是玉凤。他不是傻瓜，早就觉察到玉凤对他的一片爱慕之心。他也十分喜欢玉凤。玉凤虽然生长在这个荒岭上，但她完全别于其他乡村女子，没有那种羞涩扭捏之态，也不似城里的女子那样惺惺作态。她骨子里有一种豪放不羁的野性，喜怒哀乐从不掩饰，犹如荒野上怒放的刺玫花。尽管他觉得玉凤的丫鬟小翠割吴俊河耳朵之举实在有点残酷无情，可仔细一想，她们从小生长在匪窝里,不残行么?他对玉凤产生了深深的爱恋之情,只是碍于脸面,一直不好意思当面表达。可他也感到美中不足,玉凤是土匪的女儿,让他老觉得心里疙疙瘩瘩的。说心里话,他对郭生荣并不反感,反而觉得他是条汉子。可出了小翠那件事,他对郭生荣真有点痛恨。他始终认为小翠是郭生荣逼死的。生活在土匪窝是与虎狼为伴。与虎狼为伴他并不惧怕,可与虎狼为伍他不甘心啊。离开卧牛岗吧,他又割舍不下玉凤。他分明感觉到自己已经为情所累。何去何从呢?他一时很难做出抉择。

不知过了多久,他感到小腹憋胀,便起身出窑洞去小解。

月上头顶,天空飘动着大块乌云,吞没了月亮,把原本美好的月夜涂染得黑乎乎的,一片混沌。

他小解罢,正要回窑,无意一瞥,瞧见吴俊海的窑洞还亮着灯光。他略一迟疑,便朝吴俊海的窑洞走去。看来吴俊海还没睡,自己回窑也睡不着,干脆去和他谝谝,请他帮自己拿拿主意。

走到近前,他听见有说话声,好像是路宝安、王得胜和吴俊河。这几天他觉察到他们几个在一块诡诡秘秘的,似乎有啥事瞒着他。他也没在意,反正他不想在卧牛岗待下去了,他们爱干啥就干啥去。此时,他忽然感到有点不对劲儿,多出一个心眼儿,放轻了脚步。

到了窗前,他听到里边的声音压得很低,咕咕哝哝的,越发觉得有蹊跷,便驻足屏息细听。

“咱这么下黑手不坏了江湖上的义气?”吴俊海的声音。

“哥,都啥时候了你还讲义气!”吴俊河的声音。

王得胜着急的声音:“大哥,你快拿主意呀!”

沉默。双喜只觉得起了一身的鸡皮疙瘩。

好半天，只听路宝安叹气道："唉，大哥是个实诚厚道人，不愿背后对人下手。也罢，咱们就陪着大哥等着让郭鹞子把咱一口一口吃掉，也不枉咱们弟兄结拜一场。"

这时就听吴俊海说："你们说咱们先下手？"

路宝安道："先下手为强，后下手遭殃！"

王得胜和吴俊河同声附和。

吴俊海又问："你们看几时动手好？"

路宝安说："此事宜早不宜迟。"

吴俊海似乎拍了一下桌子："那就后半夜行动！你们准备得咋样？"

三人同声答道："准备好了！"

双喜惊出了一身的冷汗。一切都清楚了，不用再往下听了。他悄然离开窗口，回到自己的窑洞，抹了一把额头的冷汗。他心慌得不行，摸出一根烟来，叼在嘴角，划断了几根火柴都没把烟点着。他一把把烟揉碎了。他万万没有想到吴俊海他们要对郭生荣下黑手，这不是窝里反么？！想当初，是他恳求郭生荣收留吴俊海他们的，如果让吴俊海他们得手了，岂不是他给卧牛岗招来的祸灾！再者，吴俊海他们得手了，郭生荣一伙不用说难逃劫数，玉凤恐怕也难逃厄运。正所谓，覆巢之下安有完卵？想到这里，他禁不住打了几个寒战。

他思忖半天，出了窑洞，环顾四周，确信没人盯着他，便抄近道朝前岗疾步走去。

月亮完全被乌云吞没了，夜色更浓。他慌忙在林中小道穿行，不时地被树枝挂住衣裤。他不管不顾，折断树枝就往前奔。忽然，脚下被啥东西绊了一下，他扑倒在地，骨碌碌滚进一个沟里。幸好,沟不深,没有摔坏,他翻起身爬上沟又急急忙忙往前走……

其时,玉凤早已进入梦乡。

夜,深沉极静。院子黑乎乎一片。不知什么鸟在树梢上发出一阵孩子哭似的叫声,令人毛骨悚然。

忽然,响起了敲门声,沉重而又急促。玉凤猛然惊醒,跃身而起,从枕下抽出手枪,来到门口,低声喝问:“是谁?”

“是我,秦双喜,快开门!”

玉凤开了门,讶然道:“秦大哥,这么晚了你来做啥?”

“到屋里说。”

玉凤知道他有要紧事,急忙让他进屋。

双喜进了屋。玉凤收起了枪。她一眼就瞧见双喜衣衫挂破了两个口子,且额角破了一块皮,有血渗出,十分惊诧,忙问怎么了。双喜用衣袖拭了一下额头的冷汗:“我有紧要事给你说哩。”

“啥紧要事?”

“吴俊海他们……不不,不是吴俊海,是路宝安他们……”双喜语无伦次,竟然把话说不明白。

玉凤从没见过双喜如此模样,心不禁一沉,知道事关紧要。她倒了一杯水,双手捧到他面前:“别急,喝口水,慢慢说。”

双喜喝了口水,稳了稳神,又看看屋外,欲言又止。玉凤出屋在院子巡视了一遍,关了院门,回到屋子摇摇头:“没有人。”

双喜这才开口说:“路宝安他们要对你们父女下黑手!”

玉凤禁不住打了个寒战,忙问:“你咋知道的?”

“他们正在密谈,让我听见了。”

“他们几时动手?”

“今晚后半夜。”

玉凤明白了，双喜是特地来给她通风报信的。她大为感动，掏出手绢为他擦拭额角的血迹。双喜这才感觉到额角隐隐作痛。他有点儿不好意思，急忙接住手绢：“我自己来吧。”

玉凤深情地看着他：“秦大哥，真不知咋谢你才好……”

“别说这话。当初是我带他们上卧牛岗的，多亏你父亲收留了他们。我不能对不住你父亲，更不能对不住你。”

“秦大哥，你救了我们父女。请受我一礼。”玉凤说着，躬身给双喜施礼。

“别、别……”双喜连连摇手，随后叹了口气，“唉，我给你通风报信是把他们卖了。我真不知道我做得对不对。你赶紧想对策吧，我还得回后岗，万一他们发现我来给你通风报信，麻烦就大了。”

“那你赶紧回去吧。”

“你多保重。”

双喜出了屋，急急钻进夜幕之中。

第二十一章

郭生荣披衣坐在椅子上,一双大眼珠子看着女儿。玉凤喘着粗气,头发散乱,半晌说不出话来。秀女倒了一杯水递给玉凤,玉凤这时嗓子眼儿里真有点冒烟的感觉,顺手接过杯子,一口气喝干了。

郭生荣有点儿按捺不住了,急问道:“玉凤,出了啥事?”他以为女儿被谁欺负了,肚里的火苗子直往脑门子上烧,面露凶煞之气。小翠出事后,他让秀女身边的丫头小玲去侍候玉凤,可玉凤说啥也不要。他无可奈何,却一直为女儿担心。

自小翠吞烟身亡后,玉凤对父亲的怒气一直未消。两天前父亲去看她,她在床上面壁而卧。父亲连声唤她,她一声未应,动都未动。父亲在她床边站了半个时辰,见她如此模样,明白女儿恨他,知道再怎样解释也一时半刻消不了女儿心中的火气,悻悻而归。玉凤在心中打定主意,再也不理睬父亲。小翠的死给她的伤害太深太深,她无法原谅父亲。可今晚夕双喜给她送来的消息实在太可怕了,送走双喜后,她想都没想就疾步跑来给父亲报知这个凶信。

郭生荣的两道浓眉拧成了墨疙瘩，这个消息令他十分震惊。白天他和邱二在山寨四处察看时，曾去过后岗，吴俊海他们待他和邱二礼貌有加，唯命是从，看不出丝毫不对劲儿的地方。在回来的路上邱二对他说："吴俊海不情愿调路宝安的人马到前岗来。"

他笑道："吴俊海是不情愿，可他到底还是答应了。"

邱二又说："过段时间把王得胜的人马也调开，咱就省心了。"

他说："这事还不能操之过急，得一步一步来。"

邱二还说："其实俊海是个厚道人，不会生六趾，就怕他那几个拜把子兄弟生事。"

他当时不以为然，冷笑道："虱子再扑腾也掀不开被子来！"

现在看来是他小瞧了吴俊海他们，虱子要扑腾了，不光要掀开被子，还要冷不防地把他吃掉哩！

郭生荣大口抽烟，烟雾把他的脸面笼罩得模糊不清，呛得玉凤咳嗽起来。俄顷，郭生荣似有点儿不相信地问女儿："是双喜特地给你通风报信的？"

玉凤点头。

"他的话可靠么？"

玉凤急红了脸："爹，你不相信？！"

"他会不会引诱咱上钩，把咱一网打尽？"

玉凤跺脚急道："爹，他咋会哄骗我呢！"

"他为啥不会哄骗你哩？"郭生荣犀利的目光盯着女儿。

玉凤一时不知说啥才好，急得直跺脚。秀女在一旁说："当家的，你就不要追根问底了，我敢保险双喜绝对不会哄骗玉凤的。"

玉凤向秀女投去了亲近和感激的目光。

郭生荣捻着胡须，脸色阴沉下来，半晌不吭声。秀女催促道：

“没多少时间了，快拿主意吧。”

郭生荣把烟头扔在脚地，一脚踩灭，咬牙道：“狗日的敢下黑手，也就甭怨我翻脸不认人！”

“爹，咱咋办？”

“你说咋办？”郭生荣瞪眼看着女儿，反问一句。

“我倒有个主意，咱干脆来个将计就计……”玉凤把声音压得很低。

郭生荣脸上泛起笑纹，点着头：“凤娃，你不愧是我郭生荣的闺女，咱父女俩想到一搭去了……”仰面大笑起来。忽然，他收住了笑，猛喝一声：“来人！”

贴身马弁应声而入。

“把老二叫来！”

月色朦胧。夜风在林梢中穿越，哗哗一片声响，淹没了夜的寂静。吴俊海的人马在黑夜和夜风的掩护下，踏着林中的小道向前岗疾进。

后岗到前岗之间有条沟谷，沟深不到三丈，宽二十多丈，却有一里多长，是前岗到后岗的必经之路。不大的工夫，队伍就到了沟谷跟前。吴俊海站住了脚，队伍在他身后停住了。紧跟在他身后的路宝安上前一步，低声问：“大哥，怎么了？”

吴俊海看着两旁陡峭的土崖不语。他多次走过这条沟，曾经十分留意过这条沟谷：如果在两边埋伏下人马，沟谷中的人插翅也难逃。可他知道前后岗都是郭生荣的地盘，郭生荣别说埋伏人马，连岗哨也没设过。可此时他凭着军人的直觉，意识到这是个十分险恶的关卡。

朦胧的月色中，沟谷似一个硕大的没有盖子的棺材，脚下小道似一条蟒蛇爬进了“棺材”，两旁长着一人多高的蒿草，密不透风。不知什么鸟隐藏在蒿草中，不时地发出一阵喊魂般的叫声，令人毛骨悚然。

路宝安也是个行伍出身，一眼就看出了吴俊海的担心，悄声说：“咱是突然袭击，郭生荣不会有埋伏的。”

这时王得胜和吴俊河也上来了，都说此处不会有埋伏。

吴俊海道：“不怕一万，就怕万一。”

路宝安出主意：“派个前哨班先去摸摸情况。”

吴俊海思忖片刻，说：“咱们分开行动。一排在前，二排居中，三排在后，拉开距离前进。即使有变，也好首尾相顾。一排穿过沟谷后晃三下手电筒，二排再跟进行动。”

当下，王得胜带一排进了沟谷。吴俊海带着二、三排按兵不动。吴俊河掏出烟来刚要点火，被吴俊海低声喝住了。他忽然问道：“咋不见双喜呢？”出发前他让俊河去通知双喜一块儿出发。

吴俊河说：“我没通知他，怕他靠不住。”

吴俊海恼怒了：“你咋知道他靠不住？不是他咱们能活到今天么？”

吴俊河嘟囔说：“他跟郭鹞子的女子打得火热，我怕他给她通风报信。”

路宝安在一旁说：“大哥，俊河的话有道理，这事不敢出半点儿差错。”

吴俊海怒火不息：“咱们走了把他扔下不管，你们于心何忍？”

路宝安说：“大哥，你别上火，我差个弟兄去通知他还来得及。”

吴俊海见事已至此，只能这样做，随即点点头。

沉默。时间在难熬的等待中一秒一分地消逝。不知过了多久,沟谷那头忽然亮起了手电光,接连闪了三下。路宝安带着二排就要进谷,被吴俊海拦住了:“宝安,你和俊河带着三排留下。”

路宝安一怔,随即就明白了吴俊海的意思,急忙说:“不,你和俊河留下,我带二排去!”跃身而起。

吴俊海一把拉住他。吴俊河冲过来:“哥,你和宝安哥留下,我带二排去!”

吴俊海声音严厉地说:“你俩都别争了,这又不是去吃筵席。宝安,你和俊河带着三排在这里按兵不动。如果顺手,我和得胜就能把他们拾掇了。万一有啥不测,你俩拼命也要把沟口打开,好让进去的弟兄们撤出来。”

路宝安和吴俊河还要说啥,吴俊海摆手拦住了他俩:“啥都别说了。我的话你俩记住了么?”

“记住了!”俩人异口同声说。

吴俊海转身一挥手,带着二排进了沟谷。

沟谷里黑乎乎的一片,沉寂得有点恐怖。两旁的土崖虽不很高,但刀削斧劈般地直立。谷底长满了杂草,一条酱色土道似一条僵死的蛇卧在杂草丛中。吴俊海踏着这条僵死的蛇走在队伍的最前头。他边走边环目四顾,只觉得四周黑暗中藏匿着许许多多可怕的妖魔鬼怪,越往里走这种感觉越强烈。他浑身的肌肉和神经都绷紧了,头发都竖了起来,脚步禁不住加快了。他想尽快穿越这个恐怖的沟谷。

突然,沟谷上空炸雷般地响起了三下锣声,惊得吴俊海起了一身的鸡皮疙瘩,叫了声:“瞎了!”话音未落,两旁崖畔亮起了数不清的火把。通明的火把把夜的黑幕撕得粉碎,把沟谷映得血红般惨烈。

吴俊海举目一看，火光中只见一伙喽啰簇拥着郭生荣出现在崖畔上。一伙人惊呆了。

郭生荣哈哈笑道:“吴俊海，你没想到吧?”

吴俊海知道走漏了风声，脑海中忙寻找对策。郭生荣忽地收住了笑声，沉下脸道:“吴俊海，我待你不薄，你为啥要对我下黑手?!”

吴俊海青了脸，喝喊一声:“快撤!”

郭生荣冷笑道:“晚了!”手猛地往下一挥，枪声爆豆般地响了。

吴俊海慌忙俯下身，就地一滚，滚进草丛中。崖畔上的火把通明，谷底的人马暴露在火光之中，许多士卒中弹倒下。吴俊海伏在草丛中急了眼，大声命令:“打火把!”一梭子弹就朝郭生荣身边的火把射去。

伏在草丛中的士卒不再盲目打枪，瞄准火把射击。一时间火把灭了许多，四周昏暗下来。吴俊海趁机带着队伍往回撤。这时就听到沟口两头都响起了密集的枪声。吴俊海心中一喜，王得胜和路宝安、吴俊河的援兵两头夹击，可分散郭生荣的兵力。他哪里知道王得胜的人马早已被邱二的口袋阵套住了，逃不了厄运。倒是路宝安和吴俊河的人马拼命地往里冲，迫使郭生荣不得不分兵去对付。

沟里沟外的人马都急了眼，一支拼命往外冲，一支拼命往里冲。吴俊海他们的武器好，且有两挺机关枪，火力十分凶猛。郭生荣的人虽占地理之利，却多短枪和土铳，火力有限。郭生荣在崖畔上看得清楚，沟里沟外的人马很快就能会合。两支人马若合兵在一起，煮熟的鸭子就飞了。他猛地把衣袖往上一捋，喝喊一声:“放火烧!”众喽啰便把准备好的柴火捆、树枝浇上清油,点燃往谷底扔。谷底本来就长满了一人多高的杂草,虽是盛夏,杂草葱绿,可火大无湿柴,凑巧风紧,风助火势,火借风威,呼呼啦啦地烧了起来。霎时间,谷底烈焰腾腾,火光冲天,映红了半边天空。谷中的人暴露在火光之中,惊慌失措,人人自危,个个胆战心惊,没头苍蝇似的乱窜。吴俊海红了眼,大吼一声:“甭慌甭乱,跟我往外冲!”抢过机枪手手中的机枪,边朝崖畔上猛射边蹚着火往外冲……

沟外,吴俊河的眼睛红得往外喷火,抱着机关枪往里猛冲,边打边骂:“郭鹞子,我日你八辈子先人哩! ……”似一只发了疯的恶狼。

两支人马终于在沟口处会合了,吴俊河瞧见了吴俊海,呼喊着:“大哥! ……”扑了过来。

“俊河! ……”吴俊海也看见了兄弟,拼命往外冲。忽然,他觉得似乎有人从后背把他推了一下,他一下扑倒在地。

“大哥!”吴俊河扔了手中的机关枪,急忙去搀堂兄,却没有搀扶起来。这时路宝安也冲上来了,急问:“大哥,你咋啦?”

吴俊海只觉得左大腿一阵钻心的疼痛,伸手一摸,黏糊糊的一片,情知自己挂彩了,心里禁不住一寒。

“大哥,你挂彩了!”吴俊河惊叫一声。

吴俊海这时倒很冷静,叹息一声:“得胜他们十有八九完了。”

路宝安红着眼睛说:“没有想到咱输了这步棋……都怨我谋划不周到,一步走错,满盘皆输……”

吴俊河说:“肯定是有人走漏了风声。”

路宝安点头说:“我也寻思是有人给郭鹞子通风报了信。”

吴俊河咬牙切齿道:"把这人找出来我非扒了他的皮不可!"

吴俊海长叹一声:"唉,人算不如天算。这会儿不是说这话的时候,你俩带上队伍快撤!"

吴俊河急忙问道:"哥,你咋办?"

"我留下掩护你们。"

"不,我来背你!"吴俊河说着就要背堂兄。

吴俊海说啥也不让他背。吴俊河哭道:"哥,你这是为啥哩嘛……"

吴俊海生气了:"男子汉流血不流泪,哭啥哩!"

路宝安红着眼睛说:"大哥,让俊河背着你撤,我留下做掩护。"

吴俊海说:"宝安,你咋也这么糊涂!要依你说的办,咱们都得死!"

"大哥,死咱也死在一搭!"

吴俊海恼火了:"胡说!为啥要死?能活一个算一个!"

路宝安的眼泪下来了:"我们不能把你扔下不管呀……"

吴俊海拍了拍他的肩膀:"宝安兄弟,快撤吧!我把俊河和队伍就交给你了。"

吴俊河大哭道:"哥,是我害了你呀……"说啥也不肯走。

吴俊海的脸铁青了:"宝安,拉走他!"

路宝安和另一个士兵拉起吴俊河一步一回头、一步一抹泪地往后岗撤去,身后是一片火光和密集的枪声……

双喜回到后岗已是子夜时分。他钻进窑里不敢点灯不敢吸烟,他怕星点火光引起吴俊海他们对他的怀疑。他躺在床上大睁着眼睛,心里乱成了一团麻。不知过了多久,他听到外边响起了急促杂乱的脚步声。他忽地坐起了身,趴在窗口往外看。朦胧的月光下,只见一支队伍迅速集合起来,往前岗出发。他心跳如打鼓,真想冲出去阻拦,可最终还是趴在窗口动都没动,只是干瞪眼瞧着。

队伍出发了半天,他才出了窑洞。四周一片寂静,没有灯光,没有鸡鸣犬吠,似乎回到了远古洪荒的岁月。他呆立在野外,遥望着前岗方向,忧心忡忡。他忧心玉凤的安危,也忧心吴俊海的安危,却又无可奈何。良久,他仰天长叹一声:“唉,早知今日,何必当初!”

突然,那边传来三声锣响,在静夜中显得那么惊心动魄。锣音未消,便见有无数火把亮起,紧接着响起了枪声,如同爆豆。他浑身禁不住一颤,知道打起来了。少顷,火把暗了一些,枪声也稀疏了一些。他正惊疑不定,忽然火把又大增,又飞舞起来。霎时只见熊熊烈焰腾空,映红了半边天,随即枪声大作,比先前响得更密更紧。他的心狂跳起来,再也待不住了,从腰间拔出玉凤送他的那把小手枪就往前岗奔去。他不知要去帮谁,只想去看个究竟……

东方破晓,太阳还没有升起来,天边的几块浮云似乎在血海中浸了一夜,红得凄美。

战斗结束了,王得胜的人马全军覆没。沟谷已成为一片焦土,沟口横七竖八摆满了吴俊海手下士卒的尸体,吴俊海身负重伤,背靠着一棵大树,他身上的衣服已被血浆了。

郭生荣手提着盒子枪,在一伙人马的簇拥下来到大树跟前。吴俊海听到脚步声,慢慢睁开了眼睛。郭生荣望着奄奄一息的吴俊海说:“俊海,我待你不薄,你为啥要对我下黑手?”

吴俊海没有吭声。

郭生荣又道:“我看你倒也是个厚道人,下这黑手恐怕不是你的主意吧?”

吴俊海挣扎着把身子往直坐了坐,苦笑一下:“荣爷,你不厚道呀!”

郭生荣一怔,道:“我咋的不厚道了?你当初走投无路,是我收留了你。你兄弟俊河欺负小翠,换个别人,十个脑袋我也砍下当球踢了。可我也没怪罪他,反而把小翠许配给了他。小翠不愿嫁他吞烟自尽,这能怨我么?我郭生荣哪点对不起你们弟兄了?”

吴俊海喘了口气说:“你不该心怀叵测,把我们弟兄们拆散。”

郭生荣冷笑一声:“吴俊海,我只问你一句,你到卧牛岗是暂时避难,还是死心塌地要跟我当一辈子土匪?”

吴俊海默然片刻,长叹一声:“唉,荣爷是明白人,我不该怨你。你啥也别说了,是我对不住你。你就再给我补一枪吧,算是我给你赔罪了。”

郭生荣抬起了胳膊,把手枪举了起来。吴俊海闭上眼睛,等候枪响。半天不见枪响,他又睁开了眼睛,只见郭生荣举枪的胳膊又垂了下来,叹了口气说:“俊海,跟你说心里话,我是想留住你跟我闯世事哩,可没料到闹到了这一步田地。咱这是窝里斗,让江湖中的人拿尻子笑咱俩哩。”

吴俊海苦笑道:“荣爷说得对,可惜没有卖后悔药的让咱吃。”

郭生荣把枪插进腰中:“我让人送你下岗,你可另立山头干一番大事。”

吴俊海又是凄然一笑:“多谢荣爷的好意。荣爷如果真想帮我,就给我再补一枪吧。”他一说话,胸部伤口的鲜血就汩汩而出。

郭生荣哪里肯动手。吴俊海长叹一声："唉，荣爷不肯动手，那我就只能自己动手了……"言罢，抬起拿枪的手，枪口对准自己的太阳穴，扣动了扳机……

郭生荣等人都是一震，呆望着眼前悲壮的一幕。

"俊海哥！"一声凄厉的呼叫。郭生荣等人都是一惊，疾回首，只见双喜踉踉跄跄地奔了过来，扑在吴俊海的尸体上放声大哭："俊海哥，是我害了你呀……"

第二十二章

路宝安和吴俊河带着残兵从后岗的小道撤下了卧牛岗。破晓时分他们来到一个村庄，队伍又困又乏，实在走不动了。吴俊河说："宝安哥，咱们找点儿吃的，歇息歇息，再走吧。"

路宝安看了一眼疲惫至极的残兵，点点头。队伍进了村，开始找吃的。路宝安和吴俊河等人来到一个窑院，窑院的主人是个六十多岁的老汉。老汉问明他们的来意，拿出一个竹笼，里边有半笼金银卷(玉米面和高粱面做的花卷)，说道："家里也没啥好东西，你们先吃点儿填填肚子，我叫老婆给你们做饭。"此时他们已饥不择食，抓起金银卷就吃。

吃了几口，路宝安忽然问："老叔，你们这个村子叫啥名?"

"叫布王村。"

"布王村？这名字听起来有点儿怪。"

老汉笑道："说起我们村这个村名还有点儿来历哩。"

"啥来历?"

"说是当年唐太宗李世民在这一带打猎哩，看见一只大白兔，射了一箭，没射中。大白兔疾跑，李世民骑着马就撵，文武百官四下布网围截。相传在我们村布网逮住了大白兔。后世人就把这个村子叫布网村,叫着叫着叫转音了,叫成了布王村。”

“布王,布网……”路宝安喃喃地念叨着,忽地站起身说道,“俊河,这地方不能待了,赶紧走!”

吴俊河一怔,忙问:“咋不能待了?”

“这个村名不吉利!”路宝安扔下这句话,拔腿就走。

“咋就不吉利了?”吴俊河很不情愿,但还是起身往外走,一干人紧随在他身后。

他们刚刚走出窑院门,四下里突然响起了枪声。路宝安喊了一嗓子:“赶紧往外冲!”挥着枪直奔村西。

一切都晚了,保安团把布王村围得跟铁桶一般,轻重火器一齐开火,子弹密如飞蝗。刘旭武这次是下了死决心要剿灭卧牛岗的土匪。他知道硬攻硬打是绝对不行的,便在卧牛岗四周要塞通道之处都设下伏兵。他又下了死命令,只要岗上有人下来,就一律抓捕,如遇反抗,就地击毙;谁若放跑一个喘气的,以通匪论处。这是个守株待兔的笨办法,可竟然让他等到了。

这场战斗很快就结束了。一来,路、吴他们是疲惫之师,且是一伙残兵;二来他们中了埋伏;三是保安团有一个加强连,路、吴他们的残兵不足一个排,双方力量悬殊。路、吴率残兵做困兽犹斗之拼,但终究寡不敌众,几乎全军覆没。路宝安身中数弹,倒在尘埃之中。吴俊河抱住他连声呼唤,他定睛看着吴俊河说了声:“这是天意啊……”双目圆睁瞪着青天,咽下了最后一口气。

“宝安哥!”吴俊河呼叫一声,放下路宝安的尸体,血贯瞳仁,要和保安团的人拼命。没等他动手,一伙团丁扑过来扭住了他的胳膊,他动弹不得,气得连连跺脚。

指挥这场战斗的指挥官是姜浩成。他大喜过望，洋洋得意，当即把吴俊河押往大王镇，刘旭武在那里坐镇指挥。吴俊河没想到大风大浪都过来了，却栽在了姜浩成这个驴熊的手里，直恨得把一口钢牙都咬碎了。

把吴俊河押到大王镇时，已日上树梢。刘旭武刚刚吃罢早饭，正在吸那饭后一根烟。他看见满身血污的吴俊河不禁皱了一下眉。他设下伏兵原本是想抓匪首郭鹞子的，却抓住了吴俊河，这实在是他没料到的，很有几分沮丧。

刘旭武吐了口烟，问道："俊河，你咋下山来了？"

吴俊河不吭声。

姜浩成在一旁骂道："团长问你话哩！你狗日的哑巴了！"

吴俊河冲姜浩成瞪起了眼睛。姜浩成更火了，扬起马鞭要抽吴俊河，被刘旭武拦住了。

刘旭武看了吴俊河一眼："俊河，你老实回答我的话，我可以饶你一命。"

吴俊河冷笑一声："团长，你以为我怕死么？"

刘旭武一怔，瞪眼看着他，好半晌，他看出吴俊河已把生死置之度外了。他眼珠子转了半天，忽然问道："俊海哩？"

吴俊河的眼泪唰地下来了，这倒让刘旭武吃了一惊。

"团长，你只要答应我一件事，我啥都跟你说。"

"啥事？"

吴俊河环顾了一下四周："这里不是说话的地方。"

刘旭武略一迟疑，命令团丁给吴俊河松绑。姜浩成急忙上前一步说："团长，这狗日的跟你要心眼儿哩，不能信他的！"

刘旭武哈哈笑道："俊河哪能跟我耍心眼儿，他的脾气我知道，我信他。俊河,屋里说话。”

吴俊河跟刘旭武进了屋。刘旭武的右手一直插在裤兜里,裤兜有一把小手枪。他一双眼凶凶地盯着吴俊河:“说吧!”

吴俊河一屁股跌坐在椅子上,端起桌上的水杯一口气喝干,用手背抹了一下下巴上的水珠,长长喘了一口粗气。刘旭武提着的心放下了,裤兜的手松了松。一个如此狼狈之人还有啥可怕的。

“团长,你想不想吃掉郭鹞子?”

刘旭武漫不经心地问:“想吃掉咋?不想吃掉咋?”

“你不想吃掉郭鹞子就把我枪毙了。”

“想吃掉呢?”

“想吃掉郭鹞子就把我放了,还得给我点儿职权。”

刘旭武瞪起了眼睛:“你敢跟我讨价还价!”

“团长,我不是讨价还价。你不把我放了,不给我点儿职权,我咋好为你办事哩?”

“你能办啥事?”

“团长,吃掉郭鹞子硬攻不行,要智取。”

“咋个智取法?”

“卧牛岗地势险要,一人当道,万人难开。得想法子把郭鹞子诳下山来,再好收拾。”

“往下说。”

“我能想法子把郭鹞子诳下山来。”

“我凭啥信你哩?你要在我背后下手咋办?”

吴俊河忽地站起身,一把撕开上衣,啪啪地拍胸膛,红着眼睛说:“团长,你要这么说,就干脆给我一枪算了!”

刘旭武不吭声,大口吸着烟,一双犀利的目光扫着他。吴俊河并没躲开那利刃似的目光:“团长,郭鹞子打死了我哥和得胜他们,我跟他有血海深仇！我恨不能生吃了他的肉,活剥他的皮!”他的眼泪哗哗流了出来。

刘旭武知道他也是条汉子,见他如此这般模样已有七分信他了,脸上却毫无表情。

吴俊河抹了一把脸上的泪水,又道:“团长,上次哗变不是我的本意,是姜浩成把我逼上梁山的。我再混蛋,也明白当兵比当土匪强得多。”

刘旭武有八分相信吴俊河了,剩下的两分凶险他决定冒一冒。不是有句话叫作:“不入虎穴,焉得虎子。”况且这两分凶险又不是去闯龙潭虎穴,何惧之有!

刘旭武笑着脸拍了拍吴俊河的肩膀:“俊河,我信你。说说你的办法。”

吴俊河实话实说:“团长,办法我现在还没想好,这得见机行事。”

刘旭武不吭声,一双犀利的目光紧盯着吴俊河。吴俊河迎着他的目光,凶凶地说:“团长,你要信不过我,干脆就一枪毙了我。”

刘旭武笑了:“俊河,我给你二十个人,你见机行事吧。事成之后,我给你官复原职。事若不成,别怨我无情无义。”

“是!”

郭生荣设下圈套原想把吴俊海的人马一网打尽,没承想吴俊海分兵推进,让吴俊河、路宝安的人马逃脱了。虽是如此,可还是打了个大胜仗。郭生荣在山神庙大摆宴席庆贺胜利。

郭生荣坐在首席。他端起酒碗站起身朗声道:“这一仗咱们大获全胜,首功是双喜的。双喜,头一碗酒敬你。”他环目四顾,却不见双喜的人影,眉头不禁一皱,问身旁的女儿:“凤娃,双喜呢?”

玉凤也举目四处搜寻,一脸的焦急不安:“适才他还在哩,咋转眼就不见了。爹,你们喝,我出去看看。”说罢,起身离席。

庙外空荡荡的,只有两个喽啰在站岗放哨。玉凤走过去问他们看见双喜了么。其中一个喽啰说双喜往东去了。玉凤踏着小径往东寻去。穿过一片杂树林,老远就看见双喜跪在一个新坟跟前。那堆黄土下长眠着吴俊海。

玉凤来到坟前,双喜如同泥塑木雕似的。若不是两行泪水挂在脸上,没人以为他还是活物。

“秦大哥!”玉凤轻唤一声。

双喜似乎没有听见。

玉凤劝慰道:“人死不能复生,你别这样了……”

双喜跪在那里动都没有动,泪水却流得更欢。

“看到你这个样子,我心里难受得很……”玉凤说着声音哽咽起来,拭了一把泪。

双喜抬眼看着玉凤:“你说,我还算个人吗?”

“你咋这么说哩。”

“俊海哥是我害死的呀……我不该给你通风报信……”

玉凤一怔,半晌,道:“那你眼睁睁地看着他们杀了我就是个人了?”

双喜双拳连连砸着面前的黄土,泣声道:“我是两难啊……我实在想不出个两全其美的法子啊……”

玉凤俯下身搀扶双喜:“双喜,你心里难受,我心里也不好受……”说着,泪水潸然。

“俊海哥，我只能对不住你了……你能原谅我么……”双喜泪水长流。

“你这是怨我呢……你心里难受就打我吧……”玉凤把头抵在了双喜的怀中。

双喜搂住玉凤“呜呜”大哭。玉凤也哭成了泪人。

不知过了多久，忽然有人咳嗽了一声。俩人抬起了泪眼，郭生荣夫妇和邱二不知何时来了，站在他们一旁。俩人都自知失态，急忙分开，低头拭泪。

郭生荣又咳嗽了一声，对双喜说：“俊海是条汉子，我敬重他。”又说，“事情已经这样了，你也别太伤心了。”说罢，转身走了，秀女和邱二也相跟着离去。

良久，玉凤对双喜说：“咱们回去吧。”

双喜点点头。两人回到玉凤的住处。玉凤把饭菜摆上桌，双喜只是勉强动了动筷子，说他头晕。玉凤便让他在原先的住处歇息。

送走双喜，玉凤刚回到屋子，父亲来了。她急忙起身迎接父亲。她还未出屋，父亲就跨步进来了。

“爹，你来有啥事？”

“咋地，没事就不许你爹来了？”郭生荣笑着环视着女儿的闺房，见女儿把屋子收拾得十分干净清爽，颔首赞许。

玉凤倒了一杯清茶，双手捧给父亲。郭生荣呷了口茶，忽然问道：“凤娃，你多大了？”

玉凤一怔，疑惑地看着父亲，不明白父亲为啥突然问起她的年龄来。郭生荣含笑看着女儿，又问了一遍。

玉凤嗔道：“我多大了，爹不知道？!”

郭生荣并不生气,笑道:“爹老了,记性不好了。”

“十八了。你问这干啥?”

郭生荣慈爱地看着女儿,喃喃道:“十八了,我娃长大了,该找婆家了。”话语中透出些许伤感来。

“爹……”玉凤脸上飞起了两朵红云,撒娇地摇着父亲的肩膀。

郭生荣收起了伤感,哈哈笑道:“爹说错了么?常言说得好,‘女大不中留,留下结冤仇’。爹可不想让你恨爹。”

“爹,我可不嫁人。”

“男大当婚,女大当嫁。哪有不嫁的道理?爹问你,有相中的人么?”

玉凤没有了一点点儿往日的野性,红着脸垂着头,双手抚弄着辫梢,不吭声。

郭生荣笑道:“你若没有相中的人,爹可要替你相女婿了。你看双喜咋样?”

玉凤惊喜地望着父亲。她没料到父亲会找双喜做女婿,实在是大喜过望。郭生荣洞察到女儿的表情,捻须笑道:“这么说你愿意双喜做我的女婿?”

玉凤面若灿霞,佯嗔道:“爹,看你……”

郭生荣哈哈大笑:“那我就让你邱二叔去做媒。”

“随你……”玉凤含羞带笑,捏起拳头给父亲捶背。好久了,父女俩都没有过今日儿这般高兴快乐。

送走父亲,玉凤拉开抽屉,取出口琴。她轻轻抚着口琴,送到唇边吹奏起来,是古曲《高山流水》……

是夜,玉凤辗转反侧,难以入眠,她和双喜相识以来的桩桩件件历历在目,在脑海浮现……她对双喜可是一见钟情,她也感觉得到双喜很喜欢她，却又若即若离。是富家子弟故作矜持呢，还是他另有心上人？他家里有媳妇不假，可他是逃婚出来的；他有个相好的女同学，却远在陕北。那他为啥喜欢自己，却又要疏远自己呢？是嫌弃她是土匪的女儿么？现在父亲出面要选他做女婿。他若答应了，皆大欢喜；若不答应，父亲的脾气她知道，不会跟他善罢甘休的。想到这里，她起了一身的鸡皮疙瘩，越发不能入睡。

许久，玉凤实在睡不着，起身想去找双喜。她想去探探双喜的口气，是不是真的对自己有意。若没有，她就要给父亲说不要去提亲，免得又节外生枝闹出事来。她要独自去跟双喜见面，便轻手轻脚来到外屋。

玉凤轻轻拉开门，出了屋。她来到双喜的屋外，举手想敲门，却觉不妥：半夜三更的，她敲一个大小伙的屋门算是怎么回事？若要被人知道，好说不好听。

她呆立良久，怏怏而归。

翌日清晨，玉凤在门口捡到一封信。她心中十分疑惑，急忙拆看：

玉凤：我走了，没有当面向你辞行，真是对不住你。上岗来给你们父女招来了祸事，我真无颜面对你。你对我的情意我会永远记在心里。说心里话，我很喜欢你。我不愿留在卧牛岗，是不想干杀人放火的勾当。

如果我们有缘，那就一定会再相见的。

秦双喜即日

玉凤看着信发呆，拿信纸的双手微微颤抖，泪水流满了面颊……

第二十三章

日头西斜，双喜进了乾州城。从雍原去陕北，乾州是必经之地。清晨走得急，沿途没有镇店打尖，此刻他又渴又饥，就近进了一家饭馆。他拣了个清静的角落坐下，对面一个中年汉子埋头吃饭，面前的老碗比脑袋还大，老碗里是蘸水面。吃蘸水面需用耀州高把儿大老碗，那面宽如腰带，宽宽的一碗臊子汤，也只能盛下两根面。蘸水面极有嚼头，加上那如小盆般大小的耀州老碗所带来的视觉鼓舞，十分气派，煞是豪爽，吃起来豪情顿生。最有诱惑的是那汤，被辣椒油浇得红彤彤的，令人馋涎欲滴。这种饭食只有北方汉子吃得。

对面的中年汉子吃相十分凶猛，咬一口面片，吸溜喝一口汤，令人望而生欲。双喜禁不住咽了口垂涎。这时跑堂过来问他吃啥，他声高气粗地说了声："来碗蘸水面！"

中年汉子闻声抬起头，两对目光相遇，都惊喜地叫了起来。

"双喜，是你！我就听着声音耳熟。"

"师傅！你来乾州干啥？"

"我可找着你了！"吴富厚一把抓住双喜的胳膊，似乎怕他飞了。

“你找我干啥?”

“你饿了吧? 先吃饭,先吃饭,吃了饭我再给你仔细说……”

吃了饭,跑堂送来茶水。吴富厚呷了口茶,长叹一声:“唉,你不知道,你家出了大事了。”

双喜一惊,忙问:“出了啥大事?”

吴富厚便把秦家发生的事叙说了一遍,临了说:“你爹病了,想见见你。”

双喜似有不信:“师傅莫不是诳我吧?”

“这回不是诳你。把你爹赎出来后,你爹就病倒了,病得很重,吃药也不见起色。他一天到晚就想见见你,让我说啥也要把你找回来。没想到在这达碰上了你,真是老天有眼啊。”

双喜确信师傅不是诳他,心情沉重起来。

“双喜,我还以为你去了陕北,正想上陕北去寻你。你这些日子在哪达?”

“我上了卧牛岗。”

“上了卧牛岗?”吴富厚一惊,忙问,“听说你俊海哥也上了卧牛岗,你见着他了么?”

双喜点点头。吴富厚骂道:“这崽娃子咋能当土匪哩? 先人的脸都让他丢尽了!”

双喜抬眼看着师傅。他已年过半百,从小习武,身体强健,但毕竟岁月不饶人,两鬓已染霜,背也有点儿驼了。他本想把师兄遇难的事说给师傅,话到嘴边又咽了回去,心里说:“还是让师傅不知道的好。”

吴富厚还在骂儿子,双喜忍不住说:“师傅,这也怨不得我俊海哥,他是被逼上梁山的。"便把士兵哗变的事说了一说。临了说:"说到底都是俊河惹的祸,怨不得我俊海哥。"

"俊河那崽娃子从小就匪,现在果然当了土匪。日后我在黄泉下咋见我的兄弟哩。"

"师傅,你别这么说,这事咋的也怨不得你。"

吴富厚长叹一声:"唉,谋事在人,成事在天。你俊海哥在保安团做事,专打土匪,没想到如今倒当了土匪。罢了,不说他了,你赶紧跟我回家吧。"

双喜说:"我不想回家。"

"为啥?"

"我从家里跑了出来,事没弄成回去叫人笑话哩。"

"你咋尽说傻话哩。你爹黑里白天都盼你回去哩。我半点也不哄你,他这回病得可真不轻,你若不回去恐怕再也见不上他的面了。"

双喜大惊:"我爹真的病得很重?"

吴富厚沉重地点点头。双喜不再说啥,决定回家。当天赶不回去,主仆二人在乾州城住了一夜。第二天吴富厚雇了轿车回秦家埠。双喜这些日子心力交瘁,困乏已极,再加上轿车颠簸,躺倒在轿车里呼呼大睡。吴富厚和车把式分坐在左右车码头上。

途经卧牛岗,道路更加坎坷不平,双喜被颠醒了。他掀开轿帘,伸出头来,呆望着卧牛岗,心里在想:"玉凤此时在干啥哩?"

半下午时分,双喜回到了家。

是时,秦盛昌有气无力地躺在炕上,秦杨氏用匙子给他喂药,碧玉站在一旁端着药碗。喜梅跑了进来,捡了个大元宝似的喊道:"爹!妈!我哥回来啦!"

话音刚落，双喜一步跨进了屋，看见父亲躺在炕上，疾步走上前，叫了声："爹！"就觉得鼻子里像滴进了醋，直发酸。

秦盛昌目光呆滞地看着面前的年轻人，待看清楚是儿子时，眼里顿时有了神采，一把拉住儿子的手："真个是双喜！爹可把你盼回来了……"

"爹……"双喜声音哽咽，泪水溢出了眼眶，"都是我不好……"

"别说这话，回来就好，回来就好。"秦盛昌招呼站在一旁的儿媳，"碧玉，你过来。"

碧玉朝前走了一步。双喜看了一眼碧玉，不知道她是谁，茫然地望着父亲。

"碧玉，这就是双喜。双喜，这就是你的媳妇碧玉。"

双喜一怔，呆望着碧玉。

碧玉也呆望着双喜，泪水涌出了眼眶。俄顷，她双手掩面跑出了屋……

夜已经很深了，双喜还在父母的屋里。秦盛昌夫妇几次催他去睡，他都没动窝。秦盛昌夫妇相对一视，心里都明白了。

秦盛昌咳嗽了几声，说："碧玉是个打着灯笼都难寻的贤惠媳妇，我这次病了，是她一手煎汤熬药侍候我。"

秦杨氏也说："碧玉长得鼻是鼻眼是眼的，哪样有你弹嫌的？哪样配不上你？"

双喜没吭声。当初他是逃婚离家的，现在回家来又到她屋里去睡觉，算是咋回事！再者说，他有点儿抹不开脸，刚才他也看到了，碧玉的确长得很俊俏，可他心里却装着另一个女人。

秦杨氏催促儿子："听妈的话，快回屋去吧，再甭让你爹和我着气了。”

“妈……”双喜欲言又止,坐着没动窝。

秦盛昌恼火了:“你是要把我往死气么……”话未说完,又咳嗽起来,慌得秦杨氏急忙给他捶背抚胸。

这时喜梅走了进来。她一直陪着碧玉,安慰碧玉。她跟碧玉相处得很好,她很同情碧玉,因此很埋怨哥哥。她在碧玉屋里左等右等不见哥哥,便来兴师问罪。

“哥,你坐在这达干啥?咱爹咱妈要歇息哩!”喜梅上前一把拉起哥哥。

“梅梅……”双喜不肯出屋。

喜梅往外硬拖,拖不动,急得直叫:“妈!你看我哥!”秦杨氏过来不容分说就给女儿帮手。母女俩把双喜拉出了屋,又推搡进了碧玉的屋。秦杨氏给女儿使了个眼色,喜梅扣住了外面的门闩。

双喜摇门直喊叫:“妈!梅梅……”

喜梅道:“哥,有啥话明儿个再说吧。”

秦杨氏呵斥儿子:“黑天半夜的喊叫啥哩,快睡吧!”

屋外的脚步声响远了。

双喜沮丧地转过身来,碧玉坐在床边抽泣。他手足无措,不知如何是好。

良久,他被碧玉哭软了心,走过去柔声劝道:“别哭了,是我对不住你。”

碧玉还是哭。

他有点不高兴了:“我都给你赔不是了,你还要我咋样?”

碧玉蓦地抬起泪眼:“我受的苦遭的白眼你知道么?你说一声‘对不住’就完了?”

"那你要我咋样哩?"

"你说你该咋样?"

双喜语塞了。他茫然地环顾四周,屋里的景物既陌生又新鲜,家具都是崭崭新的,床上铺着大红缎子被,双人枕头绣着一双戏水鸳鸯,墙壁上贴着一幅斗大的"囍"字;桌子上方贴着一幅《鹊桥相会》,配着一副对联:银河天上渡双星,玉镜人间传合璧。他猛然醒悟,转睛过来,碧玉穿着红绸碎花短袖衫,两只胳膊白嫩如藕;一张俊美的脸上挂着两串泪珠,如同梨花带雨。他的心怦然一动,不能自已地挨着碧玉坐下,轻轻搂住了碧玉的肩头。碧玉就势把头歪在了他的怀里。他伸手拭去碧玉挂在脸上的泪珠,柔声安慰道:"别哭了,是我不好……"

碧玉的哭声更大了,攥起一双小拳头擂鼓似的砸着他宽宽的胸膛。他动都没动,任碧玉发泄。碧玉砸累了,把一张俏脸贴住了他的胸膛。他把碧玉紧紧搂在怀中:"都是我不好……"

碧玉埋怨道:"你还能知道是你不好?娶我的那天你为啥要离家出走,是嫌我长得不好?"

"不是,你长得很俊。"

"那是为啥?"

"我是想自由恋爱。"

"啥叫自由恋爱?"

"就是自己做主去爱一个女人。"

"谁不让你自由了?谁不让你爱了?"碧玉的玉臂蛇似的缠住了双喜的脖项,莺声如同耳语,"我没拦着你……"

双喜知道她误解了他的意思,可他不想再解释什么了。女人的柔情完全融化了他,可他却不知道自己该干什么。

碧玉在他耳畔出气如兰："咱爹咱妈黑里白天都盼着抱孙子哩……"

"老人也太心急了。"

"你就不想早点儿生儿子？"

双喜呆眼看着碧玉。碧玉眼里柔情似水，充满着一种渴望。

"你还发啥瓷！"

双喜恍然大悟，碧玉是暗示他哩。他真是个大傻瓜！他明白自己该做什么了，凶猛地扑了上去……

碧玉微微闭上眼睛，咬住嘴唇不让自己发出声来。双喜激情勃发，一发不可收拾，忘情地发泄着。碧玉再也控制不住自己了，呻吟起来。双喜一惊，忙问："你咋了？"

碧玉紧搂着他的腰，呢喃道："别停下……"赤裸的身子火炭似的烫人。

忽然，双喜脑海里闪现出玉凤的影子，一下子从峰顶跌到了谷底，胯下之物顿时蔫软了。

碧玉惊问："你咋了？"

双喜翻身下来，面有愧色。

"你想别的女人了？"泪水涌出了碧玉的眼眶。

"你别瞎说了，我乏了。"

"你一定是想别的女人了……"碧玉嘤嘤地哭。

双喜心中有愧，把碧玉搂在怀中："别哭了，赶了一天的路，我真的乏了……我搂着你睡吧。"

碧玉偎在双喜的怀中，一只手抚摸着双喜结实的胸脯。她终于得到了男人的怀抱，感到了满足，胸中的积怨烟消云散了，俏丽的脸庞上流露出甜蜜的微笑。

双喜却轻轻叹了口气。碧玉一惊:“你又咋了?”

双喜喃喃道:“早知今日,何必当初。”

“你说啥?”

“没说啥,睡吧。”

第二十四章

转眼到了冬天，天气日渐寒冷，卧牛岗上更是寒气袭人。由于围歼吴俊海那一仗把库存的布匹、棉花做了火把和引火之物，岗上过冬的棉衣成了大问题。郭生荣和邱二反复商议，决定下岗搞一批布匹和棉花，只是一时找不到适合下手的猎物。眼看到了冬天，天气更加寒冷，许多士卒还都穿着单衣，郭生荣十分心焦。

这一日，郭生荣夫妇和邱二围着火盆正商谈搞棉衣之事，有探子报上岗来，省民政厅拨发雍原县一批冬季救济物资，保安团已派一排兵力前往省城押运。三人闻风大喜过望，这才是瞌睡来了就有人送枕头。郭生荣急令探子再探再报，一定要把情况打探清楚。

以后几日探子接二连三地报上岗来，一说用汽车运走北线公路，一说用铁轱辘车运走中线官道，一说用骡子驮运走南线近道。郭生荣抽着烟，嘿嘿冷笑。秀女看着他，疑惑道："莫非这消息不实？"

郭生荣把目光投向邱二："老二，你说哩？"

邱二捻着胡须说："消息实着哩，这样的事瞒不过人的耳目。"

秀女问："那他们到底走哪条道呢？"

郭生荣冷笑道:“刘旭武给咱上眼药哩,他怕咱打劫。他肯定不走北线这条道。”

“为啥?”秀女很是疑惑。

“北线虽近,可要途经咱卧牛岗。他又不傻,为啥要往咱的枪口上撞?!”

邱二道:“不管他走南线,还是走北线,都要过漆水河。咱在漆水桥埋下伏兵,打他一个措手不及。”

郭生荣仰面哈哈大笑。

邱二当即请缨:“大哥,我带人去把这笔买卖做了。”

“不,这回我要亲自出马。”

“咋地,大哥信不过我?”

郭生荣拍了一下邱二的肩膀,笑道:“我要信不过你还能信过谁呢!好长时间啥买卖都没做了,我手痒痒得难受。这回下山过一把瘾。”

秀女在一旁笑道:“你俩都去吧,遇事也好有个商量照应。我在家里备好酒宴给你们贺喜。”

“这样最好。”郭生荣大笑起来。

午饭后,郭生荣睡了一觉,起身在山寨四处查看。山寨他苦心经营了几十年,一草一木、一沙一石都了如指掌。每次下山去“做买卖”之前他都要在山寨四处转转,并不是放心不下,而是静心谋划“做买卖”的具体方案。他觉得这回是天赐良机,在漆水河桥打埋伏十拿九稳。因此,他的心情很轻松。

忽然,有口琴声飘进他的耳朵。他略一思忖,便朝女儿的住处走去。他轻步进了女儿的闺房,玉凤站在桌前吹口琴,没有觉察到他进屋。他便悄然站在一旁。他早已听说女儿跟双喜学吹琴的事,没想到女儿吹得真动听,让他这个不谙音乐的粗犷汉子都有些感动。

一曲终了,玉凤双手抚弄着口琴,眼里泪光盈盈。

“凤娃,这口琴是双喜送你的吧?”

玉凤一惊,疾回首,见是父亲,慌忙揉揉眼睛,起身给父亲倒茶。

郭生荣呷了口茶,见女儿黯然伤神,明白女儿的心事,随口问道:“你想双喜?”

玉凤红了脸面,岔开话题:“爹,你来有啥事?”

“没啥事,我闲转哩,听见你吹口琴就抬脚来了。”

“爹,你要下岗去?”玉凤知道父亲的习性。

郭生荣点点头。

“我也要去!”

郭生荣一怔:“你干啥去?”

“整天待在岗上,把我都快憋闷死了。”

“你憋闷了就到省城去浪上几天。”

“不,我要跟你真刀实枪干上一回。”

“耍枪弄刀不是女娃干的事。”郭生荣站起身,抚摸着女儿的秀发,“凤娃,爹干的这行当,说白了就是土匪,别说你是女娃,你就是个男娃,爹也不能让你去干这杀人越货的勾当。”

“爹……”

“你别说了。爹知道你心里不好受,这都怨爹。你长大了,爹应该早点给你找个好婆家。都怨爹,都怨爹……”郭生荣的声音有点儿沙哑了。自从玉凤的娘辞世后,凡事他都顺着女儿,拿女儿当儿子养,教女儿习练武功,打枪骑马,可他从没想过要女儿也当土匪。他不想再让女儿过这提心吊胆的日子，他想给女儿找个知书达理的富家子弟，让女儿过一辈子衣食无忧的日子。起初，他并没想到秦双喜，后来秀女提醒了他，他这才留意起来，发现女儿和双喜过往甚密，且情有独钟。他对双喜一直心存好感，这小伙知书达理，能文能武，且家财万贯，是个难寻的好女婿。美中不足的是双喜是秦盛昌的后人，他与秦盛昌结下了梁子，且他与秦盛昌是两条道上跑的车，秦家能娶他的女儿做媳妇吗？可女儿偏偏喜欢上双喜，看情景，双喜也喜欢玉凤。也罢，由不得他秦盛昌做主，他要为女儿成全这桩美事。没料到的是，双喜又偷偷下山了。现在看到女儿失魂落魄的样子，他很是心疼。他打定主意，这次下岗劫过冬物资回来，就把女儿的婚事当作头等大事来办。

玉凤从没见过父亲如此伤感，大为感动："爹，我从没怨过你……"

"爹知道你不怨爹，爹是自个儿怨自个儿。等爹回来，一定要给你找个称心如意的好女婿。"

"爹，你别牵挂这事。下山去千万要当心，我等着你平安归来。"

"放心吧，你爹是老虎哩，谁能把你爹咋了。"郭生荣呵呵笑着，却分明觉得鼻子滴进了醋，直发酸。他也弄不明白，今儿个自己是怎么了，在女儿面前老想掉泪。

郭生荣怕女儿看出自己失态，起身离去。

走出几步又回过头来："凤娃，你一人住在这达太孤单了，爹放心不下，还是让小玲来给你做伴吧。"

玉凤不想让父亲太伤心，点了点头。

回到自己住处，秀女见他脸色不好，忙问咋了。郭生荣叹了口气,说:“还真让你说对了,凤娃恋着那个秦双喜。”

秀女说:“其实,双喜也恋着凤娃,不然的话他不会给凤娃通风报信的。”

郭生荣点点头,可又很疑惑:“那他为啥要走哩?”

“我估摸他一是不想上山为匪,二是吴俊海死了,他怨恨咱哩。”

郭生荣叹道:“他把凤娃害了。”

秀女一惊,忙问:“他咋把凤娃害了?”

“凤娃为他害了相思病,要跟我下山去耍枪弄刀。”

“你答应了?”

郭生荣摇摇头:“我不想让她再走这条路,她妈临了时再三叮嘱要我照管好她,给她找个好女婿,让她平平安安地过日子。哎,我这个爹没当好,把给她寻婆家的事疏忽了。这次下山回来,我一定要给她寻个好婆家。”

秀女说:“只怕她的心思在双喜的身上。”停了一下又说,“其实双喜是个好娃哩,配得上玉凤。”

郭生荣说:“我跟秦盛昌结下了梁子,咱又是草寇,秦家能娶玉凤做媳妇?”

秀女冷笑一声:“哼,咱就不能让双喜当上门女婿?”

郭生荣一捶大腿,咬牙道:“也罢,这次下岗回来我就办这事。我就是上天入地也要把秦双喜找回来,不管咋样我也要凤娃开开心心地过日子。”

清晨,双喜躺在床上睡回笼觉。他最终拜倒在碧玉的石榴裙下。其实男人都得输给女人,如同再高再粗的大树迟早要做大地的俘虏一样。

双喜昨晚在温柔之乡缠绵得太久,有点困乏,可他并无睡意,双手枕在脑后,眯着眼睛看碧玉梳头。

忽然,窗外响起了丫鬟菊香着急的喊叫声:“少爷！老爷叫你赶紧来上房!”

双喜很不高兴,嘟囔道:“大清早的有啥要紧事,也不让人消停消停。”

碧玉从沉醉中醒过来,说:“别人来疯了,咱爹叫你肯定有紧要的事哩。”

双喜这才放下碧玉,整好衣服。

来到父亲屋中,双喜看见父亲脸色蜡黄,出气如拉风箱,母亲在炕头暗暗垂泪,不禁大吃一惊,急步上前问安。

秦盛昌喘息半天,示意儿子坐下。双喜顺从地坐在父亲身边:“爹,我请崔先生来看看。”

秦盛昌摇头:“爹这病怕是好不了了……”

双喜泣声道:“爹,你别这么想,我送你到省城去治。”

秦盛昌咳嗽了一阵儿,说:“爹不想把这把老骨头扔在省城……你听我说,家里的事字号里的事从今往后就交给你管了……”

“爹,我怕担不起这个担子……”

“你担得起。我离你爷时才十七岁,你如今都二十二了,又装了一肚子墨水,称得上能文能武。凡事只要用心去做就没有做不了的事……”秦盛昌说着又大咳起来,慌得双喜和母亲急忙给他抚胸捶背。

半晌,秦盛昌才止住咳嗽,喘着粗气说:“今儿个就让你师傅带着你到各字号去看看。”

双喜拭泪点头。

出了父亲的屋，双喜亲自去请崔先生。崔先生诊完脉，秦盛昌笑着脸问："老弟，你看我还能活多长时间？"

崔先生拍着他的手背，莞尔一笑道："老哥说的这叫啥话，没啥大不了的病，吃几服药就会好的。"

"我咋觉着一天不如一天？"

"不能性急，有道是'病来如山倒，病去如抽丝'。老哥英雄一辈子，一下子躺倒了心里肯定着急。性急可是治病的大碍哩，老哥万万不可着急。"崔先生笑呵呵地说道，"老哥可要遵从医嘱，不然的话，我的名声就要毁在你的手里了。"

秦盛昌也笑了起来："你这么一说，我不想听你的话也得听你的话喽。我可不愿让你骂我一辈子。"

"老哥，安心养病，过两天我再来看你。"崔先生起身告辞。

双喜送崔先生到前院，见左右无人，低声问道："崔先生，你看我爹的病有无大碍？"

崔先生面色沉了下来："不瞒秦少爷，令尊大人的病因气而起，气聚而不散，侵入胸肺，现已成为肺痨。"

双喜大惊："肺痨？！无药可治了么？"

崔先生摇头叹道："病入膏肓，药石无法奏效。令尊大人时日恐怕不多了，秦少爷还是早做准备的好。"

送走崔先生，双喜回到屋里，愁眉不展。碧玉送上一杯清茶，问道："你咋了？是不是咱爹的病不好？"

双喜长叹一声："唉，崔先生让咱给爹准备后事哩！"

碧玉一惊："有这么严重？"

"爹得的是肺痨，这病传染，你要把爹用的碗筷顿顿煮一煮，不可弄乱。”

碧玉点头。

“这事你要亲自做，不可让爹知道，也不可让妈知道。爹的病咱得瞒着。”

碧玉连连点头。

双喜呷了口茶，放下茶杯垂下头，不再说啥。碧玉走过来，偎在他身边，柔声道：“你想开些，别愁坏了身子。”

双喜轻叹一声：“老天咋老跟我们老秦家过不去呢！”

碧玉说：“老天爷也许是对的，不然的话就留不住你。”

双喜一怔，呆眼看着碧玉。碧玉偎在他怀中，悲声说：“我真怕你丢下我又走了……”

双喜抚着碧玉的秀发，良久无语……

过了两天，吴富厚陪着双喜去昌盛堂的各家店铺作坊查看。每到一处，柜台主管和伙计们毕恭毕敬地打招呼：“少掌柜来了！”透着十二分的亲热和小心。双喜面含微笑点头。来到皮货店，这是个五间门面，不仅是昌盛堂在秦家埠最大的店铺，也是这一方土地上最大的皮货店。柜台杜总管已年过半百，毕恭毕敬地把双喜迎进客厅，伙计送上茶水。寒暄几句，杜总管取来账本让双喜过目。双喜翻开账本，页页都是密密麻麻的数字，不禁皱了一下眉。他粗粗地翻了一遍，把账本还给杜总管。杜总管赔着小心道：“少掌柜有何指教？”

双喜看了师傅一眼，吴富厚的脑袋晃了一下。他笑了笑，不置可否。

出了皮货店，双喜叹道：“唉，师傅，只怕先人创的家业要败在我手里。”

吴富厚一怔,道:“这话从何说起?”

“我一看见账本上的数字就头痛。”

吴富厚笑道:“那你在学堂是咋念的书?我看你的书念得很不错哩。”

双喜说:“我在学堂最头痛数学课,念得好的是国语。”

“账本上的那些洋码数字可都是钱哩。”

“都是钱么?”

“可不都是钱!你可得把这个家掌管好,别让你爹放心不下。”

双喜却说:“要那么多钱干啥,够用就行了。”

吴富厚一怔,随即笑道:“你说的是傻话,啥叫够用?钱再多也没人嫌多。”

双喜说:“钱多有啥好?整天提心吊胆地过日子。你没听人说,房是招牌地是累,攒下银钱是催命鬼。”

吴富厚止住步,呆看着双喜。双喜讶然道:“师傅你咋了?”

吴富厚道:“你这话说得也很有理。”

双喜笑了:“师傅你这是夸我,还是骂我?”

吴富厚也笑了:“不是夸,也不是骂,只是就事论事。可不管咋说,有钱总比没钱好,你说是不是这个理?”

双喜点头:“师傅的话我明白了,我会安心掌管好这份家业的。”

“这就好,这就好。”

第二十五章

郭生荣临下岗时，又让邱二占一卦。邱二取出那些物什，并没急于占卦，他让喽啰端来一盆清水，仔细地洗起手来。洗罢手，他闭目凝神半晌，这才摇起了铜盒。打开铜盒，依次取出铜钱排列在桌上，有四枚铜钱正面朝上，两枚铜钱背面朝上。邱二呆望着铜钱，眉头拧成了墨疙瘩，半天无语。郭生荣和秀女站在他身旁，默然地看着他。良久，邱二开了口："大哥，卦象不好。"

郭生荣急问："咋的不好？"

"这是水底捞月之象。"

"咋的是水底捞月？"

邱二念出几句口诀："一轮明月在水中，只见影子不见踪，愚夫当时下去捞，摸来摸去一场空。"

郭生荣听明白了："这就是说咱们下岗去是劳而无功。"

邱二点头。

秀女说："当家的，那就别去了。"

郭生荣不语。他身边几个喽啰都穿着单衣，在寒风中瑟瑟发抖。站在一旁的赵熊娃忽然说："怕啥哩，害怕地蝼蛄咱就不种庄稼了?”

郭生荣猛一拍大腿:“熊娃说得对,是肉是骨头,我都要咬狗日的一口!”

回到住处,郭生荣躺在炕头闭着眼睛,双手枕在脑后。秀女走过去坐在炕边,柔声问道:“想啥哩?”

郭生荣睁开眼睛,呆看着身边的女人。突然,他伸手把女人揽进怀中,动手就解女人的衣扣。女人在他的手背上打了一下:“别骚情了,改天吧。”他没有停手,不屈不挠地动作着。女人不再拒绝,遂他所愿。

云雨过后,秀女枕着他粗壮的胳膊,一手抚着他宽厚结实的胸膛,燕语轻声道:“当家的,邱二的卦不好,你就别下岗去了。”

郭生荣摇了一下头:“不行哩,你也拿眼睛看着,弟兄们都冻得缩成一蛋子了。到了三九天,会冻死人的。”

“咱另找个机会动手?”

“这回就是个十分难得的机会。过了这个村就没有这个店了。”

“我就怕万一出点儿事……”

“怕啥哩,头割了才碗大个疤么。”

“别胡说了。”

“好,好,不说这了,咱说点儿高兴的。你几时给我生个球球娃(男娃)?”

秀女一怔,半晌满怀歉疚地说:“我只怕啥也给你生不出来了。”她知道自己在妓院待过,生育也许不行了,找过好几个大夫,吃了不少药,可至今没有怀孕的迹象。为此她偷着掉过泪。

郭生荣原本想让秀女开心高兴,没想到又触及秀女的痛处,急忙说:“生出生不出也没啥。别看凤娃是个女娃,她肚里有牙哩!男娃也比不上她。”少顷又说:“近些日子凤娃对你的脸色好多了,也不冷言冷语呛你了。”

“是好多了,可她还跟我隔着心哩。”

“唉,她的脾气也太倔了。”

“还不是随了你?撒的啥种结的啥瓜嘛!”

“你说的也是,凤娃的脾气是随了我。秀女,跟你说心里话,我这会儿就是脑袋掉了也不留恋啥,就是放心不下你和凤娃……”

“你又胡说哩……”

“你听我把话说完。凤娃是我郭鹞子留下的根,你是我的心肝宝贝。你说我能放心得下?看着你们两个闹别扭,别提我心里有多难受了,我说你两个谁哩?说谁都伤我的心……”

“当家的,你别说了,我明白你的心。”秀女把脸贴在男人的胸脯上,“我跟了你就生是你的人,死是你的鬼……”

“你咋也胡说哩?”

“你也听我把话说完。我要你放心,往后凡事我都让着凤娃,她是你的女儿,也就是我的女儿!”

“秀女,我的好女人……”郭生荣把女人紧紧搂在怀中。

这时,就听邱二在窗外喊道:“大哥,时辰到了,该出发了!”

郭生荣把女人更紧地抱了一下,随即松开,跃身下了炕。秀女坐起身,再三叮咛:“当家的,千万要当心!”

郭生荣临出门时,回头笑道:“你安排人杀猪宰羊,给我把酒宴摆好。”

出了门,郭生荣见邱二还有几分犹豫,便有点恼怒:“老二,你今儿个是咋了?走!别磨蹭了!”大步流星地走在前面,邱二和一队人马紧随其后。

邱二占卦半生,有准有误,这一卦实实在在地让他占准了:这是刘旭武和吴俊河设的一个圈套。这些日子吴俊河派出好多探子打探消息,他一直在寻找机会歼灭郭生荣。他得知郭生荣为过冬的棉衣发熬煎,眉头皱了半天,计上心来。他给刘旭武献计,以过冬物资为诱饵,引郭生荣下岗,伺机歼灭。刘旭武觉得这是个好主意,就依计而行。郭生荣原本十分狡黠,常常是不见兔子不撒鹰。这次他却轻易地上了钩,究其原因:一是卧牛岗上急需过冬的棉衣棉被,二是刘旭武和吴俊河的这个圈套设计得很周密。

省民政厅给雍原县调拨了一批过冬物资是确有其事,这是刘旭武亲自去省城找姜仁轩疏通各种关节给雍原县争取来的。物资还真的不少,棉衣棉裤棉被棉鞋什么都有。刘旭武并没有急于派人去省城押运这批物资,而是故意让人把这个消息传出去,且传出去了好几种消息。他知道郭生荣奸诈狡猾,故意为之,好勾引郭生荣上钩。郭生荣果然上了钩,他下岗后在漆水河桥旁埋下伏兵,想全部劫走这批过冬物资。他万万没有料到他的人马早已落到了刘旭武和吴俊河的埋伏之中。

冬日的后半夜十分寒冷,匪卒们的衣着又十分单薄,冻得瑟瑟发抖。有人要笼起篝火抵御风寒,郭生荣怕暴露目标不许点篝火。匪卒们实在忍受不住寒冷的侵袭,便挤成一堆,用体温温暖别人的同时也获得别人的温暖。

天,终于亮了。匪卒们这才散开来,搓脸揉手活动冻麻木了的肢体。太阳懒懒地升了起来,坡坎下面的官道沿河迤逦通上漆水河桥,道上没有狗大个儿人影。漆水河结上了厚厚的冰凌,在阳光的照耀下泛着白光。河两岸的芦苇在寒风中抖着,几只水鸟从芦苇深处飞出,在河滩觅食。整个河谷空旷荒凉,只有清晨的寒风在肆虐。有些匪卒忍受不住了,开始骚动起来,不住地跺脚骂娘。郭生荣把一口浓痰砸在冻得如生铁般的脚地上,怒喝道:“都老实点!谁要暴露了目标,我的枪可不认人!”匪卒们这才安定下来。

太阳升到了头顶,驱走了些寒气。虽然暖和了些,可匪卒们的肚子唱开了空城计。下岗时走得太急,谁也没料到会拖这么长时间,大伙谁也没带干粮,此时都感到又冷又饿。有人又开始骂娘了。邱二把裤带往紧系了系,仰脸看着头顶白惨惨的太阳,嘟囔道:“大哥,消息恐怕不可靠吧?”他也有点失去信心。

郭生荣一声不吭,眼睛瞪得像鸡蛋,紧盯着坡坎的官道,额头竟然有豆大的汗珠滚下,钻入毛茸茸的胡须中,忽然沉闷地说了声:“来了!”

众人闪目疾看,只见官道上出现一个驮队,约莫有十五六匹骡马,每头牲口都驮着大驮子,且有一队团丁押运护卫。郭生荣凶凶地一笑,咬牙道:“都把精神拿出来,不要放走一个驮子!”

匪卒们顿时都把精神抖擞起来,瞪圆眼睛盯着驮队。

驮队很快上了木桥,为首的官儿举目四下张望,似乎寻找什么。就在这时,郭生荣发了一声喊:“打狗日的!”手提盒子枪跃身而起,直扑桥头。

众匪卒紧随其后往桥头冲,不知谁的枪走了火,发出一声吓人的响声。桥上那伙押运驮队的团丁听见枪声,并不抵抗,撒腿就跑,转眼间钻进了芦苇丛不见了踪影。驮队的牲口失去了控制,嘶叫着尥蹶子。因为缰绳串在一起,牲口们挤成了一堆,堵住了道。郭生荣喝令手下的人赶紧拉住牲口,他最怕牲口惊了,把背上的驮子甩到河里。这时就见邱二失急慌忙地奔过来喊道:“大哥,不好了!”

郭生荣急问出了啥事。

“驮子是空的!”邱二的声音都变了调。

郭生荣大惊,一把拽下一个驮子,急急打开,里边装的竟然是麦草、玉米秆。他一下子就傻了眼。

“大哥,咱们上当了!”

郭生荣打了个寒战,疾喊一声:“快撤!”可已经晚了,土坡两边响起了爆豆般的枪声,几挺机关枪封锁住了桥头。郭生荣急了眼,抬手就是一梭子,狂嘶乱跳的牲口倒在血泊之中。郭生荣率着人马踩着牲口的尸体往这边桥头冲,还未到桥头,又有两挺机枪的火力扫过来,冲到前头的匪卒都做了冥间客,后边的匪卒慌忙趴下。

郭生荣又组织了几次冲锋,都被对方的火力打退了。他一双大眼珠子红得往外喷火,牙齿咬得咯咯直响。形势十分险恶,谁都看得清楚。伏在他身边的赵熊娃切齿道:“叔,跟狗日的拼了!”

郭生荣不吭声,一双眼睛搜索着对方的疏忽之处。赵熊娃急红了眼:“叔,我给咱杀开一条血胡同!”抱起机枪,猛跳起身,大吼一声:“弟兄们,冲啊!”手中的机枪爆响起来。

一伙人尾随着赵熊娃往外猛冲。对方的轻重火力一起开火,赵熊娃冲出十多米一头栽倒在地上,再没有起来。郭生荣急忙伏身在一匹死骡背后,叫了声:“熊娃!”一拳砸在自己的胸脯上。

吴俊河指挥着团丁们冲了过来。郭生荣的眼睛往外喷火,盒子枪弹无虚发,冲在前头的团丁都送了命。弹匣的子弹打光了,郭生荣扔了盒子枪,转身去找枪,却一眼瞧见了邱二。邱二浑身是血,趴在地上大口喘着气。他急忙过去,抱起邱二:“老二,你挂彩了！”

邱二沮丧道：“大哥，咱们今儿个算是完球了……”

“老二，别怕，我背你冲出去。”

邱二苦笑道：“我怕球哩，头割了不就碗大一个疤么。”

郭生荣把他往紧搂了搂：“好兄弟，不怕就好。有道是‘瓦罐不离井边破，将军难免阵上亡’。咱们干的这营生本来就把脑袋在裤腰带上拴着呢，今儿个掉在这地方也不算个啥。”

邱二说：“我是说咱弟兄们打了一辈子雁，这一回倒叫雁鸽瞎了眼睛。”喘口气又说，“大哥，咱们本来是要干大事的，一时不小心翻在了阴沟里。我不服啊……”

郭生荣苦笑道：“这也许是天意。”

这时两边的伏兵冲了上来，黑压压的一片，数不清有多少人。他们边冲边喊叫：“不要放跑了郭鹞子！”

“活捉郭鹞子！”

郭生荣冷笑一声：“狗日的还想捉活的，只怕牙没长全哩！”他放下邱二，捡起邱二的枪瞄都不瞄就射起来，冲在前头的团丁木桩子似的都栽倒在地上。

吴俊河急忙伏倒在地，咬牙叫道：“机枪！”

机枪手架起了机枪，嗒嗒嗒地扫射起来。郭生荣左肩挨了一枪，咬牙翻身一滚，抬手一枪，机枪哑了。吴俊河红了眼，一把推开机枪手的尸体，抱起了机枪，怒吼道：“郭鹞子拿命来！”就是一阵狂射。

打光了两个弹匣，吴俊河这才歇住了手。桥上没有什么动静了，吴俊河看看左右，两旁的团丁都瞪眼看着他。半晌，一个团丁疑惑道：“都死光了？”

吴俊河扔了机枪,握紧手枪跃身而起:“弟兄们,上!”

团丁们小心谨慎地上了桥头,桥上横七竖八地摆满了牲口和人的尸体,殷红的血液肆意流淌着,在白花花的太阳照射下是那样触目惊心。团丁们望着犹如屠宰场般的桥面,都起了一身的鸡皮疙瘩,迟疑着不敢向前。

吴俊河红着眼睛喊:“上啊,看还有没有出气的!”率先踏上了腥红的桥面。

邱二的尸体在一匹死骡背后找到了,全身打成了筛子底。吴俊河走过去,发狠地又朝邱二的脑袋开了两枪。邱二的脑袋开了花,脑浆溅了一地。郭生荣躺在一大堆尸体中间,他的全身上下被血浆了,吴俊河是从相貌上认出了他。他的大胡须奓着,一双眼睛睁得滚圆,瞪着青天。众团丁见他面目如此狰狞,都不寒而栗,畏缩不前。吴俊河壮着胆,提着枪上前一步,冷笑道:“郭鹞子,你也有‘走麦城’的时候!”

郭生荣没有动弹。

“狗日的死了?”

吴俊河又朝前走了一步,嘿嘿冷笑:“郭鹞子,我还以为你是铜头铁臂哩,没想到这么不经打。你不是凶得很么,咋这会儿躺在脚地装起死狗来了!”骂着,狠狠地朝郭生荣的尸体踢了一脚。

突然,郭生荣跃身而起,双手掐住吴俊河的脖子。吴俊河实在没料到,被掐得直翻白眼。团丁们都大吃一惊,慌忙举起枪。可两个人扭成一团,团丁们不敢贸然开枪,怕伤了吴俊河。少顷,一个高个儿团丁最先明白过来,从背后捅了郭生荣一刺刀。紧随其后,又有数把刺刀插进了郭生荣的身体,郭生荣这才极不情愿地松开了手,石碑似的倒在地上,两只眼睛瞪得滚圆,怒视着青天。吴俊河气急败坏，把枪口对准郭生荣的脑袋，扣动扳机，一梭子弹打了出去。郭生荣的脑袋开了花，脑浆溅了吴俊河一身一脸。

歼灭了郭生荣的人马，吴俊河又向刘旭武请缨，要趁热打铁去打卧牛岗。这正合刘旭武的心意，当即让吴俊河带领一个加强排做尖刀直插卧牛岗，自己率大队人马紧随其后。

吴俊河是从后岗偷偷摸上岗的，几乎没遇到什么抵抗。岗上留的人很少，连伙夫算在内，也不过十三四个人，没有什么战斗力，且完全未加防范。秀女指挥着他们杀猪宰羊准备大摆庆功喜宴。

最先发现吴俊河的是小玲。小玲是昨儿个过来陪伴侍候玉凤的。以前小玲常来找小翠玩，知道小姐有迟睡迟起的习惯，可她不能睡懒觉，早早起来去做早饭。玉凤这时已经醒了，感到心慌意乱，她以为是晚上没有睡好所致。父亲带着人马下岗后，她就一直没睡着，刚刚睡着，却被一个噩梦惊醒。她梦见父亲浑身血污地站在她的床前，她急问父亲咋了，父亲一句话不说，只是呆呆地看着她。她再三追问，父亲说了句："凤娃，往后你要自个儿照管好自个儿，爹走了。"

她急问："你到哪达去？"父亲不语，转身就走。"爹！"她大叫一声，翻身坐起，原来是一场噩梦。她捂着突突乱跳的胸口，浑身沁出了冷汗。这时小玲送来了早饭，见她魂不守舍的样子，忙问："小姐，你咋了？"

她回过神来，摇摇头。小玲把饭送到她的面前，让她吃饭。她接过碗，却没一点儿胃口，胡乱吃了几口，搁下碗翻身又去睡，可怎么也睡不着，复又坐起。

小玲见她这般模样，说道："小姐，今儿个天气很好，咱们到外边游玩游玩去。”

玉凤觉得这个主意不错,便和小玲走出屋门去外边游玩。

天气真的很不错,薄雾散尽,阳光暖暖地照着,似乎到了早春。主仆二人信步漫游,冬日的山野没有什么好景可看,却让人眼界开阔。渐渐地,玉凤的心情安定了下来。转了几个地方,太阳升到了头顶。小玲忽然说:“小姐,回吧,我的肚子饿了。”出屋时她没有吃早饭。

玉凤笑道:“饿死鬼掏你肠子哩!”也觉着肚子空空的,转过身往回走。

小玲忽然叫道:“小姐,快看!”抬手直指沟口。

玉凤闪目疾看,只见从沟口钻出一支队伍,约有七八十个人。她一怔,一时竟没明白是怎么回事。

小玲急道:“是保安团的人马!”

玉凤浑身一激灵,禁不住打了个冷战,失声道:“老爷他们出事了!快回去报信!”

主仆二人拔枪在手撒腿就往回跑。那边的队伍瞧见了她俩,并没有开枪,行动更加迅速,狗撵兔似的追了过来。玉凤回头一看,情急生智,朝天放了两枪。

是时,秀女正在厨房忙活着。按说她不用动手,光动嘴就行了。可她是个闲不住的人,她知道郭生荣最爱吃红烧肘子,便亲自动手做这道菜。不知怎么搞的,进了厨房她一直心不在焉。肘子烧好了,她一尝不是个滋味。站在一旁的伙夫看她直皱眉头,忙问咋了。她把汤勺给了伙夫,伙夫一尝,咧着嘴说:“夫人,盐放得多了。”她这才恍然大悟,想起放了两回盐,怪不得不是个滋味。她自嘲地笑了笑,解下围裙交给伙夫,吩咐道:“你另烧吧。”

秀女出了厨房，一阵冷风袭来，她不禁打了个寒战，举目望着远方，心里在想：当家的得手了么？

就在这时，传来了枪声。她心中一惊，下意识觉得出了啥事，急忙喊叫厨房的人。几个伙夫跑了出来，有的手执汤勺，有的手拿菜刀，还有一个拿着炒勺，异口同声问道："夫人，有啥事？"秀女刚要命人去打探情况，只见玉凤和小玲提着枪慌慌张张跑了过来，急忙问："哪里打枪？"

小玲气喘吁吁地说："夫人，保安团的人马上了山！"

秀女大惊，一撩衣衫，掣出了手枪。玉凤说："我爹他们一定出了事！"

说话间，保安团的人马追了上来，子弹飞蝗般地扫了过来，秀女身边的一个马弁中弹倒在地上，胸口的鲜血汩汩而出。秀女脸色大变，急喝一声："快撤！"

一伙人撤进了山神庙。秀女喝令一声："守住庙门！"她的两个马弁率着十几个人守在庙门两旁，拼命抵抗。

玉凤和小玲都有点儿发怔，一时不知如何是好。秀女说道："快进庙！"

三人匆匆进了庙。秀女来到山神像后，用力一推，闪出一条大缝来，原来山神像背后是个门洞。玉凤讶然地看着洞口，她没想到这里还有个逃命的去处。秀女道："你俩快进去！"

玉凤和小玲钻进洞口。玉凤回首说："你也快进来吧！"

秀女说："你俩快走吧！这个地道直通岗下。"

玉凤一怔，忙问："你咋办？"

"别管我，你快走！小玲，一定要把我家小姐保护好！"秀女说着就要关闭洞门。

玉凤紧抓洞门,叫了声:“娘……”只觉得鼻子直发酸。

秀女浑身一震,定睛看着玉凤。

“娘,要死咱们死在一搭……”玉凤的泪水夺眶而出。

秀女苦笑道:“玉凤,别说傻话,为啥都要死呢?你爹就你一个女儿,留得青山在,不怕没柴烧。”

“娘,以前都是我对不住你……”玉凤泪水满面。

秀女也泪水盈眶:“玉凤,你今儿个能叫我声娘,我就知足了……”

“娘!……”

这时庙门口枪声如同爆豆。

秀女猛推玉凤一把,“快走!”急忙关上洞门。她转身来到大殿前,就见一个马弁跑了过来。他浑身是血,弄不清哪里受了伤,手中的枪还冒着一缕青烟,喘着粗气说:“夫人,保安团的人太多,顶不住,你快从后门走吧!”

秀女举目一看,守庙门口的喽啰仅存三四个,且都挂了彩,而门外的团丁黑压压的一片,火力十分凶猛,一梭子弹破窗而入,打在身后的白灰墙上,顿时灰渣飞溅,显出一排弹洞来。马弁见形势不妙,疾叫一声:“夫人,快走!”拽着秀女的胳膊要从后门走。秀女却甩开马弁的手,大步出了大殿。马弁慌忙紧随其后。

秀女率着几个残兵边打边退,而且不住地大喊大叫。显然她是故造声势,把团丁的注意力往自己身上引。她怕团丁们进了庙,在庙内搜索,找出地道口。团丁们果然都注意到了她。吴俊河一眼就认出了她,兴奋地对身旁的刘旭武说:“团长,那个俏娘们儿就是郭鹞子的压寨夫人。”

刘旭武早已注意到了秀女,皮里肉里透出了凶笑:“告诉弟兄们，谁捉住那个女人，官升一级，赏大洋一百！”

团丁们得到命令，一哇声地喊：“捉活的！捉活的！”蜂拥而上。

秀女退出山神庙，慌不择路，穿过杂草丛生的小树林往西撤退。团丁们穷追不舍，秀女回头一看，身后只剩下一个马弁。子弹像飞蝗一样从她的头顶和身边飞过。若不是刘旭武的命令，她肯定被打成了马蜂窝。此时此刻，她什么也不想，只是往前狂奔。

忽然，马弁扑倒在地。秀女一惊，转身去拉马弁，只见马弁背上有茶杯大小一个洞，鲜血汩汩而出。

“夫人，快走……”马弁头一歪，趴在地上不动了。

秀女红了眼，抬枪就是一梭子。她捡起马弁的枪，轮换射击，边打边退。团丁们不敢开枪伤她，趴在地上，不敢向前。

忽然，枪声停了，四野显得格外寂静。团丁们感到诧异，面面相觑，可都趴在地上不敢动弹。

半晌，有人醒悟过来，喊叫道：“俏娘们儿没子弹了！”

可还是没人敢带头往前冲。好半晌，吴俊河骂了一句：“狗日的别装死了，跟我上！”跃身而起往前冲。见有人领头，团丁们爬起身蜂拥而上。

秀女是没子弹了。她扔掉空枪往后撤，没想到她退到了绝路，一道土崖挡住了她的退路。她站在崖头往下看了一眼，崖壁如刀削斧劈的一般，裂出几道大缝来，缝中生出些许杂树，横七竖八的树枝斜刺出来。崖谷深不可测，有冷风生出，吹散了她的头发。她在岗上待了好些年，还真不知道有这么一个断崖。难道这里是她的归宿？她闭上了眼睛，有两颗泪珠从眼角滚出。

刘旭武和吴俊河都看到了她的处境。俩人提着枪从容地走了过来，身后跟着黑压压的团丁。

秀女拭了一把眼泪,转过身来,猛喝一声:"站住!"

刘旭武和吴俊河都是一惊,站住了脚。刘旭武给嘴角上叼一根烟,吸了一口稳住神,皮笑肉不笑地说:"你可是郭生荣的老婆?"

秀女怒目瞪着他。

"你想知道郭生荣的下落吗?"

"我当家的咋样了?"

"他被我们打死了。他是条汉子,死得很硬气。"

"当家的!"秀女叫了一声,眼里闪出泪光。

刘旭武笑了一下:"你如果投降的话,我会留你一条活命的。"

"你是刘旭武吧?"秀女拭了一把眼睛,猛一扬头,冷笑道,"你看我会投降么?"

"你年纪轻轻,长得又很俊,重新找个男人过男耕女织的日子有啥不好呢?"

秀女笑了起来,笑声如同破裂的铜铃在风中摇荡。忽然,笑声戛然而止,她说道:"刘旭武,你也太小看郭生荣的老婆了。"

吴俊河在一旁说道:"只要你说出郭玉凤在啥地方,就饶你不死。"上岗后他就四处寻找玉凤和双喜。

秀女冷笑道:"吴俊河,你是个猪狗不如的东西,也有脸在这地方说话,可恨当初玉凤没一枪毙了你!"

吴俊河大怒:"死到临头了,你还嘴硬!给我捉活的,让她认得狼是个麻的!"

团丁们蜂拥而上。秀女猛地回过身,一跃跳下崖去。众人都是一惊,止步不前。俄顷,刘旭武走到崖头,望着阴气森森的崖谷半晌无语。吴俊河也率队走到崖头,命令士卒向崖谷射击,被刘旭武拦住了。他叹道:"原来听说郭生荣的压寨夫人十分了得,今儿个才知道不是虚传。”遂带着人马离开崖头。

吴俊河赶上一步，说道：“团长，还漏掉了两个匪首。”

“是谁？”

“一个是郭生荣的女儿郭玉凤，一个是秦双喜。”

“秦双喜？他真的是土匪头子？”

“是土匪头子。他跟郭玉凤勾搭在一块儿，团长不信可以问姜团副。”

吴俊河转脸看着姜浩成。姜浩成在这一点上和吴俊河的利害得失是一致的，点头道：“团长，卧牛岗的土匪都知道秦双喜是郭生荣未来的女婿。”

吴俊河说：“还‘未来’啥呢，俩人早都连在一搭了。”

刘旭武沉吟起来。

吴俊河察言观色说：“团长，斩草不除根，遗患无穷！”

姜浩成煽风点火地说：“秦双喜和郭玉凤是雌雄两只虎，只怕会吃人不吐骨头。”

吴俊河又说：“我估计他们逃到秦家埠去了，咱们突出奇兵，来个瓮中捉鳖。”

刘旭武攥紧拳头猛地往下一砸，命令道：“浩成，你和吴俊河马上带人去秦家埠抓秦双喜和郭玉凤。记住，不可乱伤无辜。”

第二十六章

秦盛昌的病时好时坏，这几日又显沉重，白天尚好，到了晚上不住地咳嗽。秦杨氏和丫鬟菊香轮流侍候在身旁。

是夜，秦盛昌喝了药沉沉睡去。菊香打熬不过坐在一旁打盹。秦杨氏看着无事，叫醒菊香，让她回屋去睡，随后吹灭灯，倒身也去睡。

不知过了多久，秦盛昌又大声咳嗽起来。秦杨氏惊醒，点灯披衣坐起，慌忙给老汉抚胸捶背。好半晌，秦盛昌才止住了咳嗽。

"你喝水么?"

秦盛昌摇头："你睡吧。"他心疼老伴。自他病后，老伴一直侍候在身旁，着实吃苦受累了。

秦杨氏困倦已极，吹灭灯，复又睡下。老两口儿沉沉睡去。

夜，漆黑，伸手不见五指，不闻鸡鸣犬吠，只有风在树梢上哗哗作响。

忽然，响起了敲门声，疾如擂鼓，在深夜中显得惊天动地。大黄狗从窝里扑出，狂吠起来。睡在门口偏房的吴富厚惊醒，忽地坐起身，急穿衣衫，顺手摸了一根水火棍出了屋，大声喝问："谁?"

“保安团,快开门!”

吴富厚一怔,保安团的人深更半夜来干啥?莫非有诈!他扒在门缝往外看,外边火把通明,黑压压的一群人,荷枪实弹,果真是保安团的人马。他不禁打了个寒战。

“快开门!”

吴富厚稳住神,问道:“深更半夜的,你们有啥事?”

“我们抓土匪!”

“你们敲错门了吧,我们府上没有土匪。”

“少废话,快开门!”

“老总,我们府上真的没有土匪。”这时另外的两个护院和几个伙计都起来了。吴富厚示意他们都拿起家伙。他看出这伙人来者不善。

“再不开门我们就用手榴弹炸了!”

吴富厚真怕这伙人用手榴弹炸门,一边使眼色让一个护院给里边的人报信,一边上前开门。

秦盛昌夫妇早已惊醒,秦盛昌疑惑道:“莫非是郭鹞子的人来打劫!”秦杨氏爬起身说:“我出去看看。”

门开了,一伙团丁往进就拥。吴富厚一横水火棍拦住他们,“慢着!有啥话就在这里说,别惊扰了家里人!”

姜浩成上前一步:“你就是秦盛昌?”

吴富厚反问一句:“你是啥人?”

姜浩成冷笑道:“我是啥人?你长着眼睛出气哩!”

吴富厚目光一扫,瞧见了吴俊河,叫道:“俊河,你过来!”

吴俊河没料到伯父从半道上杀出,一时不知如何是好,迟疑着不敢上前。吴富厚又厉喝一声:“俊河,过来!”

他知道躲不过去，只好上前和吴富厚打招呼。

“俊河，你给我说实话，你们弄啥来了？”

“我们来抓秦双喜。”

吴富厚大惊：“抓双喜？！他犯了啥法？”

“秦双喜是土匪！”

“双喜是土匪？我咋不知道哩。”

“他当土匪能给你说么？大伯，秦家的事你不要管，弄不好就会把你牵连进去。”

吴富厚目光如电，直扫侄子：“听说你和俊海上了卧牛岗，咋又成了保安团的人？”

吴俊河语塞。

“俊海来了么，叫他来跟我招嘴！”

“我俊海哥不在了……”

“不在了？”吴富厚一时没明白过来，“咋的不在了？”

吴俊河心一横，说道：“我俊海哥死了。”

吴富厚浑身一震，声音变了调：“你说啥？俊海死了？！你这崽娃子竟敢跟我撒谎！”

吴俊河刚要分辩，姜浩成在一旁道：“俊河，别啰唆了，当心叫秦双喜跑了！”手一挥，命令团丁往里冲。

吴富厚手中的水火棍又是一横：“站住！捉贼捉赃，你们说双喜是土匪有啥凭据？”

吴俊河急道：“大伯，秦双喜在卧牛岗当了土匪头子，我俊海哥就是死在他手上！”

“俊海死在了双喜手上？”

“双喜伙同郭生荣父女打死了我俊海哥。”

“你撒谎,我不信!”

“大伯,我要说一句谎话就叫雷劈了我!我来就是要捉住秦双喜为我俊海哥报仇!”吴俊河说着带着团丁冲进了院子。

这时就听秦杨氏在里院喊道:“富厚兄弟,出了啥事?”

吴富厚浑身一激灵,猛喝一声:“站住!”扑在前头的团丁还往里冲,吴富厚手中的水火棍猛地一扫,他们都栽倒在脚地。

吴俊河急忙收住脚,疾叫一声:“大伯!”

吴富厚怒目道:“就算是秦双喜打死了俊海,我也不许你们在秦家胡来!”

姜浩成握着枪冷笑道:“你知道么,窝藏土匪和土匪同罪论处!”

吴富厚一横水火棍:“你们私闯民宅与土匪何异!”

姜浩成又是一声冷笑:“我看你是活颇烦了!”

吴俊河跺脚道:“大伯,你不要命了?”

吴富厚拍着胸脯叫道:“你们要进秦家,就从我身上踏过去!”

姜浩成一咬牙,命令团丁往进冲。吴富厚毫不畏惧,手中的水火棍舞得呼呼生风,扑在前头的团丁都被打倒在地,余者望而却步,畏缩不前。

姜浩成拿眼睛直瞪吴俊河。吴俊河经不住那凶狠狠目光的威逼,硬着头皮上前来:“大伯,你甭再死犟了。你有几个脑袋,能斗得过保安团?”

吴富厚怒声骂道:“狗屁保安团!是一伙土匪!”

吴俊河的一张脸涨得血红:“大伯,你这是跟侄儿过不去!”话语中明显带着威胁。

吴富厚毫不畏惧:“我没你这个侄儿!”

吴俊河没辙了，壮起胆子往里硬闯，吴富厚毫不留情，水火棍迎面打来，吴俊河急忙躲避，肩头挨了一棍。众团丁见此情景，越发不敢向前。

忽然，姜浩成手中的枪响了。吴富厚身子一晃，胸前红了一片，他拄住水火棍才没使自己倒下。他手指直指姜浩成，嘴唇颤动着，一口血喷了出来："你狗日的比土匪还瞎！"

吴俊河大惊失色："大伯！"上前去扶吴富厚。吴富厚一把推开他，一口血水喷在他脸上，怒斥道："吴家没你这个后人！"双手紧握水火棍，门神似的挡在门口。

姜浩成又连连扣动扳机，吴富厚的身子晃了几晃："狗日的姜浩成，老天爷都不会容你的！"他的身体石碑似的倒在了地上。

吴俊河惊愕地看着姜浩成："姜团副，你！……"他不知道说啥才好。

姜浩成咬牙道："无毒不丈夫。不打死他，咱们进不了秦家。"随后又说："吴排长，跑了秦双喜，咱俩都不好交差哩！"

这时，秦杨氏刚到前院，把这一幕都瞧在眼里，折身往回就跑，声音走了样："他爹，不得了了！土匪进了宅子，富厚兄弟被打死了……"

秦盛昌大叫一声："苍天！……"一口鲜血喷在了地上。

"他爹！"秦杨氏呼号一声，急忙扶住老汉。秦盛昌花白的脑袋歪倒在她怀中……

姜浩成喝令一声："冲！"团丁们蜂拥而上，踩着吴富厚的尸体冲进了秦宅。

双喜这夜睡得很晚。白天他收到了同班同学苏志光的信。信辗转许多人之手，牛皮纸信封都磨毛了。接到信的时刻他不知怎的心里颤了一下。他知道苏志光一直在追林雨雁，且林雨雁对苏志光远比对他情浓。拆开信一看，果然苏志光告诉他，他已和林雨雁结了婚，蜜月中他们跟随八路军（1937 年 8 月中国工农红军主力改编为国民革命军第八路军，又称第十八集团军）东渡黄河奔赴抗日前线。这封信是他们临出征前写的。信中苏志光给他讲述了那边的情况，那是一个他从未听过的新天地：官兵平等，军队和老百姓是一家……真是神奇，令人神往。最后，苏志光代表林雨雁向他问好，并问他父亲康复了没有，几时能来解放区。看罢信，他心里一时说不出是什么滋味。最初他感到一阵心痛，随后心情慢慢平静下来，又有了些许坦然。他和碧玉同房后心中一直不安，怕日后无颜面对林雨雁。仔细想来，他们之间并没有发生过什么故事，谁对谁也没有承诺过什么。现在林雨雁和苏志光结婚了，这应该是意料之中的事，没有什么遗憾和怨恨的。

睡在他身边的碧玉忽然问："谁来的信？"

"一个同学来的。"

"女同学来的？"

"瞎猜啥哩。是个男同学来的，他去了陕北。"

"你还想去陕北？我不许你去！"碧玉两条光洁的胳膊紧紧地搂住了他，似乎怕他飞了。

他完全被碧玉的一片真情感动了，也紧搂住碧玉温软的胴体，喃喃道："我不去，哪达都不去……"他并不是随口安慰碧玉：林雨雁已经属于别人了，他还去陕北干什么？说到"抗日""革命"，他须另下决心。

"我要你一辈子都守着我……"碧玉的一张樱桃小口吻着他的

面颊和胸脯。

“我一辈子都守着你……”他回吻着碧玉。

俩人缠绵了许久。他忽然想到了玉凤,激情一下又跌落了下来。其实,今后他真正无法面对的人是玉凤。可身边这个女人对他太好了,而且他也感到亏欠了碧玉,他不能也不愿再冷落碧玉。想到这里,他又来了激情,再次紧紧搂住女人……

就在这时外边传来一阵嘈杂声和狗吠声,双喜和碧玉都吃了一惊,慌忙松开对方。双喜在卧牛岗上待过,不失警惕性,加之外边的动静异常,急忙起身穿衣。碧玉哪里见过这样的状况,听着惊天动地的打门声和狗疯了似的叫声,不知出了啥事,吓得浑身发抖,抱住双喜,哆嗦道:“我怕……”

双喜把衣服给她披上,安慰道:“穿好衣裳,别怕,凡事有我哩。”

碧玉这才心稍安,急忙穿衣裳。

忽然,前院响起了枪声,双喜大吃一惊,急忙取出玉凤送他的手枪疾步出了屋。

这时团丁们冲到里院。有人认出了他,叫道:“秦双喜在这里!”

吴俊河命令道:“抓住他!”

几个团丁扑上来就要抓双喜。双喜手中的枪响了,扑在前头的几个团丁栽倒在地。团丁们把他团团围住,不敢贸然向前。双喜紧握手中的枪,也不轻易开枪。

忽然旁边传来一声惊叫:“双喜!”

双喜侧目一看,只见两个团丁把碧玉从屋里拉了出来。吴俊河走过去,用手枪顶在碧玉的太阳穴上。碧玉一脸的惊恐,向他大声呼救。他浑身一颤，把枪指向吴俊河：“吴俊河，放开她！”

吴俊河把枪逼得更紧了，冷笑道：“你艳福不浅嘛，在啥地方都有花骨朵女人陪着你睡觉哩。”

双喜怒不可遏：“放开她！”

吴俊河连连冷笑：“你牙硬啥哩，我这手指一动，她可就香消玉殒了！”说着，把枪口又往碧玉的太阳穴上顶了顶。

碧玉惊叫起来：“双喜，快救我！”

双喜急了眼，却不敢贸然行动，真怕伤了碧玉。吴俊河阴鸷地一笑：“双喜，放下枪，我就饶她不死！”

双喜无奈地垂下手。几个团丁扑上前，扭住了他的胳膊，夺下他手中的枪……

这时秦宅里乱成了一团。团丁四处乱窜，见值钱的东西就抢。姜浩成并不约束他们，站在台阶上冷眼看热闹。

几个团丁闯进喜梅的屋，强暴喜梅。喜梅拼命挣扎，大声怒骂。团丁们不管不顾，淫笑着抓住她的胳膊，撕碎了她的衣裤。其中一个头目模样的壮汉抱起她，把她压在床上。她凄惨地叫了声：“妈呀！”昏死过去。

秦杨氏听到女儿的惨叫声，情知不好，丢下老汉的尸体，像母狮似的朝女儿屋里奔去，呼喊着：“梅梅，妈来了！”两个团丁把她拦在了门口。她奋不顾身，连抓带咬，一个团丁的手指被她咬断了，惨号一声，一把匕首刺进了她的心窝。她倒在血泊之中，双目圆睁，嘴里还噙着半截手指。

几个团丁施罢淫欲离开屋时，喜梅已气绝身亡。

双喜被几个团丁拖到了前院。他听到妹妹和母亲的惨叫，心如刀绞。他双目圆睁，跺着脚怒骂吴俊河和姜浩成：“你们两个畜生，迟早要遭报应的！”

吴俊河上前问：“秦双喜，我问你，那天晚上是不是你给郭生荣父女通风报的信？”

“就是！”

“你为啥要吃里爬外？”

“是谁吃里爬外？你们在走投无路时是我求郭生荣收留了你们，你这个畜生知恩不报，反而欺负人家女儿！你还要对人家下黑手，你良心何在？”

“算你会说。可俊海大哥是你害死的！”

“放屁！俊海大哥听信你的谗言，才惹下杀身之祸。归根结底是你害死了俊海大哥！”

吴俊河冷笑道：“到底是读书人，能言善辩。可我不管你再伶牙俐齿，一要为俊海报仇，二要为我雪恨。”

双喜骂道：“吴俊河，你这驴熊！我那天真该让郭玉凤宰了你！”

吴俊河走到双喜跟前，阴鸷一笑：“我知道你跟郭玉凤在一起哩！有朝一日要抓住郭玉凤，当着大伙的面让你俩再好一回！”

“呸——”双喜把一口痰砸在了吴俊河的脸上。

姜浩成在一旁说：“俊河，磨啥牙哩，干脆一枪崩了他算了！”说着举起了枪。

“慢着！”吴俊河拦住了姜浩成，抹了一把脸，狞笑着拔出匕首，“姜团副，把他交给我处治吧。”他用匕首拍了拍双喜的脸，凶凶地又是一笑：“秦双喜，今儿个我也让你尝尝割耳朵的滋味。”

双喜拼命挣扎，要跟吴俊河拼命，却被两个壮汉死命扭住胳膊动弹不得。气得他牙齿咬得咯咯直响。吴俊河突然出手割了双喜的左耳，随后又在他的脸颊上划了一刀。双喜惨叫一声，昏死了过去。

姜浩成要再补一枪，吴俊河拦住说："姜团副，别浪费子弹了，我就要他生不如死！"说罢，转睛看着碧玉，说了声："把她带走！"

一个团丁往外就拖碧玉。碧玉这时不哭不喊了，猛地挣脱出来，一头撞在了照壁上……

第二十七章

正午的太阳白惨惨地照着。秦家大院里寂然无声,一群麻雀落在树梢上,呆望着往日的院子,不敢贸然落下。

双喜苏醒过来,慢慢地睁开眼睛。他看见天上的太阳红得异常,似乎刚从血海中捞出来的。他感到奇怪,使劲揉了揉眼睛,红色染在手背上,太阳和往日一样。他看了看手背,认出那是鲜血,晕晕乎乎的脑子明白过来。他爬起身,环目四顾,偌大的家院一片狼藉,空无一人。忽然,他看见吴富厚躺在门道,疾步奔过去,抱住吴富厚连声呼唤:“师傅!师傅!”

吴富厚的尸体已僵硬。

双喜泪如泉涌……

俄顷,他拭去泪水,又看见碧玉躺在照壁前,慌忙过去抱起碧玉,碧玉俊俏的脸庞被血浆住了,完全看不见本来的面目。

“碧玉!……”他摇着碧玉的尸体,泪水在脸上肆意流淌。

他踉踉跄跄往后院走去,满目狼藉,满顺、菊香等人的尸体横七竖八地摆满了后院,一摊摊血水在脚地肆意流淌。正是“覆巢之下,安有完卵”。他踏着血水,来到父亲的住处。父亲歪倒在炕边,脸色青紫,脚地是一摊醒目的血迹。

“爹!”他叫了一声。

父亲不答应,他一试父亲的鼻息,早已气绝身亡。他头晕目眩,只觉得天要塌了。他强撑住身子,寻找母亲。

在西厢房妹妹的门口,他看到了母亲。母亲躺在血泊中,胸口扎着一把匕首,双目怒望青天,嘴里还衔着半截手指。他惊恐已极,不会哭不会喊了。

半晌,他灵醒过来,慌忙进了妹妹的屋子。喜梅赤裸裸地躺在床上,双拳紧握,怒目圆睁,早已气绝身亡。

“梅梅!……”他惨号一声,眼里流出的已不是泪,而是血!

良久,他抬起头来,看见一个面目狰狞的人站在他面前。那人满面血污,没了左耳,右脸颊自上而下有一道长长的刀伤,十分地狰狞可怕。他喝问道:“你是谁?”

那人只是嘴动,却没有声音。

他怒目瞪着那人,那人也怒目瞪他。他心中疑惑,伸出手去,却触到了墙上的穿衣镜。他恍然大悟:他看见的面目狰狞的人就是他自己!

他痛叫一声:“老天!”双手捂住了眼睛,血水从指缝中流出……

不知过了多久,他双手松开了,泪水已经干涸。他面无表情,心如止水。他走过去拉开被子给妹妹轻轻盖上,似乎怕惊醒了妹妹的好梦;他又把母亲的尸体抱进来,放在妹妹的床上。随后他端过板凳,把一根绳子拴在屋梁上,在绳头绾了个套环,把套环套在自己的脖子上,一脚踢倒了板凳。顿时他觉得脖子被绳子勒得生疼,呼吸困难起来。他本能地想伸手去抓绳子,可手到中途却又垂了下去，理智不许手上去。这时他只觉得身体一下飘了起来，离开了屋子，直向空中飞去。就在这时他听到一个声音在喊："小姐，快来！"他想睁开眼睛看看，却已身不由己，随后就什么也不知道了……

忽然，一阵刺疼直刺他的脑海深处，他禁不住浑身一激灵，呻吟起来。他听到有人说话，还是那个声音："小姐，他醒了。"他慢慢睁开眼睛，眼神茫然，不知身在何处。

"秦大哥！秦大哥！"有人呼唤他。

他转睛一看，是两张俊俏的女子面庞，定睛再看，是玉凤和小玲。

他呆望着她们，似乎不认识她们。她俩扶他坐起，又给他喝了些水。

玉凤和小玲逃出卧牛岗后，在小玲的一个姑家住了一天。团丁们四处张贴布告搜寻她们。小玲的这个姑父胆小怕事，整天愁着一张脸。玉凤一来不愿看那个半茬老汉的一张苦脸，二来也不愿给这家人招来祸事，当天后半夜就走了。可何去何从？她还没个主意。这时小玲说："小姐，咱去找秦大哥。他家是大户人家，住在他家最保险。"玉凤觉得这个主意不错，点头答应了。于是主仆二人就来到了秦家埠。她们万万没有料到秦家遭到了灭门之灾。她们迈进秦家大门，宅内一片狼藉，摆满了横七竖八的尸体。俩人大惊，情知出了事，不知该进还是该退出。忽听咣当一声响，俩人相对一视，循声而去，只见西厢房的屋梁上吊着一个人，身子还直晃荡。俩人急忙上前把吊着的人落下来，仔细一看，认出是双喜。

"双喜！"玉凤痛叫一声，乱了方寸，不知如何是好，泪水直流。

小玲却还沉着冷静，伸手一摸，双喜还有鼻息，急忙掐他的人中。双喜身子动了一下，呻吟起来。俩人连声呼唤，双喜慢慢睁开了眼睛，痴呆呆地看着她俩。小玲找来水给他喂了几口，他的眼珠子转了一转，终于认出了她俩。

玉凤疾问："家里出了啥事？"

双喜无语，神情木然。

玉凤忽然发现双喜的左耳没了，惊问："你的耳朵咋了？"

双喜面无表情，却因刀伤所致，显得十分狰狞："让吴俊河割了。"声音出奇地平静，似乎与己无关。

玉凤恍然大悟，秦家灭门之灾又是吴俊河一手造成的。她咬牙道："又是吴俊河这个贼熊！抓住姓吴的，我非扒了他的皮不可！"

双喜喃喃道："你俩不该救我呀……让我死吧……"捡起地上的一把刀往脖子上就抹。

玉凤和小玲慌忙夺下刀子。

双喜捶胸号道："让我死吧！让我死吧……"

"秦大哥，别这样了……"

玉凤和小玲都泣声安慰。

"我这个样子人不人鬼不鬼的……生不如死啊……"双喜哭号不止。

玉凤抹去脸上的泪珠，忽地站起身来，怒声道："瞧你这个熊相，还像个男人么！"当啷一声把刀扔到双喜面前，"小玲，别管他！他要死就让他死去吧，装熊吓唬谁哩！"

双喜一怔，泪珠凝固在脸上，呆望着玉凤。

"你看看你，连个婆娘女子都不如！你若是个有血气的男人，就该以牙还牙，以血还血！寻死觅活哭哭啼啼算啥本事！"玉凤一脸怒气,恨铁不成钢。

小玲在一旁说:“秦大哥,吴俊河他们设下圈套打死了老爷和邱二爷,又带着人马剿了卧牛岗,夫人也死在了他们手中。我和小姐是逃命来的,想找你做个靠山……”

双喜浑身一颤,心头的血直往全身涌。

“小玲,跟这个松包男人说这些有啥用。咱们走吧。”玉凤抬腿就走。

“玉凤!”双喜疾叫一声。

玉凤站住脚,慢慢转过身,定睛看着双喜。双喜站起身,迎着玉凤如刀如火的目光,什么也没说,拭去脸上的泪水,伸出舌头舔干流在嘴角的鲜血……

玉凤和小玲帮着双喜草草安葬了家人。双喜跪倒在父母墓前叩了三个头,站起身来,说了声:“走吧。”

玉凤问道:“上哪达去?”

“你说呢?”

玉凤原想来投双喜,好有个藏身之地,再谋报仇之策。现在秦家已家破人亡,该上哪里安身呢?思忖半晌,她说:“咱们上卧牛岗。”

双喜一怔,愕然地看着她。

玉凤说:“保安团的人正在四处搜捕咱们。他们肯定不会想到咱们会再上卧牛岗。”

双喜觉得这话在理,点头同意。玉凤转过脸,见小玲有迟疑之色,略一思忖,问道:“小玲,你家就在秦家埠附近吧?”

“不远,离秦家埠只有三里地。”

“你回家去吧。”

小玲愕然地看着玉凤,不明白她说这话是啥意思。

玉凤轻叹一声:“小玲,我知道你当初是被我父亲掠上卧牛岗的,现在山寨破了,你该回家了。”

“小姐,那你……”

玉凤摆了一下手,打断小玲的话:“你走吧。我和秦大哥在一起啥都不怕。”

“小姐,我不想离开你……”

“你别管我。我不想看到你跟上我去送死。”

玉凤忽然想起了小翠,禁不住泪水盈满了眼眶。

小玲还想说啥,双喜开口拦住了她:“小玲,听玉凤的话,回家去吧。我会照顾好玉凤的。再说,我和玉凤都有深仇大恨,今生今世不会过安生日子的,你不必跟着我俩过提心吊胆的日子。”

小玲见他们二人如此意决,只好挥泪辞别。没走出几步,又被双喜叫住了:“小玲,你回去给人就说我上吊自尽了。”双喜略一沉吟,又说:“我舅家在双河镇,你去跟我舅说,让我舅来给我收尸,给我办丧事,把动静闹得越大越好。”

小玲惶然地看着双喜,不知所措。双喜苦涩地一笑:“刘旭武他们盼我死哩,我死了,他们才能放心睡安然觉。”

玉凤先是一愣,随后明白了双喜的意思,对小玲说:“你就依着秦大哥的话去做吧。我俩都死了,那伙贼熊就安然了。”

双喜又写了一封信,让小玲交给舅舅。这时小玲也明白过来,不再说啥。

送别小玲后,双喜和玉凤乔装打扮再上卧牛岗。

卧牛岗已是一片焦土,满目狼藉。山神庙成为一片废墟,几根屋梁被大火烧得焦黑，还冒着缕缕青烟。山寨昔日的辉煌如同眼前的缕缕青烟，过眼即逝。俩人呆立无语，眼中都有了泪光。

俄顷，俩人向玉凤的住处走去。突然，一只苍狼从草丛中钻出，跟他俩碰了个照面。那狼的皮毛是麻色的，骨架很大很结实。那麻狼看到他俩最初一瞬，很是惊恐，但惊恐之色转瞬即逝。那畜生来在这个世界上也有些年头了，它认出对面的两脚动物是一公一母，尚且年少，赤手空拳，不足为虑。它肚中饥饿，正好拿他们果腹。它蹲坐下来，昂着头，两耳尖耸，嘴巴大张，几近耳根，吐着如同烙铁似的舌头，瞪起在夕阳中显得发黄的眼睛，射出的凶光将双喜和玉凤团团逼住。

双喜和玉凤突遇麻狼拦道，着实吃了一惊，慌忙后退一步。玉凤更是胆怯，紧紧依偎住双喜。俩人不想招惹这个恶物，欲转道而行，谁知他们后退一步，那恶物逼前一步。他们看出来了，这个恶物不肯放过他们，便不再后退。狭路相逢勇者胜，双喜明白这个道理。他站稳脚跟，瞪圆眼睛盯着那恶物，牙齿咬得咯咯直响，脸上的肌肉直抖，刚刚结疤的刀伤又渗出血来，把一张脸涂染得十分狰狞可怖。那恶物一惊，双爪伏地，脊背上的毛竖立起来，嘴中发出呜呜声，尾巴如同扫帚一般不安地来回扫动着，搅起一片飞扬的黄尘。

双喜的手伸进了裤兜，握住了枪把。他刚想把枪掣出来，就听玉凤惊呼一声："双喜！"

麻狼一直瞪着双喜，见双喜的手伸进裤兜，预感到不妙，同时也觉得这是下爪的好时机，跃身而起，两只大爪直拍双喜的面门。双喜见势不妙，想都没想，在裤兜就扣动了扳机。静穆中一声亮响，子弹穿透裤布，毫不犹豫地钻进了麻狼毛茸茸的胸膛。双喜意犹未尽，连连扣动扳机，几颗子弹同时用力，把麻狼的胸膛撕裂了一个大洞。血从大洞中狂喷出来，溅了双喜一脸一身。那恶物两只凶猛的大爪颓然垂下，喉咙深处发出一声挣命的哀号，身体如同一只皮囊软在了地上，四条腿蹬了几下，发黄的眼珠散了凶恶之气，僵住不动了。

双喜掣出枪来，紧握在手中，呆立半晌，上前踢了那恶物一脚，那恶物没有动弹。玉凤从双喜身后走上前来，看着那恶物问："死了？"她手中也握着枪，因受了惊吓，竟然忘了开枪。

"死了。"双喜抹了一把脸，长长嘘了口气。他感到脊背的冷汗溻透了衣衫。

受了这场惊吓，俩人相依相偎，握紧手中的枪，来到玉凤住的小院。这座清静雅致的小院幸免于难，安然无恙。院内景物如故，却少了一人，俩人都忆起小翠，不觉黯然伤神。

忽然，耳畔有口琴声响起，双喜一怔，以为听岔了耳朵，可那琴声分明就在耳畔。他蓦然回首，是玉凤在吹口琴，琴声如泣如诉，如哀如怨，震撼人心。一曲未了，吹奏者早已泪流满面，双喜也是泪水潸然……

太阳落山了，俩人进了屋。玉凤点亮蜡烛。俩人相对而坐，默然无语。

许久，许久。

院中树梢上不知什么鸟叫了一声，俩人惊醒。双喜嘴唇动了动想说什么，却什么也没说，慢慢站起身。玉凤呆眼看着他。他一步一步往外走去。玉凤冷不丁问道："你干啥去？"

他站住脚，回过头来："夜深了，我到外屋去睡。"

"你先别急着睡，我问你句话。"

“啥话?”

玉凤看着双喜的眼睛:“你愿不愿意娶我做媳妇?”

双喜的身体颤了一下,呆眼看着玉凤,似乎没听清玉凤的问话。

“你愿不愿娶我做媳妇?”玉凤又问了一句。

“愿意。”

“你说的是心里话?”

“是心里话。”

“那咱今晚夕就成亲。”

“今晚夕就成亲。”

玉凤从抽屉取出一对红蜡烛点燃。红烛的光焰把屋子映照得通亮。她又拿出笔墨纸砚,让双喜写了一个父母亲的牌位,供奉在桌子上,点燃三炷香,拉着双喜跪倒在地,喃喃道:“爹,妈,今儿个是女儿的喜日,女儿和女婿给你们磕头了。”倒头就磕。双喜也跟着磕了三个头。

罢了,玉凤起身铺开被褥,转过脸来说:“夜深了,睡吧。”

双喜一时无所适从,不知干啥才好,戳在那里如木桩一般。玉凤见他这般模样,不再说啥,脱了衣服上了床。双喜还呆立不动,玉凤伸出光洁的手拉了他一把,嗔怪道:“咋的,后悔了?”

“后悔啥?”

“嫌我是土匪的女子。”

“我这会儿就想当土匪哩!”双喜脱光了衣服,钻进被窝,把玉凤搂在怀中,狠狠地亲了一口。他刚想动作,被玉凤拦住了:“咱就这么躺着说说话不好么?”

俩人并排躺着,都有一肚子话要说,却一时不知说啥才好。良久，玉凤先开了腔："你恨我吧？"

"我为啥要恨你。"

"是我爹把你闹得家破人亡，还有我。"

"也不全怨你爹，也没你的啥事。都是吴俊河那个贼熊造的孽，还有刘旭武和姜浩成，他们都是咱俩的死对头！"

"我真怕你恨我……"

"不，我一点儿也不恨你……我真心真意地喜欢你哩。"

"真个？"

"咱俩都到这个份上了，我哄你做啥。"

"双喜哥！……"玉凤流下欣慰的泪水。

"看你，哭啥哩嘛。"双喜轻轻地替她拭去面颊上的泪水，紧紧地搂住她，"我还担心你嫌我破了相，不愿嫁给我哩。"

"咋能哩。是我连累了你，吴俊河那个贼熊才对你下了残手……"玉凤枕着双喜的胳膊，一张俏脸偎在他的肩窝，一只手抚摸着他的胸脯，一片柔情地说："我爹和我娘都不在了，往后我啥事就都指靠你了。"

"你放心，往后凡事有我哩。天塌下来我给你撑着，地陷下去我给你挡着。"

"你说，往后咱咋办？"

"这地方咱走了麦城，不能再待下去了。"

"那咱上哪达去？"

"咱们远走高飞干大事去。"

"去陕北？"

"去陕北。"

"那咱的仇不报了？"

“仇一定要报。杀了吴俊河、姜浩成几个贼熊咱再走。”

“我听你的。”

刘旭武原本为剿灭郭生荣愁眉不展,没想到略施小计,不仅击毙了郭生荣和邱二,也踏平了卧牛岗。他大喜过望,急忙呈文报省府表功。美中不足的是没有抓住郭鹞子的女儿郭玉凤,还有那个秦双喜——吴俊河竟然放了他一条生路,有道是“打蛇不死,反被蛇咬”。为此,他把吴俊河骂了个狗血淋头。吴俊河却说,秦双喜他知底,是个学生娃、小白脸,讨女人欢心还行,若要杀人放火就差池得太远;又说,秀才造反,三年不成,说的就是秦双喜这号人;还说,那郭玉凤虽是土匪的种,可终究是个女流之辈,就是把屁股撅到天上去,又能尿多高?刘旭武听吴俊河这么一说,觉得很在理,把留在心里的一个疙瘩化成了水,一有空闲就往小老婆的住处跑。

不几天,探子报来消息,昌盛堂的少掌柜上吊自尽了。是时,刘旭武和姜浩成、吴俊河等人正在保安团部打牌。闻讯,刘旭武一怔,不相信地问探子:“秦双喜真的上吊自尽了?你是亲眼见的?”

探子说:“我没亲眼见,是听人说的。”

“听谁说的?”

“秦家埠满街的人都这么说。前天秦家发丧,是秦双喜的舅舅出面料理丧事的。”

刘旭武还是满腹狐疑。姜浩成笑着说:“秦双喜破了相,讨不着女人的喜欢,活着没味,就自尽了。当时,我也责怪俊河没把他毙了。看来,俊河是把他的脾气摸透了。”

刘旭武转眼看吴俊河。吴俊河把牌洗得哗啦啦响,半晌说了句:“没看出那个学生娃还真是条汉子!”

不多时日，省府来了公函嘉奖有功人员，并正式委任刘旭武为雍原县县长，兼保安团团长。刘旭武喜不自胜，第二天就在不思蜀酒楼大摆庆功酒宴。

县里的头头脑脑和各界名流都来了，姜浩成今日特意换了一身新军装，腰系武装带，斜挎驳壳枪，在一群长袍马褂中格外显眼。他坐在刘旭武的左侧，脸上溢满了得意之色。吴俊河也是一身军装，他坐在刘旭武右侧，一张脸毫无表情。此次保安团剿匪大获全胜，他们二人都是有功之臣。

刘旭武没有穿军装，着一袭蓝缎长袍，上罩黑绸马褂。他是以雍原县县长和保安团团长的双重身份出席庆功宴会的。来时为穿啥衣服他还费了点脑子，最后选了便服。他觉着穿“老虎皮”煞气太重，不适合庆功的喜庆气氛，他要给众人留一个和善可亲的印象。

刘旭武站起身，咳嗽了一声，闹哄哄的大厅顿时安静下来，众人的目光都投向他。刘旭武面泛笑纹，一双目光含笑带威地扫视着大厅。姜浩成忽然鼓起掌来，众人先是一怔，随即醒悟过来，急忙跟着鼓掌，顿时大厅响起一片掌声。刘旭武脸上笑纹增多了也加深了。他举起手连连摆动，掌声渐渐平息。

刘旭武又轻咳了一声，开言道：“今天晚上咱摆的是庆功酒宴。多年来咱雍原县匪患猖獗，民不聊生，虽然政府多次出兵剿匪，怎奈土匪凶顽狡猾，不能一网打尽。特别是悍匪郭鹞子，仗着卧牛岗的地势险要，横行雍原、扶眉、乾州等县，实乃政府和民众之大敌。此次保安团设计周密，官兵同心协力作战，一举歼灭郭匪，真是可喜可贺。”刘旭武端起了酒杯，“来，大家同饮此杯！”

众人一起端起酒杯。刘旭武同众人一饮而尽。

刘旭武放下酒杯，掏出手绢沾了沾嘴唇，笑盈盈地说道：“此次用兵，姜团副为前敌指挥官，功莫大焉。县府和保安团共同呈文省公安厅为姜团副请功，我刚接到电话，省公安厅准备为姜团副授一枚一级战功奖章。”

有人鼓起了掌，随后是一片掌声。

姜浩成笔挺地站直身，朗声说道：“为党国效命，浩成理应尽责。”

又赢得了一片掌声。

刘旭武摆了摆手，大厅安静下来。他转脸看一眼右侧的吴俊河，说道：“这次剿匪，吴俊河排长作战勇敢，功不可没，嘉奖一次，并提升为连副。”

吴俊河站起身来，面无表情地点了一下头，随即又坐下。刘旭武下面讲了些什么，他一句也没听进去。他装了一肚子怨气和怒气。这次能击毙郭鹞子，踏平卧牛岗全都多亏了他，可功劳却归了姜浩成。据他所知，打卧牛岗和秦家埠得的金银财宝全装进了刘旭武的腰包。他俩一个得利一个得名，而他却只是弄了个连副。去他妈的狗屁连副，还不如当排长来得实在！他越想心中的怒气怨气越大，不等开宴，就借故离席。刘旭武瞥了一眼他的背影，嘴角挂上一丝轻蔑的冷笑。

吴俊河出了酒楼，打算回去睡觉。没走多远，从黑暗处钻出一个人拦住了他的去路。他吃了一惊，定睛一看，是陆志杰。陆志杰怪怪地一笑：“吴连副，庆功宴刚刚开席，你咋就走咧？这回你可是大功臣哩，你走了，酒宴可是缺了个大豁豁。”

吴俊河听出陆志杰话中的辛辣味，脸一下涨得通红，讪笑道：“陆连长说笑话了，我头有点儿晕。”

“是酒喝多了吧？要不要我送你回去？”

“不用,不用。”吴俊河抽身要走,忽然发现身后站着几个穿便装的壮汉,禁不住打了个寒战,“陆连长,你要弄啥?!”伸手就拔枪。可迟了一步,身后的两个壮汉一左一右扭住了他的胳膊。陆志杰上前下了他的枪。

“陆连长,我可没得罪过你呀。”吴俊河额头沁出了冷汗,脸上变颜失色。

陆志杰又怪异地一笑:“我也没说你得罪过我。”

“那你这是唱的哪出戏?”

“马岱杀魏延的那一出。”

吴俊河额头的冷汗滚了下来:“陆连长,咱俩往日无冤近日无仇,你可不能对我下黑手呀!”

“你不要怨恨我。军令如山,我只是奉命行事。”

“刘旭武要杀我?”

“刘团长说你是魏延,后脑勺上有反骨,吃谁的饭砸谁的锅。他怕你再砸他的锅。”

吴俊河破口大骂:“狗日的刘旭武,我替他出力卖命,帮他踏平了卧牛岗,他狗日的卸磨杀驴,反倒对我下黑手。我日他八辈先人!”

陆志杰摆了一下手,一个汉子过来用一团破布塞住了吴俊河的嘴。吴俊河拼命挣扎,怎能挣扎得开。陆志杰冷笑道:“吴连副,你记好,明年的今日是你的周年。到了那边你也别记恨我,谁让你得罪过刘旭武和姜浩成呢?!”

吴俊河的嘴被破布堵着,呜呜噜噜地说不出个字语来。陆志杰又道:“你也别怕,卧牛岗和秦家埠的冤魂都在等着你一同上阎王爷那儿报到哩。”转脸又对手下人说:“别用枪,把活干利索点儿!”

几条壮汉拖着吴俊河往城外走去……

陆志杰给嘴角叼上一根烟,吸着。他回过头来,看见一个高个儿汉子穿着一件棕色风衣,风衣领子高高竖着,戴着皂色礼帽,帽檐压得很低,大步进了酒楼。他没在意,只管吸烟。忽然,他觉得有点儿不对劲儿,甩掉烟头,疾步进了酒楼。

酒楼大厅里已经开了宴,几个善于拍马溜须的围过来给姜浩成敬酒,姜浩成虽是海量,但酒色也上了脸。这时只见那位穿棕色风衣的汉子走了过来,他一手端着酒杯,一手插在衣兜。

“姜团副,我也敬你一杯。”

姜浩成转过脸来,举起酒杯。汉子碰了一下他的酒杯:“祝姜团副官运亨通。”

汉子的帽檐压得太低,看不清眉目,可声音却十分耳熟。姜浩成疑惑道:“你是谁?”

汉子冷笑道:“姜团副真个是贵人多忘事,连朋友都忘了。”猛地扬起脸来。姜浩成清楚地看见汉子左脸颊有道长长的刀疤,且缺一只耳朵,惊愕得五官挪了位:“你是秦双喜!”

汉子连连冷笑:“看来你的眼睛还没瞎实。”

姜浩成扔了手中的酒杯,伸手拔枪。可迟了一步,刀疤汉子突出奇招,手指直捅姜浩成的眼窝。姜浩成怪叫一声,一手掩面,一手举枪射击,可子弹毫无目标地乱飞。

刀疤汉子转身奔向刘旭武。刘旭武正和几个长袍马褂碰杯,被突如其来的变故惊呆了,一个贴身马弁大声叫道:“团长快走!”刘旭武两腿发软,哪里走得动。

刀疤汉子就要擒刘旭武,马弁扑过来要和汉子拼命,刀疤汉子不想与马弁纠缠，抬手一枪送了他的丧。刘旭武这时已经知道刀疤汉子是谁了，惊恐得越发迈不开腿。刀疤汉子跃身过来，抓住他的后衣领猛地一拽，他跌进汉子的怀中。刀疤汉子一只胳膊勒住他的脖子，勒得他直翻白眼。

“说，吴俊河在哪达?!”

“他……他刚出去。你松开我，我带你去找他。”刘旭武一双眼珠翻了几翻。他想拖延时间，找逃生的路子。

刀疤汉子环视一下大厅，不见吴俊河的踪影。其实，他一进大厅就发现吴俊河不在。他实在心有不甘，也知道这会儿从刘旭武嘴里掏不出什么实话。他愤然骂道：“让他狗日的多活两天！”他哪里知道吴俊河此时的尸首已被扔进城南的枯井里了。

这时大厅一片混乱，众人四散奔逃。陆志杰刚进大厅门，竟被逃命的人群拥出了门外。姜浩成像只被打急的猴子，在大厅里嗷嗷叫着团团乱转。他掩面的手已被污血染红了，另一只手举着枪盲目地乱射，几个长袍马褂倒在他的枪下。

这一切刀疤汉子都看在眼里。他嘴角闪现出一丝阴鸷的冷笑，把刘旭武揽在怀中，用胳膊勒住脖子，一手提着枪，拥着刘旭武往姜浩成跟前走。

姜浩成提着枪，两只眼睛往外滴血，扯着嗓子叫骂：“秦双喜，你狗日的跑到哪达去咧？有种的你过来！”

刀疤汉子冷笑道：“姜浩成，你爷我来咧，看你娃能把爷的球咬了！”拥着刘旭武走得更快了。

最初，刘旭武还没明白过来。随后，他清楚了刀疤汉子的用心，禁不住打了几个尿战，颤着声喊：“浩成，千万别开枪！”

“团长，你在哪达哩？”

“我，我让秦双喜擒住咧。”

“秦双喜狗日的在哪达?”

“他在我身后……你千万别开枪!”

“团长，我眼瞎了，活着也没滋味了。”

刘旭武惊恐地叫道:“浩成，你可不敢胡来!”

“我要报仇！你别怨我。”姜浩成手中的枪爆豆似的连声响了。

刘旭武倒在了血泊中，一双眼睛惊恐地瞪得滚圆。刀疤汉子甩开他的尸体就地一滚，躲开了姜浩成的枪口。这时陆志杰带人冲了进来。刀疤汉子见势不妙，跃身越窗而出。

刀疤汉子疾跑几步，冲着黑暗处打了声呼哨。片刻间，一位俊俏的姑娘牵着两匹马来到近前。姑娘问了声:“得手了么?”

“得手了。”

俩人跃身上马。

这时陆志杰带人追了过来。俩人打马加鞭，两匹马风驰电掣般狂奔起来，在夜幕中消失得无影无踪……

2003 年 6 月于杨凌杜寨村

2004 年 10 月改竣

2014 年 9 月修订